异人崛起
11
辰东 著
网络名《圣墟》
继《完美世界》后
辰东又一东方幻想之作
后文明时代的全新历程/突破想象力的极限之作
诸敌皆至 居心叵测
老友久别重逢 共抗外来之敌
世间的枷锁被打开
全新的世界就此揭开神秘一角
异人崛起
11
辰东
挑战权威掀起跨界狂潮
隐族现世牵出所谓真子
叛军回归挑起正统之争
久别重逢共抗来犯之敌
诸敌皆至 / 居心叵测 / 同仇敌忾
继《完美世界》后辰东又一东方幻想之作
定价：32.00元/册
《异人崛起》第1～11册
全国火热销售中
第12册即将上市，敬请密切关注！

完美世界24

PERFECT WORLD

Oriental Fantasy

辰东◇著

山東畫報出版社

图书在版编目（CIP）数据

完美世界. 24/ 辰东著. -- 济南：山东画报出版社, 2021.5（2021.9重印）

ISBN 978-7-5474-3739-1

Ⅰ. ①完… Ⅱ. ①辰… Ⅲ. ①长篇小说 - 中国 - 当代 Ⅳ. ①I247.5

中国版本图书馆CIP数据核字(2020)第267707号

WANMEI SHIJIE 24

完美世界24

辰东 著

责任编辑 郑丽慧
总 监 制 梁 洁
策划编辑 黄香春
统筹编辑 罗嘉蕾
装帧设计 曹希予 周艳芳
主管单位 山东出版传媒股份有限公司
出版发行 山东画报出版社

社 址 济南市市中区英雄山路189号B座 邮编 250002
电 话 总编室（0531）82098472
市场部（0531）82098479
网 址 http://www.hbcbs.com.cn
电子信箱 hbcb@sdpress.com.cn

印 刷 湖南天闻新华印务有限公司
规 格 169毫米×233毫米 1/16
20印张 320千字
版 次 2021年5月第1版
印 次 2021年9月第2次印刷
书 号 ISBN 978-7-5474-3739-1
定 价 34.80元

CONTENTS

目录

WANMEI SHIJIE

CONTENTS
目录

WANMEI SHIJIE

第1206章 祭祀地

WANMEI SHIJIE

此地重新归于宁静，没了声息。

石昊一句话也没有说，依旧望着地平线的尽头，静静地伫立着。女葬士站在一旁，至今还没有完全平复心情，刚才见到的场面实在是太惊人了。

过了一段时间后，石昊转身离开了这个地方，向着古葬区的深处走去。

古葬区内，有的地方光秃秃的，寸草不生，有的地方植物茂密，生机勃勃。因为圣地突然复苏，很多巨大的石碑从地下冒了出来，耸入云雾之中。

离得很远，石昊就看到巨大的石碑之间矗立着一些建筑，这些建筑虽然残破，但是很神圣，气势惊人。有些不协调的是，一些大坟横在建筑物中间。

“祭祀祖地出现了！”女葬士惊呼起来。

这里便是三大祭祀圣地之一，也是圣地的最中心地带。

据闻，这片古地无比神秘，当年发生了一些诡异之事后，便逐渐变得荒芜，到最后连葬士们都撤走了。

石昊向前走去，女葬士也很激动，跟在石昊后面，想要一探究竟。

“你原本散发着不祥之气，怎么到了这里气息反而变得圣洁了？”在路上，石昊问女葬士。

女葬士瞪了石昊一眼，显然对他的话很不满，解释道：“这里是祭祀圣地，能够令生灵显现出真实的面目，我现在是真身，所以没有腐烂的味道。”

刹那间，黑雾从女葬士的身体中弥散开来，她仿佛又要变成那个冷酷的葬士了。

“嗯？”

石昊大吃一惊，为何他再次体会到了那种阴冷的感觉？

女葬士沉默了一会儿，才开口道：“走出古葬区后，我又会散发出不祥之气，气息不再这么圣洁。”按照女葬士所说，她还未脱离葬士的阴体，只有等实力强大了，才会真正显化。

此处是古葬区的一处圣地，葬士会被这里的气息滋养，褪尽阴气，连血肉都变得神圣。

石昊闻言，脱口而出："葬士不就是死人吗？褪尽死气后成为正常的生灵？"

"你错了，我们天生就是如此，只有不断进化，才能褪尽不祥之气，成为有生气的生灵。"女葬士反驳道。

"怎么可能？"石昊不太相信。

"事实就是如此，我们并不是被人埋葬的，而是在古葬区中出生的。"女葬士正色道。

"我不信，难道你们也有父母，也是被孕育出来的？"石昊觉得难以置信，问女葬士。

女葬士点点头，散开黑雾，再次变得圣洁无瑕，肤色莹白，还带着点点光泽。这是她未来的样子，她因为得到圣地气息的滋养，所以暂时化为了阳体。

石昊仍心存疑惑，葬士真的不是由尸体进化而成的？

"有些葬士天生就是阳体，跟你们人族一样，他们被称作黄金葬士。"女葬士解释道。

石昊一怔，想起在神药山脉时，异域的生灵见到他与葬士联手，神色大变，以为他是黄金葬士。

石昊眉头微皱，冒出了诸多念头。

古葬区到底是怎样的一个地方？竟然连黄金葬士都有。黄金葬士要是走出古葬区的话，估计会被认作是普通的人。

"现在你知道了吧，古葬区深处不见得是黑雾弥漫，恐怖至极，反而是鸟语花香，充满神圣的气息，很多大人物就栖居于此。"女葬士继续说道。

石昊摸了摸下巴，琢磨了一阵。原来古葬区的深处也可以如同仙境一般，难怪有人将真凰当作家禽散养在门口，真凰拥有圣洁的体质，不可能栖居在幽暗、污浊之地。

"当然，有的大人哪怕褪尽阴气，也不喜欢光明普照的环境，还是愿意栖居在黑暗中，领悟葬士起源的秘密。"女葬士说着，脸色变得阴沉起来。那些黑暗之地弥漫着不祥之气，是名副其实的恐怖绝地。

"咦？那里好像有什么东西！"石昊惊呼出声。他感应到祭祀地的最深处有惊人的灵性，那种灵性带着芬芳，隔着很远的距离传了出来。

女葬士面露讶异之色，难道这里真有外界生灵渴望得到的那种药？

石昊之所以跟着女葬士进入古葬区，就是想碰碰运气，寻到仙药树。如今见寻药有了希望，他的心不禁怦怦直跳，整个人都变得紧张起来。

石昊和女葬士不再说话，如同两只猫一般，悄无声息地向前走去。

很快，石昊和女葬士就到了祭祀地的最深处。他们看到了一些残垣断壁和未完全倒塌的古殿，还有暗红色的大坟。

“这些坟中有没有至宝？”石昊小声问女葬士。

“碰不得！”女葬士果断地摇了摇头，断了石昊的念头，“一位大人物被安葬在这里，这些大坟都是陵寝，万万不能触碰。”

但是，女葬士一想到眼前这个人可能就是由那位大人物的血肉与执念变成的，就又不知道说什么好了。

石昊不会冒险挖这些大坟，因为那股芬芳不是从暗红色的大坟中飘出来的，而是从大坟的后方散发出来的。

“这株仙药离我们足有上百里远，香味居然能飘这么远！”石昊大吃一惊，感叹道。

这时，石昊看到大坟的后方有一些光点在跳动，香气正是从那里散发出来的。

近了，石昊将前方看得更清楚了——

一座百丈高的道台布满了裂痕，勉强屹立着，紫色的液体从道台的裂痕中涌出，紫气氤氲，芬芳弥漫。

“好地方啊！”石昊忍不住赞叹道。

这是一座宏大的道台，也是天地精粹汇聚的地方。只一眼而已，石昊便看出这紫色的液体是紫府液，即一种神圣的宝液。除此之外，道台周围还有祖脉灵根孕育的地髓等。

仙药！

石昊呼吸急促，绕着道台转了半圈，终于在道台的另一侧看到了一株扎根在道台缝隙中的仙药。

难怪会有紫府液、地髓等汇聚而来，原来这里有一株仙药！

这株仙药有一米多高，闪烁着五色神光，仙雾缭绕。仅凭一株仙药，就让这里变成了仙土。

石昊见过一株名为白龟驮仙的仙药，可惜当时没捉到它。后来他在太初古矿也发现过一株仙药，不过与之更无缘，连它长什么样子都没有看清。

仙药通灵，可飞天遁地，一般人很难捕捉到它们。此外，它们有强大的灵识，不是纯粹的植物，可以算是一种精灵。

“这是……一株树！”女葬士睁大了眼睛，惊叹道。

仙药本就稀少，树体就更不用说了，世间根本没有几个人见过仙药树。

据说古葬区深处有两株仙药树，它们扎根在不同的区域，归不同的大人所有，没想到这里居然有一株。

“这株树被人砍伐过，你看，如今它再次发芽了！”石昊激动地对女葬士说道。

这株仙药树有一米多高，刚长出了叶子，闪烁着五色光芒。

“叶子都不一样啊！”石昊轻叹道。

让石昊惊讶的是，仙药树的叶子的形状各有不同，有的是兵器，有的是药炉，还有的是生灵。

“居然是年岁最老的仙药树！”女葬士惊呼出声。

“有什么说法？”石昊怕惊动仙药树，轻声问女葬士。

女葬士应道：“曾经有一位强大的葬王想将这株仙药树的树干做成棺椁，但一直舍不得。据说这株仙药树很特殊，我们葬士若是坐在树下修行，更容易悟道。”

“可到底还是把它给砍了！”石昊有想骂人的冲动。

“这株仙药树居然从古葬区的深处跑了出来，那里多半发生了什么事。”女葬士皱着眉头说道。

第1207章 仙药树挑衅

WANMEI SHIJIE

一株举世难见的仙药树!

石昊在远处看着，双眼放光。

仙药树之所以能令人成仙，是因为它不仅能让修士的元神蜕变，完成肉身的涅槃，还能让修士实现全面的进化。

一般的药都能口服，而仙药却要用元神化食。

仙药树应该生长在古葬区的深处，栽种在葬王的家门口，怎么突然逃出来了?这事的确有些古怪。

“我知道了，古葬区的深处很有可能发生了战争，这个世界要大乱了！”女葬士突然变了脸色，这般说道。

“有那么严重吗？”石昊有些不相信。

“当然！”女葬士的语气很肯定。

葬士一般都处于休眠的状态之中，岁月对他们来说只是一个数字，说明不了什么。很多葬士一生都没有走出过大坟，一直在沉睡中积蓄力量，因为葬于地下就是修行。

古葬区平时极为寂静，没有声响，宛若无人之地，正如外界所看到的那样荒芜苍凉，毫无生气。

由此可见，幽静与沉寂是古葬区的常态，此地一旦发生战争，后果简直不堪设想——古葬区的宁静氛围将被打破，究竟会有多少大坟裂开，多少葬士被波及，无法统计。

因为葬士们也不知道葬士一族到底有多少人马，根本统计不过来。

石昊知道葬士一族十分强大，肯定拥有让俞陀、安澜等人都忌惮的高手，不然的话，古葬区早就被攻破了。

“古葬区竟这么神秘，连自己人都不知道底细？”石昊面露疑惑之色，问女葬士。

“曾有葬士欲统一某一片葬土，没想到他的大墓下居然出现了裂痕，随后一个黑色的地下深渊显现了出来。”女葬士随便举了一个例子，“深渊开启后，露出了数座大坟，一个古葬士从大坟中爬了出来，一把将那个欲统一那片葬土的葬士抓进了坟中。”

石昊心中一惊，古葬区还真是神秘莫测。

“我们也不知道地下究竟藏着多少秘密，比如古葬区有几层，存在了几个纪元，皆无法确定。”女葬士解释道。

石昊闻言，感慨了一番，不过他此行的主要目的是得到仙药树，古葬区的秘密他也管不了那么多，况且女葬士也不愿意透露更多的消息。

“能抓住吗？”石昊准备与女葬士联手捕捉那株仙药树。

“难度太大，这种仙药树遇土就会消失，见风就能逃遁，神出鬼没，什么法术都对它无效。”女葬士摇了摇头，道。

石昊向女葬士说明了自己的计划：先逐步接近仙药树，而后突然出手，当然，宝具、法阵等还是要准备一些。

虽然仙药树能破解法术，但也要试一试，万一有效呢。

“仙药树有一种与生俱来的灵性，一旦我们对它出手，它马上就会有所觉察。”女葬士解释道。

接着，她给了石昊一些建议，比如一直追赶仙药树，直到仙药树精疲力尽为止。

“我就不信邪，在这么近的距离内难道还抓不到它吗？”石昊很不服气，自言自语道。

做好了各种准备工作之后，石昊悄然接近了仙药树，他觉得这次有很大的把握抓住它。

“仙药树一向通灵，不会扎根在普通的地方，这座道台曾是大人物坐关之地，不容小觑。”女葬士提醒石昊。石昊心头一震，这座道台虽然看着破烂，满是裂痕，但是的确有一股大道的气息。

“不管了，如此大好的机会不容错过，请你助我一臂之力。”石昊对女葬士传音，确保不会惊动那株仙药树。

紧接着，石昊如一道闪电般快速向前冲去，大手张开，抓向道台，速度快到不可思议。

果然，仙药树的警觉性很高，它在石昊出手的刹那，就没入了道台之中，欲钻进地层深处，就此遁走。

“哪里走！”石昊大喝一声。

各种宝具一齐冲向仙药树，密密麻麻的阵纹刹那间封闭了天地。

石昊勾起嘴角，微微一笑，天地都被封闭了，看仙药树还如何逃走！

然而，很快石昊脸上的笑容就凝固了。道台散发出一股神秘的气息，将他祭出的宝具全部震开了。

与此同时，一股可怕的力量猛地攻向他，让他感到手掌一阵剧痛。

眨眼间，石昊右手的虎口便被震得裂开了。道台周围的气息愈加恐怖，仿佛有一只蛰伏的猛兽即将苏醒。

“快退后！”女葬士惊呼出声，拉着石昊向后飞去。

石昊感到一阵心悸，仿佛被一只史前巨兽盯上了。

在道台残破的石壁上，一张模糊的面孔突然浮现出来，虽然看不真切，但是能看到面孔的大致轮廓。

“大人物盘坐的道台不容破坏。”女葬士面露惶恐之色，自语道。

古道台居然通灵，出现了这种异象，任何一个葬士来此，肯定都会心惊肉跳。

石昊叹了一口气，心想，他果然低估了道台，这其中有古怪，仙药树还真是不好捕捉。

等石昊和女葬士退开很远之后，道台石壁上的面孔才消失。

石昊眼睁睁地看着仙药树没入道台下的泥土中，逃之夭夭，阵纹等对它果然无用。

“哪里走！”石昊绕过道台，向着仙药树逃走的方向追了过去。

道台上，各种神液等都已经干涸了。神液是仙药树从地下引上来的，仙药树一离开，神液等灵粹自然也就散尽了。

“多半捉不到了。”女葬士叹道。因为一旦仙药树脱困，几乎就没有什么希望再次捉到它。

然而，出乎意料的是，仙药树竟破土而出，再次露了面，而且它还很大胆，将根须等都拔了出来，在地面上撒“腿”跑。

没错，仙药树的主根就像人的两条腿一样，不断地摆动，“跑”得特别快。

是不是所有的仙药树都是这样？因为此前的天神树也是如此。这株仙药树更大胆，明知道后方的人想捉它，逃走后还敢再次露面。

石昊觉得这株仙药树绝对是在挑衅他，它还故意时不时地停顿一下。甚至，它还将新生的嫩枝垂下来，拍了拍自己的“屁股”，那“屁股”自然是剩下的木桩。

这是赤裸裸的挑衅啊！石昊没想到自己居然被一株树鄙视了。

“哪里走！”女葬士大喝一声。

“嗯？”

突然，石昊和女葬士都觉察到有些不对劲，那株仙药树似乎故意在引他们向一个特定的方向走，它想干什么？

“难道它想对付我们，要将我们带入险地？”石昊满腹狐疑，自语道。

第1208章 偶遇

WANMEI SHIJIE

对于女葬士和石昊来说，数里不过是咫尺的距离，他们刹那间就离开了祭祀地的最深处。

突然，女葬士一个踉跄，险些跌倒。

“你怎么了？”石昊看向女葬士，惊讶地问道。

“这片区域有问题，我……觉得体内阴气翻腾，走不动了。”女葬士沉声道。她的真身再次被黑雾覆盖，身体四周弥散着不祥之气。

葬士很神秘，尽管不喜欢阳光，但也并不惧怕阳光。事实上，葬士可以适应任何环境，女葬士却在这里受到了强烈的影响。

这到底是怎么回事？

“难怪那株仙药树引我们来这里，看来它知道如何对付葬士。前方的环境肯定对你不利，你不要进去了。”石昊劝女葬士停止前进。

“我想起来了，这个地方对我们来说是禁区，毗邻我们的圣地。”女葬士恍然大悟。

圣地荒废了很久，葬士们几乎都快忘记那个传说了，圣土伴着厄土，所谓的厄土就紧邻这里。

“还有这种说法？”石昊震惊不已。

“我们对于栖居地的要求不多，只有个别厄土会影响我们，这里应该是其中之一。不过，对于强大的黄金葬士来说，厄土的影响是微乎其微的。”女葬士解释道。

“你在这里等着，我进去！”石昊准备独自进入厄土捕捉仙药树，这样对女葬士说道。

“你小心一点，厄土对我们葬士来说是不祥之地，不知道对你们有没有影响。”女葬士告诫石昊。

“应该没问题，不然的话我早就有反应了。我准备佯装受了影响，踉跄着进去，也许可以让仙药树对我掉以轻心，然后我趁机将它捉住。”石昊嘿嘿笑道，想好了计划。

女葬士不再多说，向着之前那座古老的道台走去，想看一看是否有大机缘。

厄土果然有古怪，虽然生有草木，但是并不葱郁，而且没有任何动物，甚至连一只虫子都见不到。

阴冷的风吹过，呜呜作响，尽显萧瑟凄清。

石昊几次假装摔倒，踉踉跄跄地闯入了厄土中。

那株仙药树数次现身，走走停停，想引诱石昊深入厄土。

“等我捉到你，非炼出一炉仙丹不可。”石昊自言自语道。

“咦？”

突然，石昊心头一震，前方的地上密布着黑色的斑点，形成了诡异的纹路。

走到近前时看不出什么，但是石昊觉得这应该是一个规则的图形。他腾跃而起，来到高空中，向下望去，顿时大吃一惊。这些诡异的纹路连接在一起，居然是一个黑色的骷髅形状！

石昊快速落到地面，又佯装摔了几个跟头，因为他不知道那株仙药树是否还在附近。突然，他想起来这黑色的骷髅与他在帝关见到的那张兽皮图上的标记一模一样，当时他以为黑色的骷髅只是标记，现在看来应该具有特殊的含义。

这才是那片古地？

神药山脉、天兽森林以及古葬区围绕着的地方，便是造化地，也是石昊此次出关的目的地。

之前，他还以为造化地在女葬士引领他去的圣地中，没想到原来在这里。

厄土！想到女葬士说这里是与圣地相邻的厄土，石昊心中一惊，这里究竟是什么地方？

异域的生灵应该知道一些相关的消息，因为他们一直在寻找此地，而九天的禁区之主好像也洞悉了什么，同样想找到此地。

“这个地方应该很危险，贸然闯入的话，可能是九死一生。”石昊自语道。不过，到目前为止还没有发生危险的事情。

石昊在心里琢磨着，那株仙药树欲将他引进此地的最深处，难道它知道这里的秘密？

前行了一段距离后，石昊不敢再继续深入了，担心会发生不测，而且他刚才闯进来只是为了捕捉仙药树。

石昊故意让自己看起来很虚弱，最后干脆找了个地方躺了下来。

这样引仙药树过来有用吗？石昊完全是抱着侥幸的心理，短时间内那株仙药树一定很谨慎，不会轻易露面。

石昊很有耐心，好几个时辰都没有动一下，收敛了自身所有的气息。

这株仙药树怎么这么沉得住气？石昊十分不解。

时间一分一秒地过去，那株仙药树仿佛消失了。石昊在心里暗道：这株仙药树是不是在看我的笑话？如果真是这样，那就太可恨了。

突然，石昊听到了一阵脚步声，好像有人正从远处走来。

难道这里面有生灵？之前连一只蚂蚁都看不到，现在怎么突然有人的脚步声？有危险吗？

石昊一连生出了三个疑问，想起身，但还是忍住了。

不久，石昊脸上露出了一丝冷笑，因为他知道来人是谁了。当那几个生灵穿过黑色骷髅的区域后，一切都能清晰地感知到了。

金色的生灵如同山岳般巍峨，给人一种极其强大的压迫感。那是三只狮子，它们如同由黄金铸成的一般，体形庞大，有场域护体，气势挤压得虚空都变得扭曲了。

无畏狮子一族的高手居然闯到了这里，这让石昊相当吃惊。

“帝族的年轻大人比我们先进来，千万不要让他先一步夺走机缘。”一只金色的狮子低语道，显得有些忧心忡忡。

“帝族的年轻大人身上有至宝，故此才能一路畅通无阻。说起来，我们能来这里也是沾了他的光。”另一只金色的狮子开口了。

“众人都以为帝族的年轻大人是来对付荒的，只有少数人知道他是冲着这里的造化来的。”三只金色的狮子低声交流着，目光炯炯，眼中仿佛有金色的火焰跳动。

石昊闻言，心头一震，异域帝族的年轻大人竟是为了此地的造化而来的，千万不要让他捷足先登了才好。

“你们说帝族的年轻大人能得到大造化吗？”

“我看悬，那么多高手都失败了，我就不信他会与众不同。我们得小心一些，这地方太可怕了，继续前行的话，可能会有性命之忧。”

石昊在暗中听得一清二楚，很是震惊，这里到底有什么造化？

此时，三只金色的狮子已经到了石昊的近前，不过它们并没有注意到石昊，因为石昊收敛了所有的气息，不容易被察觉。

“荒莫名其妙地闯入神药山脉，估计也是冲着造化来的。”

“这次少数知情人是冲着这里来的，其他人不知晓实情，还以为是来对付荒的。帝族的年轻大人和蛄族的高手的目标应该都是这里。”

听到这里，石昊才明白事情的真相，原来异域的高手都是冲着造化来的，若是遇到他们的话，他正好一并将他们除掉。

“不知道荒是否到了此处，他很厉害，该不会真的是黄金葬士吧？”一只金色的狮子想到石昊跟葬士走在一起的事情，脸色变得有些难看。

“不可能，他是九天十地的生灵，帝关有人拿出了确凿的证据。”另一只金色的狮子推翻了石昊是黄金葬士的说法。

“荒表现出来的实力太强大了，最好能够将他除掉，免得将来成为一个大祸患。”剩下的那只金色的狮子冷冷地说道。

石昊听到这番话，气愤不已，恨不得现在就动手。他知道几只狮子的顾虑，因为无畏狮子一族出自九天十地，原本不是异域的生灵，后来成了叛逃者，这一举动的影响极坏，带动了不少强大的家族跟着叛逃。此外，在仙古纪元的决战中，它们还帮助异域攻打九天十地。

“怕什么？一个荒而已，他目前还没有成长起来，早晚会被除掉！”一只金色的狮子冷笑道。

“不错，没有什么可担心的。况且，我们也没有必要怕他，不要说祖辈，光是这一纪元我族就出了一个返祖者，对付他没有什么问题。”另一只金色的狮子点头表示赞同。

石昊颅骨中的神火微微亮起，他不想再等下去了，他要在这里对付这三只金色的狮子。其中一只金色的狮子离他很近，背对着他。

“轰！”

石昊一掌劈下，如天刀横空，雪亮的光芒一闪而过，响声震耳欲聋。

“谁？！”三只金色的狮子都很警觉，第一时间感觉到了异常，立刻催动大神通，进行防御和反攻。

但还是晚了，背对石昊的那只狮子虽然避过了主要的攻击，但尾巴还是被劈中了，哀号不止。石昊如闪电般冲到它的近前，对准它的脊背挥出了一拳。

“你敢！”另外两只狮子大吼一声。

被石昊攻击的那只狮子动用一身神力，疯狂反击。它是一只非常强大的金色狮子，早已拥有斩我境的修为，但还是败在了石昊手里，因为它的速度没有办法快过石昊。

“嗖！”石昊捏着这只狮子的脖子，活捉了它，快速后退了很远。

“将你们知道的都给我说出来！”石昊厉声道。

石昊对无畏狮子一族没有好感，当年它们为虎作伥，无恶不作，还重创了九天十地。

“住手！”剩下的两只狮子震惊不已，从石昊的元神之火洞悉了他的身份。

第1209章 俞陀惦记

WANMEI SHIJIE

“嗷——”被石昊击败的金色狮子嘶吼起来，声音中带着愤怒、屈辱，以及不甘。它是无畏狮子的后代，威名远扬，哪里受过这样的屈辱?

“还叫就别怪我不客气了！”石昊说完，一巴掌拍下，击中了金色狮子的脊椎骨。这只金色的狮子虽然是神道高手，但躯体还是不受控制地颤抖起来，因为遭受的创伤太严重了。

“住手，我们说！”另外两只金色的狮子担心自己的伙伴有什么不测，终于开口了。它们呼吸急促，盯着石昊，金色的瞳孔中充满了怨恨。可是面对石昊，它们也很无奈，一时间想不出什么办法对付他。

“这里有一件神秘的器物，关系甚大！”

“俞陀古祖当年挖掘古葬区时意外得到了一幅古卷，古卷中记载着一个神秘的地点，据说那里埋着古物。”

两只金色的狮子迫不得已，说出了此地的秘密。

石昊闻言，大吃一惊，原来俞陀还有惦记的东西。要知道，俞陀可是与仙王交过手，最终还活了下来的恐怖人物。

俞陀觊觎的东西究竟是什么?

“太笼统了，你们说的这些没有什么意义，我早就知道这里有大造化。”石昊故意这般说道。

“俞陀古祖不可能说出那是什么的！”一只金色的狮子急忙说道。不过，所有人都知道那东西肯定了不得。

关于此地的大造化，外界有好几种传说。

有人说，这里有一卷经书，据说经书记载着奥义，让俞陀这等人物都异常动心。

另一种说法是这里有一件葬器，葬器是专门用来对付葬士的。对于一直想揭开古葬区神秘面纱的安澜、俞陀古祖来说，葬器无疑是至宝。

还有一种说法是，这里有一种十分神秘的力量，谁若是得到这种力量，必将天下无敌。

此外，还有其他的说法，此地孕育着一个生灵，其道体极其强大，无与伦比。据闻，谁若是将那个生灵的元神取而代之，就会拥有无敌的道体。

石昊听两只金色的狮子说出各种传闻之后，眉头紧皱，默默思索起来。不管怎么说，这里的确有大造化。

“你们很不老实，有些话还没有说吧？”石昊一指点出，金色狮子顿时发出了哀号声。

“停！”一只金色的狮子喝道。

“此地的深处有危险，贸然进入的话，会化成枯骨。”另一只金色的狮子急忙说道。

这么多年以来，俞陀、安澜一次又一次派人寻找造化，结果都失败了，厄土的深处似乎有阻挡入侵者的神秘力量。

不朽者无法跨过天渊，更不能来到这里。其他境界的修士来此全都失败了，而且不止一位至尊在此地的深处丢了性命。

“连至尊进去都会殒命？”石昊眉头紧皱，问三只金色的狮子。这地方太危险了，这是否意味着他没有一点走出去的希望？

“是的，从古至今，来这里的至尊没有一个能活着回去的。”一只金色的狮子点了点头，道。如果有选择的话，这件事它是绝对不会说出来的。

“那你们还来？”石昊盯着金色的狮子，目光炯炯。

“其他境界的修士虽然失败了，但是有活着回去的。”另一只金色的狮子解释道。

这怎么可能？石昊不太相信，可是听金色的狮子细说之后，他又沉思起来。

“嗷——”

突然，被石昊控制的金色狮子发出一声惊天动地的大吼，正是无畏狮子一族的镇教神通之一——无畏狮子吼！

这只金色的狮子原本一直被石昊压制着，此时它冲破了封印，回头对着石昊施展出了一记狮子吼。同一时间，另外两只金色的狮子也竖起了满身金色的长毛，发出震耳欲聋的吼声，一起攻击石昊。

对于无畏狮子一族来说，成为俘虏是奇耻大辱！

那只被石昊压制的金色狮子暗中破除了封印，迅速向石昊发起了反击。石昊见状，一指击在它的身上，似乎震断了它半数的骨头。

这只金色的狮子震惊不已，荒怎么会这么强大？

另外两只金色的狮子护住受伤的同伴，身体发光，烈焰腾腾，施展宝术攻击石昊。石昊双手交叉，幻化出一只伴着闪电的鲲鹏，挡住了三只金色的狮子的攻击。

三只金色的狮子大惊失色，连话都说不出来了，它们施展的可是绝招，荒居然丝毫没有受到影响！

“既然你们不要命，那我就成全你们！”石昊冷冷地说道。

一时间，金光迸发，直冲云霄。三只金色的狮子皆激活了血脉，动用了自身最强大的力量。

“祭古宝！”三只狮子在暗中互相传音。它们知道凭借真正的实力无法轻易击败荒，唯有将希望寄托在那两件古宝上。

与此同时，三只狮子颇为震惊，它们有斩我境的修为，却不敌一个修为在虚道境的小子！

“哐当！”伴着一个清脆的响声，一个钵盂出现了，钵盂外形古朴，内部弥漫着混沌之气。

“曾经的古僧法器，可惜龟裂了。”一只金色的狮子有些遗憾地说道。

钵盂上布满了细小的裂痕，应该是受损了，不然的话，它连日月星斗都能收进去。

“纳命来！”一只金色的狮子大吼一声。钵盂猛地冲向石昊，不断放大，欲将他收进去。

“嗯？”

石昊惊诧万分，这个钵盂太强大了，他难以抵抗，好像要被收进去了。

“哈哈……果然有效！”一只金色的狮子大笑道。

石昊的躯体逐渐缩小，半截身子都进入了钵盂内。

“可惜不是当年那位仙道僧王的钵盂，不然连仙都不是我们的对手。”另一只金色的狮子叹道。

“荒，你也有今日！想当年我族的先祖连真仙都击败过，你算什么？竟然敢针对我族！”那只负伤的金色狮子厉声道。

“一群败类，投靠异域，也好意思炫耀你可耻的先祖！”此时，石昊虽然身体被钵盂束缚，但是心神并未慌乱。

“轰！”惊天动地的声音响起。

另一只金色的狮子直立而起，大爪子中抓着一杆呈紫金色，闪烁着耀眼光芒的降魔杵。和钵盂一样，降魔杵上也有很多裂痕，是古僧的法宝。

降魔杵刹那间释放出惊人的气势，天地仿佛都要裂开了，景象骇人至极。

“看招！”

金色的狮子大吼一声，挥动降魔杵，猛地向石昊砸去。

“当！”

随着一个清脆的声音响起，石昊站在钵盂中，徒手挡住了从天而降的降魔杵。

“成王败寇，九天十地的许多大族都在当年那一战中被灭了，而我无畏狮子一族成了异域的王族，越发壮大，这就是现实！你服也好，不服也罢，我无畏狮子一族如今风光无限，而当年的诸多家族都已成为历史的烟尘，有些家族的先祖更是被炼化成了傀儡，我族就有几个这样的仆从。”一只金色的狮子故意扰乱石昊的心神，这般说道。

“说够了吧，送你们上路！”石昊喝道。

石昊用大罗剑胎刺透了钵盂，“轰”的一声，钵盂炸开了。

随后，石昊挥动拳头，不断砸向半空中的降魔杵，让降魔杵上面的裂痕迅速扩大。最后，“咔嚓”一声，降魔杵也裂开了。

三只金色的狮子惨叫起来，皆遭受了重创。

“逃！”

三只金色的狮子知道它们不是石昊的对手，决定逃跑。

“晚了！”石昊厉声道。

“砰！”

伴着一声巨响，石昊轻松地除掉了三只金色的狮子。它们虽然是无畏狮子，但还是无法与石昊抗衡，毕竟它们不是真正的返祖者。

半个时辰后，石昊进入了厄土的深处，他全身的寒毛都竖了起来，总觉得有厄难要降临。

“轰！”

突然，厄土的最深处发出了沉闷的声响，一股黑色的气浪席卷而来。石昊转身就逃，心想，厄土深处果然有灾难要发生了！

这时，石昊又听到了一声长啸，整片厄土都晃动起来。紧接着，一个人形骨架从不远处跑了出来，像是在逃遁。

“怎么是一具骷髅？”石昊大吃一惊。

“嗷——”一声狮吼从另一个方向传来。

一只狮子，同样没有血肉，只有一副金色的骨架，正在狂奔，欲摆脱身后汹涌的黑色浪涛。

“这是……”石昊好像明白了什么，这具狮子骨架大得惊人，远超刚才那三只狮子，难道是返祖者？

很快，石昊又看到了另一个逃遁的生灵，只见他一只手持有时光碎片，一只手握有空间力量。

这个生灵依旧是骨架！

“蛄族！”石昊没想到自己居然在同一时间、地点见到了无畏狮子的返祖者和敢与仙王对决的蛄族高手。

“那个人形骨架难道是帝族的那位年轻大人？”石昊疑惑不解，自言自语道。

俞陀惦记的到底是什么？石昊飞快地逃走，不时地回头看那股黑色的浪涛，感觉自己仿佛处在幻境之中。

第1210章 出世

WANMEI SHIJIE

“轰隆！”

惊天动地的声音响起，滔天的浪花将空中的云朵淹没，覆盖了这片厄土。

事实上，这并不是真正的汪洋，而是一种黑色的能量，看起来与暴怒的神海一般无二。这种能量太可怕了，石昊确定它可以轻而易举地吞噬比自己境界更高的大修士，因此也在拼命地逃跑。

三大高手更是拼尽全力，向着大致相同的方位逃遁。

“砰！”

巨大的声音响起，石昊尝试撕开虚空，逃出这片天地。经过一番尝试后，他手臂发麻，指头剧痛，好不容易将虚空撕开了一道极小的裂缝，但还是没有将其彻底打开。

石昊终于明白那个蚰族的高手为何一只手持有时光碎片，一只手握有空间力量也无法撕开虚空了，因为这个地方被封闭了，根本无法开启空间通道，所以他们只能迈开脚步，像疯了一样地往前逃遁。

“糟糕！”石昊发现自己拼尽全力，也不过逃出了六百里而已，他施展的缩地成寸神通并没有奏效。而且，在逃遁的这段时间内，他也没能飞起来，似乎被一股强大的力量束缚了。

石昊和三大高手渐渐地被压在了地面，没有办法快速逃遁，黑色的浪涛如同千军万马般发出震耳欲聋的声音，从后方呼啸而来。

这到底是什么神秘的力量？石昊一边狂奔，一边仔细地感知着后方的力量。

这股神秘的力量很强大，影响了乾坤，扰乱了空间的稳定，像是要定住此地一样。此外，石昊和三大高手的神通也被限制了，不然他们早就逃出去了。

石昊猛地抬手，向后方攻去，发现神通不能成形。不过，虽然他的神力受到了束缚，但还是有一部分力量化成神光冲向后方，迎向那股黑色的浪涛。

“轰！”

那道神光落入黑色浪涛的一刹那，发出巨大的声响，使得恐怖能量发出了耀眼的光芒。

神光与恐怖的能量发生碰撞之后，引出了一股强大无比的力量，仿佛上百万座火山在同一时间喷发，淹没了大地。

那只无畏狮子很是愤怒，发出惊天动地的吼声，黑色浪涛爆发后，正好伤到了它。

“你是哪一族的？不要命了吗？！”无畏狮子怒了，大吼出声。若是在平日，它根本不会说出这种带有情绪的话，因为它向来都是冷漠无情、少言寡语的。如今在这样的危急关头，它什么都顾不得了，流露出了最真实的情绪。

“来此地之前，你族的祖上没有告诫过你吗？不能硬碰硬，你越强，就会被压制得越厉害。”那个人形骨架也开口了。他是某一帝族培养出来的强大弟子，时隔数万年，帝族又一次走出古地，踏入边荒。然而，他还没有来得及一展身手，就成了现在这副模样。

石昊心头一震，这个地方还有这种奇事，黑色浪涛越是被强大的力量攻击，反击力度就会越大！

石昊顿时生出了一个大胆的念头，他想拼尽全力攻击这股黑色的浪涛，然后让它将三大高手全部吞没。但很快他又摇了摇头，因为此时他根本无法施展神通，法力也没有那么强大，即便全力出手，也不会有很明显的效果。

紧接着，石昊又想出了另一个办法，他现在有意隐藏了真身的气息，也许能暂时装作是异域的人，与三大高手走近一些，到时候找准时机再对他们出手。

“对不住，我有些紧张，一时忘记了。”石昊对三大高手传音。

帝族的年轻大人没有说话，蛄族的高手则一直保持沉默，只有无畏狮子愤怒地吼了一声，因为它的尾骨又被黑色浪涛击中了。

就在此时，一道光芒闪过，乱石林中浮现出一个生灵，它也在拼命逃遁，藏不住真身了。石昊一眼瞥见了它，正是那株仙药树！

仙药树居然也在逃窜，它估计没有料到这个地方会如此危险。

石昊想到正是这株仙药树故意引他来此地，让他陷身险境，不禁大怒，径直冲了过去。

“啊！”

仙药树大叫一声，吓得枝叶乱颤，跑得更快了。现在，它既不能穿透虚空，也不能遁地，只能在地面上狂奔，树形完全暴露了出来。

这对一株仙药树来说是非常危险的！

帝族的年轻大人、蛄族的高手，以及无畏狮子看到仙药树后，皆激动不已。仙药树价值连城，连不朽者都想得到它。

三大高手立马调整方向，不约而同地冲向了仙药树所在的位置。

石昊也在拼命追击仙药树，这可是难得的机会。

仙药树之前挑衅过石昊，知道自己一旦被捉住，肯定没有什么好下场。它的根须跟触手似的，落在地上，嗖嗖地跑得特别快，这种速度让石昊等人目瞪口呆。

突然，仙药树开始浑身发光，弥散出五色仙雾，叶片翻动，璀璨夺目。

石昊不断加快速度，甚至比刚才逃命时的速度还要快。他之所以会这样，都是被仙药树刺激的，因为它每逃出去一段距离后，都会以嫩条对石昊“勾手”，进行挑衅。

石昊浑身发出灿烂的光芒，像一支穿云破雾的神箭，刹那间就追上了仙药树。

“哎呀！”仙药树大叫一声，逃得更快了。

“轰！”

伴着一声巨响，石昊猛地挥出了一拳，看那架势，像是要把仙药树击碎一样。

“哧！”

伴着一声轻响，仙药树的树枝抖动了一下，一片叶子脱落下来，猛然向石昊冲来。

“嗯？”

石昊心中一惊，这算是攻击吗？可他并没有感受到强大的力量。

石昊一伸手就将叶子抓在了手里，感觉到了蓬勃的生机，叶子中似乎孕育着仙道的气息。

就在这一瞬间，仙药树蹿出厄土，进入了圣地之中。“哧溜”一声，它钻入地下，就此消失不见。

“就分心了一下，又让它逃掉了。”石昊自语道。他觉得很遗憾，重新回到了之前的那片圣地。

帝族的年轻大人、蛄族的高手，以及无畏狮子进入圣地后，不约而同地停下脚步，转身望向黑色的浪涛。

“他们不怕死？”石昊有些不解，嘀咕道。

奇异的事情发生了，黑色的浪涛冲到距离圣地不到一百米的地方后，像是遇到了一股无形的阻力，没有办法进入圣地内。

“有效果，那东西……出世了！”

就在此时，一直沉默不语的蛄族的高手开口了。

石昊停下脚步，在远处认真地观察着。

一团光从黑色浪涛的深处腾起，十分醒目，既神圣又柔和。

俞陀、安澜惦记的东西出世了！

第1211章 坟中物

WANMEI SHIJIE

从黑色浪涛深处腾起的那团光很柔和，也很神秘，如同从海平面升起的一轮圆月。石昊目不转睛地盯着那团光，到底是什么东西出世了？

在场的几人皆震惊不已，尤其是帝族的年轻大人，他来这里就是为了带走那个神秘的东西，此时终于看到了希望。

“太不可思议了，漫长岁月之中损失了那么多人，连来此的至尊都殒身了，我们居然成功了！”蛄族的高手毫不掩饰自己的兴奋之情，这般说道。

“还以为只是传说，原来是真的！”无畏狮子晃动着骨架，道。

帝族的年轻大人也很激动，没有人比他更清楚他这次来此寻造化究竟付出了多大的代价。为了助他成功寻到造化，俞陀等人赐予了他神秘的法器，还为他准备了多种手段。

就在不久前，也不知道有多少阵旗被毁，那些都是从异域带出来的，其中不乏由仙金铸成的旗杆等。

“出来了。”帝族的年轻大人低语道。

几大高手散发出恐怖的气息，盯着那团光，生怕错过了什么。

石昊很想知道这片厄土中究竟有什么宝物，居然值得安澜、俞陀等花费心血，不断派人来这里寻找。

黑色浪涛卷上高空，那团光越发明亮，丝毫不受影响。

“那是……”帝族的年轻大人望着黑色浪涛，道。

蛄族的高手和无畏狮子也都大吃一惊，因为所见到的与想象的不一样。

一座暗红色的坟从黑色浪涛中浮现出来，升到了水面的上方。那座坟很大，隔着很远都能感觉到它惊人的气势，如同一座仙城从时空大裂缝中显现。

这就是俞陀等人要找的东西吗？怎么会是一座坟？

“神圣的光芒就是从这座坟里面发出来的。”无畏狮子依旧保持冷静，肯定地说道。

这时，大坟裂开了一道缝隙，淡金色的光芒从裂缝中透出，很是亮眼。

那是什么宝物？居然藏于大坟中！

几大高手都很紧张，也很激动。传说中的东西终于要出世了，不知道连安澜、俞陀那等人物都惦记的宝物到底有何特别之处。

“难道是属于葬士的东西？”石昊嘀咕道。

居然将宝物埋葬在大坟内，这似乎是葬士的风格。可是，那里是厄土，不是古葬区，葬士不愿接近那里。难道说，正是因为这件宝物才导致葬士讨厌厄土的吗？

石昊想找到之前的那个女葬士，结果没有任何发现，不知道她如今在圣地的哪个位置。按理来说，这么大的动静，她应该听到了才对。

“轰！”

伴着一声巨响，黑色浪涛越发狂暴了，数万丈高的大浪拍向这片圣地，声势浩大。

然而圣地好像有一面透明的墙壁一样，挡住了汹涌的黑色浪涛，使之不能越过半步。

“大坟塌陷了！”无畏狮子大喊一声。

大坟塌陷、龟裂，迸发出淡金色的光芒，显然是里面的东西要冲出来了。

“废掉了那么多器物，那些器物都是不朽之王炼制的啊！如今终于换来了回报，宝物要出世了！”帝族的年轻大人感叹道。

石昊大为震惊，看来为了让这个东西出世，异域的确付出了不小的代价，连俞陀、安澜等人都间接出手了。

“轰隆！”

一声巨响过后，黑色浪涛瞬间淹没了天地，到处都是黑茫茫的一片，只有一点微弱的光从黑色浪涛的最深处透了出来。

石昊等人屏住呼吸，静静等待，密切关注着即将出世的宝物。

这时，黑色浪涛中的大坟裂开，一个箱子浮现了出来，被朦胧的金光笼罩着。

“要找的东西就是它？”蛄族的高手惊讶地说道。

那是一个木箱子，破破烂烂的，看起来存在的岁月无比悠久，似乎随时会碎裂，但是依然闪烁着柔和的淡金色光芒。

黑色的浪涛平静下来，不再汹涌，其实它一直不退走，就是为了守护木箱。

远处，石昊看得一清二楚，心里盘算着如何才能拿到木箱。他知道进入黑色浪涛是不现实的，那里面有极大的危险。从古至今，为了这个木箱，也不知道多少人丢了性命。

这次，帝族的年轻大人与蛄族的高手等人之所以成功，是因为带来了俞陀、安澜亲自炼制的秘器。

为了来到此地，见到厄土中的宝物，耗费的心力比进行一场大战还要多。

“我们如今已经超越了很多前人，下一步的关键是如何将烂木箱子带出来。”帝族的年轻大人说道。

“动用那些强大的仆从吧！”无畏狮子提出了建议。

“不错，该让他们上场了。”蛄族的高手表示同意。

随后，蛄族的高手取出一个兽皮宝袋，松开了袋口。灿烂的光芒迸射而出，先后有二十位强者出现。

石昊大吃一惊，这些突然出现的强者怎么看着有些眼熟？

战兵！石昊恍然大悟。

这些强者与天神书院的仙家洞府中的五名守城者服饰相同，气息相近，也是昔日的战兵，属于九天十地，拥有强大的实力。

“这是我的先祖在当年那一次大战中亲自炼化的傀儡仆从。”无畏狮子淡淡地说道。

石昊闻言，勃然大怒，恨不得立刻冲上去与无畏狮子对决。

这些可都是九天十地的强者，他们曾经奋不顾身地与异域的大军对战，最后却落得这么一个下场。

无畏狮子一族当年是九天十地的生灵，后来不仅投敌，还对付自己人，并将一些强者炼化成傀儡。

蛄族与无畏狮子一族差不多，也是叛变投敌的，对九天十地造成了不小的危害。

“我这里也有几名厉害的仆从。”帝族的年轻大人一边说着，一边取出空间法器，放出了五名穿戴甲胄的战兵。

看到这一幕，石昊心中更加悲痛。这些战兵是昔日的先民，有的是战死后被炼化的，有的是被活活炼化成了傀儡，如今，他们还要被奴役，实在是悲惨！

“去吧，将那个烂木箱子带回来！”三大年轻高手下了命令。

二十五名战兵手持黑色的天戈、战矛等，纷纷走出圣地，向黑色浪涛冲去。

“噗！”

然而，战兵们刚进入黑色浪涛，就有几人被吞没了。

“不行，那种力量太强大了！”无畏狮子惊呼起来。

帝族的年轻大人的脸色很难看，他知道这下事情很棘手了。

剩下的战兵们迅速冲向黑色浪涛的深处，但是面对如此恐怖的力量，他们也无力与之抗衡。

果然，不久后，剩下的战兵也被黑色浪涛吞没了。

黑色浪涛远比他们想象的还要恐怖!

“难怪昔日来这里的至尊都殒身了，我们若是找不到解决的办法，直接冲过去，多半也要完蛋。”无畏狮子无奈地说道。

石昊也体会到了那种无奈，带走烂木箱子似乎是一件根本不可能办到的事。

就在这时，帝族的年轻大人朗声道：“请俞陀、安澜降临，在这里出手！”

石昊闻言，心中一惊，难道不朽之王能跨过天渊吗？

第1212章 不朽之王

WANMEI SHIJIE

别说石昊，就连无畏狮子和蛄族的高手都大惊失色。

难道俞陀、安澜真的到了？这怎么可能？！

他们想进入边荒太难了，但凡不朽者都无法通过天渊。实力强大的人会被天渊的法则排斥，无法与天地相容。

“咦？”石昊感到有些疑惑。

当帝族的年轻大人喊出那些话后，此地并没有发生特别的事情，俞陀、安澜也没有显化真身。

前方，黑色浪涛不再翻涌，但是越发恐怖了。

“道兄，这是？”无畏狮子心生疑惑。

“你确定能唤来安澜、俞陀两位古祖？”蛄族的高手问帝族的年轻大人。他很高傲，从未觉得自己的家族比帝族差。

蛄族确实很强大，当年可与真龙一族匹敌，还争夺过世间第一族的称谓。真龙一族被认为是仙王之族，最终会蜕变成无敌的仙道存在。

“稍等！”帝族的年轻大人仰望着虚空，表情变得严肃起来。随后，他开始吟诵一段很长且很古老的文字，其中包括俞陀、安澜的名字。

石昊心中一惊，帝族的年轻大人是在诵真名，即把两大强者的名字、姓氏等都吟诵出来，然后进行召唤。安澜、俞陀只是两位古祖的简称，他们还有很长的姓氏、位分等，如果加上这些前缀与后缀，光是姓名就足足有数百个字。

此地与异域隔着天渊，仅仅靠呼唤真名，安澜和俞陀自然不会显化。

“害我白担心了，原来安澜、俞陀那两个老家伙也会受到限制。”石昊自言自语道。

无畏狮子、蛄族的高手如果听到这番话，肯定会目瞪口呆，他们在异域生活了这么久，还没有人敢对安澜、俞陀如此不敬。

“轰！”

突然，虚空中光芒一闪，一道模糊的影子浮现出来。那种气息十分恐怖，笼罩着天，让众生战栗不已。

刹那间，以厄土为中心，一股神秘的气息覆盖了神药山脉、天兽森林等，并迅速向远方扩散。

“召唤出来了？”石昊瞪大了眼睛，自语道。

离得最近的蛄族的高手和无畏狮子险些受伤，根本承受不住这种威势，忍不住向那道模糊的影子叩拜。

“咔嚓！”

那道模糊的身影并不稳定，刚出现一会儿，转眼间又消失了。

帝族的年轻大人一阵出神，他原本以为自己成功了，没想到还是功亏一篑了。要知道，他来此地之前做了充分的准备，还得到了觐见安澜和俞陀的机会。无论是俞陀还是安澜，身份都极其尊贵，哪怕是其他不朽者都很难见到他们，更不要说年轻一代的高手了。

安澜和俞陀赐予帝族的年轻大人各种秘器，就是为了这一日！

“可惜啊！我们也没有创造奇迹，原本还以为会得到烂木箱子，揭开万古之谜呢。”无畏狮子的语气里都是遗憾。

“真是不甘心啊！我们都走到这一步了，结果还是失败了。”蛄族的高手长叹了一口气，这般说道。

“还没有失败！”帝族的年轻大人朗声道。他收起挫败之感，意志反而更加坚定了。

只见帝族的年轻大人取出一座法台，法台呈淡紫色，并不高，只有三尺。法台的内部蕴藏着一股无与伦比的强大力量，如同沉睡着一只洪荒猛兽，随时都会苏醒。

“这是什么？”无畏狮子问帝族的年轻大人。

“召唤台！”帝族的年轻大人说完，便取出各种阵旗放在法台上，让它们自动排列。接着，他将一块又一块紫色的骨取出，这些骨化成了符号，铿锵作响，密布在天空中，发出洪大的声音，如同诵经一般。

“轰！”惊天动地的声音再次响起，无畏狮子和蛄族的高手都难以忍受，一下子跪倒在地。

年轻的帝族大人祭出最后一块骨后，也承受不住这种威势，倒在了地上。

冥冥中好像有一股力量在与这座法台沟通，那股力量穿过无尽空间，想抵达这里。

异域的一片古老的蛮荒之地也不知道有多少万年没有被惊扰了，而此时不朽之光居然一道又一道地亮起来了。

“什么？古祖苏醒了？”一时间，与蛮荒古地中的存在有血缘关系的人们震惊不已，惊呼出声。他们似乎感应到了什么，纷纷朝着法台的方向叩拜。

圣地中，无畏狮子、蛄族的高手，以及帝族的年轻大人感到越发不安，骨架咔咔作响，仿佛要裂开了。

“不行，速速将它推进黑色浪涛中，不然我们都会没命！”蛄族的高手喝道。他们被神秘的力量压得跪在地上，快要撑不住了。

“好！”三大年轻高手奋力一推，三尺高的法台瞬间跌入了黑色浪涛中。

“扑通”一声，浪花翻涌，恐怖的能量再次释放出来。

很明显，这座法台的坠入引发了黑色浪涛内部的剧烈变化。出乎意料的是，法台没有像战兵那样被浪涛吞噬，而是漂浮在黑色浪涛上。

石昊将这一切看在眼里，深感震惊。他知道此地肯定会发生变故，但是没有办法阻止。

当法台落入黑色浪涛中之后，蛄族的高手、无畏狮子，以及帝族的年轻大人皆长出了一口气，从地上爬了起来。他们觉得这片圣地肯定有神秘力量守护，因为无论是黑色浪涛还是法台，都没能对这里造成影响。

“咔嚓！”

黑色浪涛中，那座骨质的法台中心出现了一道裂痕。不同颜色的血从裂缝中冒了出来，交织在一起，璀璨夺目，让人无法正视。

“那是……怎样的古血？”无畏狮子看到色彩斑斓的血，感到一阵恐惧。

“俞陀之血！”帝族的年轻大人答道。

法台中居然藏着俞陀之血，那是宝贵的真血，代表着无与伦比的力量。

随后，帝族的年轻大人再次取出一个物品。那是一张兽皮，上面写满了不可辨识的大道文字。

“嗖”的一声，兽皮飞入黑色浪涛中，落在了法台上。紧接着，兽皮浸染了一些血，“轰”的一声燃烧起来。

这是一篇经文，是能召唤不朽之王的大道文字。此时，洪大的诵经声响彻天地，数次提到了俞陀的全名。

“真经召唤，这是不朽之王自己写的召唤经文吗？”蛄族的高手自语道。

“成败在此一举！两位大人准备了多年，花费了无数天材地宝，付出了不可想象的代价，也只能短暂地穿过天渊。”帝族的年轻大人郑重地说道。

“嗡”的一声，沉闷的声音响起，法台突然发出刺目的光芒。刹那间，法台周围的虚空扭曲了，迅速变得暗淡下来。

接着，法台从黑色浪涛中冲霄而上，撕裂了整片苍宇，开启了一扇迎接不朽之王的门。

隐约间可以看到，一只大手从漆黑的苍穹大裂缝中缓缓伸出，不朽之王真的降临了。这不是真身，此时却等同真身。为了这一刻，不朽之王不知道准备了多少万年，这是他最强大的法体的显化。

若不是在圣地中，在场的所有生灵都要殒命，在大手伸出的刹那，释放的那种气息会让日月山河都崩塌。

当大手从半空中缓缓落下，并向黑色浪涛的深处抓去时，数不清的星辰从天穹坠落，并在半空中碎裂。

到了后来，当大手快要接近那个烂木箱子时，成片的星辰如同瀑布般从天上倾泻而下。

这是何等强大的力量，简直不可想象！仅仅一只手就能够让星辰坠落！

“这就是俞陀古祖的力量吗？太强大了，任谁来都无法与之对抗！”无畏狮子惊惧不已，感慨万分。所幸他们被圣地庇护着，不然的话，就算自身再强大，也会形神俱灭。

“成功了！”帝族的年轻大人惊喜地喊道。因为那只大手很快就要抓住烂木箱子了，他很想知道那个烂木箱子中到底装着什么。

为了这一刻，俞陀耗费了漫长的时间，付出了巨大的代价，究竟是什么东西值得他这样做？

“轰！”

突然，可怕的声音响起，一股恐怖的气息从远方扩散而至。

“古葬区！”蛄族的高手惊呼出声。他所说的古葬区不是眼前之地，而是更遥远的地方。

“古葬区中好像有什么东西要出世！”帝族的年轻大人震惊无比，心情再次变得沉重起来。

连古葬区都被惊动了，居然有生灵要出世，这是要针对俞陀吗？

第1213章 争锋

WANMEI SHIJIE

遥远的古葬区距离这里也不知道多少万里，不过，有一段地下葬区支脉延伸到此地，和昔日的古葬区三大圣地之一连接在一起。

此时，古葬区被惊动了，恐怖的气息弥散开来。

离此地最近的一座古坟中的葬士觉醒了，他最先感应到此地发生的变化，释放出了巨大的能量。

帝族的年轻大人、蛄族的高手以及无畏狮子惊诧万分，仿佛末日来临了一般——遥远的古葬区深处居然有生灵出世了！

黑色浪涛中，俞陀的部分法体——那只大手快速压落，欲抢先带走烂木箱子。无数星辰环绕在俞陀的大手周围，隆隆作响，飞快转动，混沌之气四溢，气势惊人。

“哧！”

随着一声轻响，神光冲霄，俞陀的那只大手没能抓起烂木箱子。

光芒化成了神剑，其发出的剑气殷红如血，守护着出土的神圣器物。

“轰隆！”

惊天动地的声音响起，俞陀的那只大手再次落下，似乎铁了心要将烂木箱子带回异域。四周混沌之气翻涌，一些星星承受不住这种威力，纷纷崩裂，发出刺目的光芒。

远远望去，一颗又一颗转动的星星化成碎片，画面很是恐怖。这时，黑色浪涛中一股强大的力量再次将大手弹开，阻止俞陀得到烂木箱子。

“是那座暗红色的大坟！”无畏狮子大喊道。

大坟虽然沉入了黑色浪涛之中，但还是释放出了惊人的能量，它究竟是何人所建？怎么会有这种力量？

石昊心中大惊，暗红色的大坟居然能阻挡俞陀的大手！

此时，俞陀发怒了，一座残破的大坟而已，居然两次阻止他夺取宝物。

“轰！”

伴着一声巨响，红色的雾气从暗红色大坟之前所在的废墟中腾起，瞬间将俞陀的大手遮盖了，妖邪而诡异。

俞陀铁了心要带走烂木箱子，他没有多少时间，古葬区中的存在很快就要出世了。

“噗”的一声，俞陀的大手将浓重的红色雾气震散了。

“这是……高手留下的尸雾吗？”帝族的年轻大人自语道。

帝族的年轻大人见多识广，他听闻在遥远的史前，曾有高手留下被尸雾笼罩的躯体。

看来这座古坟大有来头！

虽然这里没有尸体，但是有红色雾气，这就足以说明曾有高手葬于这座古坟中。

“高手的尸体可能是被人移开的，目的就是为了葬下这个烂木箱子。”蛄族的高手推测道。

石昊听得真切，看得清楚，不禁心头一震，如果真是这样的话，那就更可怕了，烂木箱子中到底有什么？

“我觉得原本暗红色的大坟里可能葬着一位高手，后来有人把高手的尸体挪走了，将这个烂木箱子放进了坟中。”蛄族的高手坚定了自己的想法。

“轰隆！”

黑色浪涛中传出可怕的波动，响声震耳欲聋，恐怖的气息弥散而出，苍穹都快要被震碎了。

俞陀的大手刺破红雾，穿过光芒，牢牢地抓住了烂木箱子。尽管俞陀多次受阻，但大坟中的力量并不足以彻底击退他。

石昊知道他们如果不是身在圣地中，受到了庇护，肯定会形神俱灭。俞陀古祖的力量无与伦比，超越了世间的极限，其他层次的生灵根本无法与之抗衡。

烂木箱子终究还是被俞陀抓住了！

“可惜啊！”石昊握紧拳头，发出一声叹息。

烂木箱子上并没有闪烁的符文，其中也没有传出可怕的波动，这倒是有些出乎石昊等人的意料。

“古祖小心！”无畏狮子大吼一声，向俞陀示警。

就在此时，从古葬区方向传来了一阵惊人的波动，黑色雾霭席卷而出，欲淹没俞陀的大手。

石昊看到这一幕，心中顿时升起了一股怒火，无畏狮子一族本属于九天十地，如今却为异域效力。

不久前，无畏狮子逼迫那些以先民躯体炼化而成的傀儡进入黑色浪涛中，致使他们被吞没，现在它还格外担忧异域大人物的安全。

“无耻的家伙……”石昊喃喃道。

石昊决定有机会一定要给无畏狮子一个教训，让它搞清楚自己的身份。

“轰隆！”

雷声轰鸣，黑色雾霭紧紧包裹着俞陀的大手，仿佛要将大手化成灰烬。

“哧！”

随着一声轻响，真的有葬士来到了此地。葬士挥出一只手，那只手很苍白，如同在水里泡了很多天一般，猛地劈向俞陀。

“轰！”

巨大的声音响起，俞陀以强大的祖术攻击葬士，抓着烂木箱子冲向虚空中的大裂缝。

俞陀不想继续打斗，欲快速抽身，因为他是为了烂木箱子而出面的，不是为了决战来的。他时间不多，东西到手了必须马上赶回去。

可是，葬士太厉害了，苍白的大手一落下，天地便崩塌了一块。葬士故意断了俞陀的退路，就是想要拦住他。

俞陀虽然只显化了一只手，但是实力也极其强大。

“砰！”

俞陀用手攻击葬士惨白的大手，发出震耳欲聋的响声。随后，不朽之光亮起，葬士散发出恐怖的气息，两人展开激烈的对战。

“时间不多，俞陀古祖再不回去就来不及了！”蚨族的高手很是担忧，这般说道。

“那个葬士好像并不是为了争夺烂木箱子，难道是为了阻击俞陀古祖？”帝族的年轻大人有些不解，自语道。他发现葬士一直在攻击俞陀，好像希望直接击碎那个烂木箱子一样。

然而，虽然那个葬士数次击中了烂木箱子，但烂木箱子就是没有被毁坏。

“坏了！”无畏狮子大喊一声。

这一次又失败了吗？

俞陀的大手渐渐变得模糊起来，因为时间快到了，俞陀该离开了。

这时，法台发光了，它虽然仅三尺高，但是有一种不可侵犯的神圣威势。另一种古血在缝隙中显现，迅速漫延，整座法台燃烧了起来，经文吟诵声震耳欲聋。

一杆闪烁着璀璨光芒的黄金长枪出现了！

安澜之枪，居然是它！

当然，这不是安澜之枪的本体，而是其威势的显现。

一只大手突然出现，它抓住安澜之枪，猛地向前刺去。

“安澜古祖出现了！”无畏狮子惊讶地说道。

“噗”的一声，安澜之枪刺中了那个葬士，将他钉在了虚空中。

第1214章 葬王

WANMEI SHIJIE

这个变故很惊人，出乎了在场所有人的意料，来自古葬区的葬士没能避过这一击。葬士的大手被安澜之枪刺中后，渗出黑色的血液，发出妖异的光芒，更有神秘的气息扩散开来。

“轰！”

伴着一声巨响，葬士的大手猛地一抖，逼出了安澜之枪。尽管安澜还在用力，但葬士还是挣脱了。

随后，遥远的古葬区深处传来一声惊天动地的怒吼，吼声如雷，震动了边荒，恐怖的气息开始弥散。这个地方一下子如同地狱般阴森，让人觉得通体冰冷，像是要被冻僵了一样。

所幸圣地发光，挡住了恐怖的气息，隔绝了黑色浪涛，不然的话，这里将发生一场大乱。

葬士猛地攻向安澜之枪，甚至放弃了对付俞陀。

“这是什么东西？难道是古葬区的王？”蛄族的高手自语道。他不由自主地战栗起来，哪怕有圣地庇护，元神也受了伤。

葬士虽然被安澜之枪所伤，但是依然无所畏惧，继续展开反击。

此时的石昊思绪万千，他曾听女葬士说过，古葬区的一部分绝顶人物是神圣的，没有不祥之气，其后代被称为黄金葬士。不过，也有一些绝顶人物一直生活在大凶大恶之地，终年被黑雾笼罩着。

显而易见，这个葬士属于后者。

“轰！”

大战进入了白热化，葬士和安澜的动作之快超出了一般人的想象。他们干扰了时间，使得时间长河浮现出来。

这简直不可想象，一次对决而已，竟然让时间长河出现了！

俞陀抓着烂木箱子迅速退走，欲回到异域。

“嗡！”

远方传来一阵声响，一个巨大的生灵出现在地平线上，他张口吐出一团黑气，万物寂灭而后重生的景象不断演化。

一个葬士居然能演化开辟世界的过程，而且这还只是进化的一小部分，实在是太不可思议了！

“砰！”

随着一声巨响，虚空被截断了，黑色浪涛中的法台瞬间碎裂，化成了齑粉。俞陀的大手受到这样的攻击，且时间已到，即将彻底消失。

“你……”俞陀有些不甘，他的真身不能跨越天渊，没有办法继续战斗。

“扑通！”

烂木箱子坠入了黑色浪涛中，虽然不是很重，但是激起了很高的浪花。

“锵！锵！锵！”

响声震天，安澜之枪与葬士惨白的大手不断碰撞，火星四溅，法则幻灭，秩序神链如同瀑布般从天上倾泻下来，气势惊人。天穹变得愈发暗淡，不少星辰都被秩序之光刺穿了。

那个恐怖的生灵靠近了，谁都看不清他的面貌，因为雾气更加浓重了，哪怕用天眼也看不清楚。说是近了，其实也不知道离此地还有多少万里，只是他太过庞大，所以众人看到了他。

“轰！”

只见那个生灵一挥手，天穹当即崩裂，响声震耳欲聋。

无论是石昊还是帝族的年轻大人等人，皆震惊不已。

时间长河浮现，在那个生灵的身畔流淌而过，他这是要证明自己万古无敌吗？

毫无疑问，这绝对是葬王，一个不知道沉睡了一个纪元还是几个纪元的古老生灵。他一出世，无敌的气息便席卷了整片天地。

“欺我真身不能跨界吗？”这时，安澜淡淡地开口了。他用一只大手握着那杆黄金长枪，遥指葬王。

“轰！”

巨大的声音响起，一股神秘的气息扑面而来，给人的感觉不像是一个生灵出现，反倒像是一部古史活生生地再现了！

葬王用双手结成神秘的法印，全力向安澜攻去。

“锵！”

安澜手中的黄金长枪颤动了一下，响声震天。他将黄金长枪猛地向前刺去，并未因盖世法印而退缩。

“轰！”与此同时，葬王的背后突然出现了一只大手，那只大手迅速地拍向了葬王。

俞陀的大手分明消失了，怎么又出现了？

“啪！”

葬王硬挨了一掌，嘴角溢血。他回过头去，一指点出，向前方追击。

“天啊！”无畏狮子惊呼出声。它知道俞陀早已归去，那只大手是他留下的时光印记。

不过，俞陀的那只大手也只有短暂的效力，毕竟不是真身出击，即便有通天的手段，也无法完全施展出来。

同一时间，葬王的盖世法印击在了安澜之枪上。

“可惜啊！安澜古祖的时间也到了，他没有办法继续对决了。”帝族的年轻大人叹道。

三大年轻高手感到头皮一阵发麻，如果安澜也消失的话，不光是此次任务失败，他们还可能会殒身于此。

唯一值得庆幸的是，葬王此时还没有过来，依旧与他们隔得很远。

无畏狮子、蛄族的高手，以及帝族的年轻大人都没有注意到远处有一个模糊的旋涡，而石昊第一时间就注意到了那个旋涡。

天渊！

石昊大吃一惊，是天渊在旋转！它似乎是在震慑葬王，也似乎是在阻挡安澜和俞陀的真身显化。

葬王大吼一声，向前拍出另一种法印，此时安澜已经彻底消失了，因为时间到了。

天上，巨大的旋涡在转动，天渊隆隆，覆盖边荒。

葬王在地平线的尽头伫立了片刻后，一步一步远去，身影不断缩小，最后没入古葬区，重归大坟之中。

“这……”石昊看到这一幕，欲言又止。

那条支脉内有一个葬王！

这当然不是什么好事，一旦葬王发起狂来，攻击帝关，后果不堪设想。

所幸天渊能对葬王起到一定的震慑作用，所以即便葬王在帝关近前，行动也会受到一定限制。

葬王就这样走了，并没有去捡烂木箱子，这让石昊有些惊诧，莫非葬王不是为烂木箱子而来，只是单纯地阻击俞陀、安澜，不容那个级别的存在出现在他的附近吗？

一时间，圣地寂静得让人害怕，三大年轻高手静静地看着黑色浪涛，石昊也出神地看着黑色浪涛。谁都没有想到最后会是这样的结果，安澜、俞陀无功而返，葬王也直接退走了。

黑色浪涛逐渐平静下来，片刻后便没入了厄土的最深处。

让石昊等人感到惊讶的是，烂木箱子居然被留下了！

石昊当即化成一道光芒，冲到了圣地的边缘。

第1215章 碰撞

WANMEI SHIJIE

烂木箱子发出淡淡的金光，给人一种十分神秘的感觉。它静静地横陈在暗红色的土地上，看起来没有什么特别之处，却令人忍不住探寻里面究竟有什么。

让异域的不少大人物觊觎已久的东西就在石昊等人眼前，如今它成了无主之物。

此时此刻，无论是石昊还是蛄族的高手等人，内心深处都有一股冲动，恨不得立刻冲过去，将烂木箱子据为己有。可是，他们又对烂木箱子有几分忌惮，连俞陀、安澜那样的大人物都失败了，他们有可能成功吗?

虽然此时寂静无声，表面看起来一片祥和，烂木箱子也没有发出什么危险的气息，但是他们还是不敢轻举妄动。毕竟这件器物既古老又神秘，异域的不朽之王从很久以前就在谋划如何将它弄到手，但是每一次行动都失败了。现在，仅仅凭他们几个年轻人，能成功吗?

这个烂木箱子是不可多得的宝物，俞陀、安澜等大人物都为它大动干戈，若是几个年轻人能得到它，那可以称得上是奇迹了。

故此，虽然烂木箱子近在咫尺，但是三大年轻高手都没有行动，只是目不转睛地盯着烂木箱子，眼神炽热，心潮澎湃。

石昊也是一样，他虽然来到了圣地的边缘，紧邻厄土，将烂木箱子看得清清楚楚，但是也迟迟没有动手。

石昊心有忌惮，有些迟疑，烂木箱子埋葬在暗红色的大坟中足有一两个纪元那么久远了，说不定会有什么古怪。万一拿到烂木箱子后，它突然释放出神秘的力量，也许他就殒命在此了。

突然，帝族的年轻大人望向石昊，点了点头，道：“不错，在刚才那种险境中居然还能活下来！”

帝族的年轻大人是指黑色的浪涛汹涌时，石昊和他们一起逃命的事。

蛄族的高手和无畏狮子闻言，也都点头表示赞同，而且面对石昊时的态度不再倨傲。紧接着，帝族的年轻大人向石昊提出请求，希望石昊能助他们拿到那个烂木箱子。

石昊略有迟疑，表现出一副不是很情愿，但迫于压力又不得不答应的样子，故意隐藏自己的身份。

与此同时，石昊也在暗中考虑，接近异域的三大年轻高手后，先攻击谁比较合适。到了他这个级别，如果对方没有设防，一旦他到了其近前，也许可以一举将其消灭。

按理来说，石昊应该先对付帝族的年轻大人，因为他来自异域的帝族。可是石昊觉得蛄族的高手同样实力惊人，或许不会比帝族的年轻大人弱。

不如一起对付！石昊打定了主意，准备出手。

“轰！”

伴着一声巨响，石昊左手施展六道轮回天功，右手运转不灭经功法。一时间，光芒普照，灿烂无比。

同时，石昊将其他的神通都施展了出来，甚至还动用了法力免疫这种古怪的秘术。然而，让他吃惊的是，三大年轻高手几乎也是同一时间发起攻击，力量强大，气势惊人。

事实上，异域的三大年轻高手比石昊更吃惊。不久前，他们心存疑惑，总觉得石昊哪里不对劲。他们与石昊交谈，不过是假装友善，为的是引石昊靠近，然后发起攻击，不过他们没有想到石昊也是抱着和他们一样的想法。

毫无疑问，双方都是想突然出手，快速拿下对方，结果就这样撞上了。

石昊并不担心会处于下风，因为他动用了法力免疫这一秘术，当年他吞食了金菩果，意外获得了这一奇异的本领。

让石昊感到惊诧的是，这次他的法力免疫居然没有奏效，因为被帝族的年轻大人身上的一块黑石坠化解了。

“属于我界一个古老帝族的绝学，怎么被这个人掌握了？”无畏狮子瞪大了眼睛，惊讶地说道。

无畏狮子显然对石昊施展出法力免疫这一秘术感到很意外，对他生出了几分忌惮。

“你这无耻的东西，忘了自己的根在哪里，还真把异域当成你的故土了？”石昊越发看无畏狮子不顺眼了，呵斥道。

“果然是你，荒！”无畏狮子看向石昊，冷冷地道，“我族早已闯出九天十地，去了更为广阔的世界，天下何处不为家？你这个失败者的后裔永远不会懂，注定是落败的命。”

“轰！”神光四射，石昊施展出来的神通与三大年轻高手的祖术碰撞在一起，响声震天。

“不用担心他的法力免疫。”帝族的年轻大人的语气很冷静。他虽然一开始有些紧张，但是很快就镇定了下来。

蛄族的高手和无畏狮子也恢复了常态，心情逐渐变得平静。

异域有一个古老的帝族拥有这种能力，即法力免疫。异域的其他族群为了抵挡法力免疫的攻击，对其进行了仔细的研究，想出了化解危险的办法。帝族的年轻大人身上挂着的黑石坠便是他家族的强者制造的一种法器，这种法器可以挡住法力免疫的攻击。

蛄族的高手和无畏狮子同样研究过法力免疫，也有各自的应对手段。

任何本领都不可能是无懈可击的，不然的话，掌握法力免疫的那个帝族就天下无敌了。法力免疫这种本领只能让人在战斗中占据主动，并不能保证战无不胜，因为其他帝族和大族一直都在揣摩破解法力免疫之法，并已有所成。

“咔嚓！”

电闪雷鸣，飞沙走石，混沌之光浮现，仙气弥散，此地一片混乱。

袭击行动失败之后，石昊没有再硬碰硬，因此他没有落入包围圈，在刚开始动手时就占据了最有利的位置。

“哧！”

随着一声轻响，石昊弹指，一道光飞出，没有攻向无畏狮子，也没有击向蛄族的高手，而是飞向了那片厄土。

这让对面的三大年轻高手大吃了一惊，他们立马猜到了石昊要做什么。

“当！”

那道光击在烂木箱子上，让烂木箱子横飞起来，发出清脆的响声，闪烁着柔和的淡金色光芒。

厄土中没有发生什么异常的现象，烂木箱子也没有释放出任何诡异的力量，这片古地的深处也没有黑色浪涛汹涌而至，这是否意味着他们可以将烂木箱子取到手中？

三大年轻高手纷纷扬手，发出刺目的光，猛然攻向那个烂木箱子。

一时间，烂木箱子四处乱飞，响声震耳欲聋。不过，箱子依旧很稳定，没有什么异常。

四处没有危险，烂木箱子可以直接取。确认了这一点之后，四道身影如同四道闪电般向烂木箱子冲去，每一个人都想先下手为强。

什么战斗，什么对手，现在都不重要了，最重要的是谁能第一个将烂木箱子夺到手！

第1216章 仙药也疯狂

WANMEI SHIJIE

“轰！”

虚空中，神光闪烁，响声震天。

四道身影在空中交击，不仅石昊与三大年轻高手在对抗，而且三大年轻高手之间也在碰撞。每个人都想得到烂木箱子，原本帝族的年轻大人、无畏狮子，以及蛄族的高手是一个阵营的，但是现在他们之间有了利益冲突。

三大年轻高手都想拥有烂木箱子，箱子里面也许有影响他们一生的造化，不然的话，俞陀、安澜何苦花费那么多的心力争夺它？

此前，三大年轻高手不知道是否可以拿到烂木箱子，故此共同进退，现在得到烂木箱子的机会就摆在眼前，谁都不想错过。于是，他们一边攻击石昊，一边互相争斗，想将烂木箱子据为己有。

这个画面很诡异，石昊成了三大年轻高手攻击的首要目标，而三大年轻高手之间也是冲突不断。

不过，石昊几人虽然在争斗，但是都没有动用终极手段，因为那样的话需要做好充分的准备，比如催动全身的精气神等。现在他们拼的是速度，无论是向前冲还是发起攻击，都要快如闪电。

石昊大喝一声，借势向前猛冲，扑向那个烂木箱子。

“轰！”

一道又一道神光冲起，响声震天。帝族的年轻大人将烂木箱子所在的那块土地打得塌了下去，烂木箱子横飞起来。

“嗖”的一声，帝族的年轻大人横空而去，冲向烂木箱子。然而，令他没有想到的是，蛄族的高手看到了这一幕，立马施展时间和空间的法术，将烂木箱子定住了。

“嗷——”

无畏狮子大吼一声，吼声震动了山川，长空瞬间裂开，黑色的大裂缝浮现出来。它以一记狮子吼大神通穿透了虚空，撼动了烂木箱子。

石昊不得不感叹，这只狮子比它的那几个兄弟强太多了，怪不得被称为返祖者。它们施展的是同样的神通，威力却是天壤之别。

“砰！”

巨大的声音响起，石昊遭到了三大年轻高手的共同攻击，璀璨的光芒眨眼间便将他淹没了。

虽然三大年轻高手之间略有嫌隙，但是他们依旧共同对付石昊，毕竟石昊来自九天十地，是威胁最大的对手。

“哧！”

随着一声轻响，神光冲霄，石昊腾空而起，避开了三大年轻高手的攻击。接着，他一抬手，一根又一根金色的柳枝浮现出来，刹那间变成了秩序神链，欲争夺那个烂木箱子。

“荒，别人怕你，我可不怕你，我早就想对付你了！”无畏狮子大喊道。

无畏狮子通体金黄，灿烂无比。在它的背后，一只庞大的狮子浮现出来，如同山一般高耸，那是它的古祖印记，烙印在它的神魂之中。

那只狮子散发出惊人的气势，渐渐与无畏狮子重合在一起，仿佛上一纪元的老狮子再现人间。

“轰！”

无畏狮子一爪子向前拍去，声音响彻天地。它体形庞大，神威大显，如同不可战胜的神魔。

石昊一拳挥向无畏狮子，厉声道：“叛变之族也敢言勇？你族早就跪过异域了！”

石昊这一击的气势震动了日月山河，光芒霎时间挤满了天地，景象骇人。

“轰隆”一声，在石昊和无畏狮子的对决还未有结果时，蛄族的高手出手了。他双手各握一杆长矛，冷冷地道：“你别以为胜了几位王族强者，就天下无敌了，接招！”

在石昊看来，蛄族的高手是一个极大的威胁。两杆长矛都是大道法则所化，蕴含着极其恐怖的气息。一杆长矛是时间之矛，拥有时光的力量，在他刺出的刹那，时间停顿，连带着让这里的一切都静止了，另一杆长矛是空间之矛，凝聚了空间之力，能克服一切阻碍。

“锵！”

石昊动用六道轮回，让六个黑洞一齐出现，对付蛄族高手的两杆战矛。

另一边，一股强大无比的力量猛地攻向石昊。帝族的年轻大人取出一把长刀，威势极大，足以让修为在斩我境的生灵绝望。

帝族的年轻大人终于发威了。

一时间，刀气滚滚，这片土地内的生机都被斩灭了。

蛄族的高手和无畏狮子见状，皆胆战心惊，害怕帝族的年轻大人会对他们发起攻击。所幸帝族的年轻大人的刀气直指荒，并没有针对他们。

“锵！”

伴着一声轻响，石昊拔出了大罗剑胎，与帝族的年轻大人的长刀隔空对抗。

远处，烂木箱子受到大战的影响，到处乱飞，无法稳定地停在一个地方。

毫无疑问，石昊只有一个人，一旦被围攻的话，处境会很被动。

“莫要掣肘，让我先除掉他！”帝族的年轻大人对无畏狮子和蛄族的高手大喊道。

“大言不惭！若非时间紧迫，我一定会一个一个除掉你们！”石昊的回应很是霸气。

“轰！”

石昊劈出一剑后，又挥出了一拳，《不灭经》的经文闪耀着，震动了长空。他成功突破三大年轻高手的包围，向烂木箱子冲去。

万一这时出现一个生灵，趁几人混战之际夺走烂木箱子，那麻烦就大了。这不是没有可能，因为这里有古葬区的支脉，沉眠的葬士很有可能被惊醒。而且圣地中本就有一个女葬士，只是不知道为何她一直不现身。

“接招！”后方，三大年轻高手喝道。

刹那间，成千上万道神光迸发出来，烂木箱子落在了一个离战场有些远的地方。

“不好！”石昊等人大叫起来，一起向烂木箱子冲去，什么都顾不得了。因为烂木箱子竟然开始自行移动，速度快到不可思议。

烂木箱子怎么会自己跑？

很快，石昊等人明白了是怎么回事，原来是一个生灵在地下托着烂木箱子，想要带走它！

抢夺烂木箱子的居然是那株仙药树！

被石昊等人发现后，仙药树便不再掩饰了。它以枝条缠绕箱子，而后快速向远方逃遁。

这个时候，黑色浪涛早已退走，此地受到的限制也少了，仙药树又可以飞天遁地了。

“嗖！”

随着一声轻响，仙药树快速穿过虚空，瞬间就没影儿了。

“休想逃走！”蛄族的高手断喝一声，声音响彻天地。他掌握着空间的大道法则，用空间之矛洞穿了虚空，一下子将仙药树逼了出来。

然而，“哧”的一声，仙药树又遁入了地下。这下情况就复杂了，因为这里是圣地与厄土的交界处，一向很诡异，谁也不知道地层的深处究竟有什么，在这里更难掌握仙药树的行踪。

烂木箱子越发勾起石昊的兴趣了，居然连一株树都跑来争抢它。同时，石昊觉得之前仙药树引他进厄土不光是要对付他，或许还想借他的力量得到烂木箱子。

“哧！”

伴着一声轻响，石昊没入地下，开始追逐仙药树。他不怕跟丢仙药树，因为他手里有一片叶子，叶子是他之前追击这株仙药树的时候得到的，上面有一股印记的气息。

石昊在地下锁定了这股气息，一路追击。

三大年轻高手眉头紧皱，心想：如果继续这样下去，万一最后烂木箱子被荒拿到就不妙了。

第1217章 误入地府

WANMEI SHIJIE

石昊一路追击，有些恼火，一株仙药树居然也敢与他争烂木箱子，夺大造化。难道它知道什么秘密吗？所以才引他深入厄土，还抢他的造化。

“将箱子留下！不然让我抓到你，非炖了你不可！”石昊大声威胁奔逃的仙药树。

仙药树的速度非常快，它在土层内穿行，如同闪电一般。听到石昊的话后，它跑得更快了，显然是被吓到了，同时似乎也是在用行动表示对石昊的不满。

石昊出手，雷道符文闪耀，一道又一道闪电飞出，直指仙药树。仙药树不断变换方位，躲避攻击，留下一道又一道残影。

“轰！”

石昊结拳印，直接击穿了土层，响声震耳欲聋。夺目的光迸发出来，地面上的山都崩塌了，乱石等冲上高空，震散了云朵。

仙药树逃得更快了，它虽然没有很强大的战斗力，但是在逃遁方面可以称得上是大师，少有人可及，还能在各种法阵之间自由穿行。

“哪里走！”石昊断喝一声。

石昊心想，这株仙药树太狡猾了，居然把他甩得越来越远，如果不是锁定了它独特的气息，恐怕早就跟丢了。

“在那里！”天空中，帝族的年轻大人、蚨族的高手，以及无畏狮子看到山地塌陷，烟尘冲天，便向石昊所在的地方冲了过去。

“哧！”

伴着一声轻响，三道巨大的光芒猛地冲向地层的深处，形成了可怕的黑色大渊。石昊险些被击中，而仙药树竟然也没影儿了。

“滚！”

石昊恼怒不已，冲上地面，向着天空中挥了数拳，天穹顿时被击碎，大裂缝向四方蔓延。

三大年轻高手并没有还击，不想与石昊开战，他们的当务之急是截住仙药树。

“虚空涟漪！”蚨族的高手断喝一声，施展出一种秘法。刹那间，由神光化成的涟漪向四周扩散开去。

“在那边！”蛄族的高手指向了一个方位。他通过天赋秘法感知周围的生灵，寻到了仙药树。

石昊自然不会落后，快速冲了过去。事实上，他握有那株仙药树的一片叶子，也觉察到了仙药树在那里。

“轰！”

伴着一声巨响，石昊主动对三大年轻高手发起攻击。他施展出一道雷霆，这道雷霆有些特殊，带着雷池印记，险些引来天劫。

无畏狮子大吃一惊，盯着石昊，决定趁着石昊远离帝关除掉他。

四大年轻高手一边战斗，一边追逐仙药树，很快他们再次分开。

石昊遁入地下，追击“盗贼”。他数次看到了仙药树，仙药树挟着烂木箱子，飞速地向前方逃窜。

不得不说，仙药树逃遁的速度真的很惊人，无论是异域的三大年轻高手还是石昊，都被它甩在了后面。因为它是仙药树，土遁术炉火纯青，其他生灵根本没有办法跟它相提并论，哪怕是实力强大的石昊也不行。

“轰”的一声，仙药树冲出地面，跃上高天，开始在虚空中飞行。毫不意外的是，它的飞行速度同样惊人。

石昊也跟着冲了出来，再回头时，发现早已远离圣地和厄土了。

“那个女葬士离开了吗？”石昊望向圣地的方向，自语道。

他一直不相信所谓的化蝶，他也并非活在别人的梦中，可惜，他没有再见到女葬士，无法跟她理论了。

“荒，纳命来！”

远离圣地和厄土之后，无畏狮子越发凶猛了，金色的鬣毛垂到地上，闪闪发光，如同太阳般璀璨夺目。它的声音拥有可怕的威力，它若是修为再高一些，说不定可以将月亮都吼得掉下来。

“你对我敌意很深？”石昊看了无畏狮子一眼，又看了一眼消失在天边的仙药树。

“可惜，时间紧张，不然我会直接灭了你们这一叛逆之族！”石昊说完，准备继续追击仙药树。

“对付你不需要理由！”无畏狮子厉声道。

“轰”的一声，一只巨大的金色爪子向石昊拍去，遮蔽了这片天空。

无畏狮子的强大让人难以想象，它施展的是昔日古僧一脉的掌中僧国，欲拿下石昊，将他炼化。

“忘记告诉你了，不久前我除掉了三只无畏狮子，等我有时间，就该轮到你了！”石昊冷冷地说道。

话音刚落，石昊用大罗剑胎劈开乾坤，逃出了无畏狮子的掌中僧国。

“轰！”

蛄族的高手挥出时间长矛，响声震天，洞穿天地，刺向石昊的后心。

“当！”

石昊没有回头，反手挥出一剑。大罗剑胎上浮现出《不灭经》的经文，璀璨夺目，劈开了蛄族高手的时间长矛，发出清脆的响声。

“记住，等我拿到烂木箱子，一定会跟你们算清楚这笔账！”说完，石昊便追击仙药树去了。

石昊一路追赶，没有停歇，终于发现了仙药树的踪迹。

此时，仙药树放慢了逃跑的速度，好像在不停地诅咒。它虽然天生遁术无双，但是被人这般追击，还是有些吃不消。

无论它逃到哪里，都能被找到，这让它很是无奈。

“哧！”

仙药树又一次没入地下，进入了寂静的古地之中。

石昊没有犹豫，跟着冲了下去，闯入了这片寂静的古地深处。

忽然，他觉得有些不对劲，肌肤上起了一层鸡皮疙瘩，连灵魂仿佛都要被冻住了。

“砰！”

随着一声巨响，仙药树一个趔趄，险些摔倒，而后它越过前方的阻碍，再次逃遁。

当石昊经过仙药树险些摔倒的地方时，一只惨白的大手突然从黑暗中伸出，一把抓住了他的手臂。

这里有一口棺材，看起来很古老，那只惨白的手好像就是从棺材里面伸出来的。

石昊没有想到会遇上这等诡异之事，还好他反应灵敏，虽然被抓住了手臂，但是很快就挣脱了。

葬士！

石昊顿时明白了，难怪他之前会感到一阵阴寒，应该是误入了古葬区的支脉。

突然，吼声震天，黑色雾霭弥散而出，棺材彻底裂开了，一个可怕的生灵挣脱了出来。

一个沉眠了无尽岁月的葬士被惊动了，对石昊穷追不舍。

唯一值得庆幸的是，这个葬士虽然修为比石昊高，但是还不能禁锢此地。石昊没有与葬士打斗的兴趣，转身就逃，继续追击那株仙药树。

石昊在心里暗道，这里应该只有这一个葬士吧？万一闯进葬士窝，麻烦就大了。不过，按理来说，葬士这种生灵喜欢沉眠，他若是谨慎一些，应该不会惊动他们。

仙药树跑得飞快，那个葬士的出现刺激了它，因为刚才它也差点被抓住。要知道，它原本就是从古葬区的最深处逃出来的，如今无论如何也不想再落入葬士的手中了。

石昊心头一震，地下诡异的气氛愈发浓厚了，温度也更低了，他有些琢磨不透眼下的情形。

“啊——”一阵尖叫声传来，好像是仙药树发出的。

石昊大惊失色，那个家伙遇到了什么？他很想退走，但又有些不甘心，于是硬着头皮向前赶了一段路。

仙药树沿着原路逃回来，结果撞见了石昊，它不得不再次掉头，快速地向前冲去。

石昊感到很意外，地下有许多奇异的石壁，仙药树却不能像之前那样穿行而过。

就这样跑了不知道多久，前方突然变得开阔了。

仙药树一下子就冲了出去，再次发出了尖叫声，似乎很慌乱。石昊也跟着它冲了出去，来到一片奇异之地。

一时间，石昊有些糊涂了，难道他离开了地下，回到了地面？可是，他看了看四周，又觉得不太对劲，这应该还是地底，只不过这里是一片空旷的古地，视野开阔。

这里宛若一个地下集市，隐隐约约可以看到一些身影，地上还摆着不少诡异的器物。

石昊满腹狐疑，这是什么地方，难道是一个乡村集市？不对啊，这分明是地底深处。

很快，石昊明白了过来，这是属于葬士的区域，应该是他们的集市。他居然一下子见到了这么多葬士！

而且，石昊发现有一些葬士很特别，看上去和人族差不多，那应该就是黄金葬士！

第1218章 精诚合作

WANMEI SHIJIE

难道他闯进了葬士窝？石昊震惊不已，不明白他为何陷入了这种绝地。

这里不是什么好地方，一个不小心就会殒身于此。葬士十分神秘，最讨厌被外族惊扰，从古至今挖开葬士大坟的人，大多都殒命了，哪怕有人侥幸逃走，最后也未得善终。

如今，石昊遇到的可不是一两个葬士，而是一群！

石昊感到头皮一阵发麻，胆战心惊，但他只能装作若无其事，静静地站立着。那株仙药树更是惊慌失措，没想到刚从“虎穴”逃出来，现在又入了“狼窝”。

这时，一群葬士发现了石昊和仙药树。他们先是盯着石昊，而后看向仙药树，双目空洞。

石昊的大脑开始飞速运转，入口有葬士守着，他不能退回去，并且那还不是一般的葬士，是一个三头六臂的怪物，浑身漆黑如墨。

那个葬士最起码达到了遁一境，实力极强。

石昊硬着头皮向前走去，进入了开阔之地，为自己占据有利地形，同时观察是否还有其他的出口。

这时，一个葬士发出一种古怪的声音，似乎在说什么，他指了指仙药树，又看向石昊。

什么意思？石昊一句也听不懂，难道那个葬士是在指挥其他葬士攻击他吗？

石昊看向不远处，一群葬士中有些葬士和他差不多，看起来极其英武，应该是黄金葬士。

石昊灵光一闪，决定冒充黄金葬士，搏上一搏，于是他冷漠地看了看左右，没有出声。

随后，石昊冲仙药树挥了挥手，示意它过来，同时暗中对它传音：“你要是不想回大坟的话，最好到我身边来，从现在开始全力配合我！”

仙药树听了石昊的这番话，不知道说什么好，心想，都到这个时候了，这个家伙还在威胁它！

“你的处境比我更危险，还敢如此威胁我？”仙药树稍微平复心情后，这般回应石昊。

“我们俩合作可避免你再次落入葬士之手，我只需要你配合我，当我是黄金葬士就行了。”石昊悄声道。

仙药树犹豫了片刻，最后还是飞向了石昊，它觉得这个人胆大包天，不过伪装成黄金葬士这个办法也许真的可行。

“你最好本分一点，如果胆敢伤害我，我绝对会第一时间揭穿你，让你脱不了身！”仙药树警告石昊。

仙药树担心石昊会对它不利，毕竟它是一株仙药树，世上没有哪个人不想得到它。

“放心，你和我现在是同一根绳上的蚂蚱了！”石昊让仙药树放心，这般对仙药树说道。

谁能想到石昊和仙药树会合作？一人一树，这样的组合光是想想就觉得奇怪。不久前，石昊还在追击仙药树呢，真是不可思议！

“你要知道，若是你的身份暴露，我大不了被带走，重归葬王所有。而你就没有那么幸运了，到时候很有可能会被炼化成葬奴，生不如死！”仙药树极力让石昊明白害它的后果，以防石昊打什么坏主意。

“放心好了！”石昊满口答应，而后又道，“时间紧迫，你赶紧回应他们，或者教我古葬语，让我更像一个黄金葬士，免得露出马脚。”

石昊知道仙药树在古葬区生活了那么久，肯定懂得古葬语，而且对黄金葬士的了解也远胜其他生灵。

仙药树倒也十分配合，缩小了身躯，落在石昊的肩头，当即就叽里呱啦说了一堆话，不过，它还是牢牢地抱着烂木箱子，很是谨慎。

这时，一个黄金葬士走向了石昊和仙药树。他面带微笑，一头金色的长发璀璨夺目，闪闪发光，看起来不过三十岁左右，但是实力强大得吓人，已经达到了遁一境的巅峰。更让人诧异的是，他明明是一个葬士，却比神灵还圣洁，浑身弥漫着氤氲仙雾。

仙药树与黄金葬士交流起来，语速很快，石昊在旁边一个字也没听懂。

“真是奇怪！黄金葬士就是在古葬区的深处都很少见，除非是什么重要时刻，这里竟然聚集了这么多。”仙药树暗中对石昊传音。

黄金葬士极其稀少，是血脉最强大的古葬士诞下的子嗣，一般来说，他们不可能成群结队地出现，而这里至少有十个黄金葬士！

黄金葬士中有男有女，个个都神圣而祥和。

“别光顾着跟他说话，快点教我古葬语，最好一句一句地教，我得亲自跟他们对话，不然很快就会露馅了！”石昊暗中对仙药树传音。

这么多葬士在一旁，其中还有十多个黄金葬士，情况异常危险。石昊尽管有大罗剑胎在手，但若是暴露的话，形势肯定对他不利。

仙药树虽然很不情愿，但还是一句一句地教了石昊古葬语，让他和眼前的黄金葬士对话。虽然古葬语发音奇特，理解起来很麻烦，但石昊还是能正常地和黄金葬士交流了。

“道兄果然不凡，还带来了一株仙药树，此次葬渊之行定会有巨大的收获！”一个笑容灿烂的黄金葬士叹道。

石昊一下子不知道说什么好，这分明是一个葬士，怎么看起来如此圣洁？在他的认知中，葬士是相当恐怖的存在，是阴森、不祥的象征。

石昊觉得自己应该迅速改变观念，葬士是一个奇异的种群，称之为魔仙后裔还差不多。

与此同时，石昊大为震惊，对方居然提到了葬渊，那是什么地方？难道带上仙药树便可有收获？难怪仙药树不愿意教他古葬语，看来这里面有秘密。

石昊对仙药树软磨硬泡，问它葬渊到底是什么地方，去了那里可以得到哪些好处。

“你趁早死心，想都不要想！”仙药树很不乐意回答石昊，果断地拒绝了。

石昊知道葬渊可能对仙药树来说不是什么好地方，它似乎对葬渊很忌惮，更不愿意前往。

“你不配合，我们很快就会暴露，因为我没有办法和他谈论这些事，无法融入他们。”石昊警告仙药树。

“咱们有言在先，真要上路的话，你要给我绝对的自由，不能限制我，以便我随时离开，不然我就和你来个鱼死网破！”仙药树对石昊说道。

石昊一怔，很快明白过来，仙药树说的上路是指前往葬渊。

“你放心，我对所谓的葬渊不感兴趣，恨不得马上逃走。”石昊立刻安抚仙药树。

就这样，石昊和仙药树达成一致后，一人一树终于开始正儿八经地合作了。

石昊这才发现此地果然不一般，竟毗邻古老而神秘的黑色深渊，哪怕对葬士来说，黑色深渊也是很神秘的地方。

即便是活了漫长岁月的葬士，对黑色深渊也不是很了解，但是他们异常敬畏黑色深渊。

石昊大吃一惊，在他看来，葬士是神秘莫测的生灵，向来很诡异。可是，他现在才知道原来也有葬士难以踏足的地方，这实在是难以想象。

“葬王可能知道黑色深渊的秘密，但是从不透露。”仙药树暗中对石昊传音。

近日，葬渊又要开启了，因此一些黄金葬士来此夺造化。每一次葬渊开启，就会有天材地宝、石碑心经等出现。

第1219章 黄金葬士

WANMEI SHIJIE

这里的集市就是因葬渊而出现的。

从古到今，每隔一段时间，葬渊便会开启，各地的一些葬士都会在此聚集，此地自然就会热闹起来。于是，这个地方便成了葬士们交换器物、短暂停留的地方。

因为去葬渊夺造化需要各种器物，其中有一些是罕见的材料，所以一些葬士哪怕不去葬渊，也会来此出售器物。

在石昊看来，葬士是沉默的、低调的，长年累月都处于沉眠的状态，极少出世，栖居的地方也不会有城池等。可现在来到了地下集市之后，他原有的一些观念受到了冲击。

仔细想了一下后，石昊又释然了，女葬士曾跟他说过，葬士和其他生灵一样也是被孕育出来的。

葬士虽然非常嗜睡，常年不出世，但偶尔还是会互相交流。只不过，葬士的生活习性决定了他们的活动范围、活动时间与众不同。

“葬渊什么时候开启？”石昊暗中询问仙药树。

“按照常理来说，应该快了，可能就在这两日内。”仙药树其实很不情愿回答石昊这个问题。

石昊点点头，发现仙药树告诉他的不是确切的日期，便转身问那个黄金葬士，看是否能得知葬渊开启的准确时间。

“现在就要动身了，有人推测葬渊今日就会开启。反正离得近，就算现在开启也耽误不了上路。”这个黄金葬士应道。他名为三藏，有自己的名号，很明显，这个如同神祇般的男子有着非同一般的身份，因为不少葬士都对他十分恭敬。

“他……可能是一位葬王的后代！”仙药树告诉石昊这个黄金葬士并不简单，需要留意。

“三藏兄，不为我介绍一下这位新朋友吗？”就在这时，一个女葬士走向了石昊。她和三藏一样，也是人形的。

在这个地方有不少葬士，但并不都是人形的，有的是巨兽形态，也有的是飞禽等形态。

这个女葬士肤色白皙，眸子水灵灵的，好像会说话一样，火红的长发如同火焰般飘动着，一身赤金甲胄闪烁着刺目的光芒。她英姿飒爽，有着与众不同的武者气质，异常引人注目。

石昊有些不相信自己进了葬士窝，因为这个女葬士浑身弥散着氤氲精气和神道气息，他很难将这些与不祥、地下以及蛰伏棺中等联系起来。

“这位是荒兄。”黄金葬士三藏向女葬士介绍石昊。

石昊并不怕暴露自己的名字，因为他的名字用古葬语译出后只是普通的名称，不会让别人产生什么联想。哪怕异域的人来了，听到译成古葬语的他的名字，也不会联想到他。

“荒兄，你好，我是神冥。”女葬士走到石昊近前，向他打招呼。

石昊一时间有些出神，这里的葬士居然一个比一个富有生气，甚至比外界的生灵看起来还要神圣，若是将此事说出去的话，谁会相信?

“荒兄，你真是了不起，我们这边联手也只带来了一株仙药树，你一个人就带来了一株！”神冥眼波流转，倾国倾城，散发出一种令人难以抗拒的魅力，赞叹道。

石昊不知道自己是该觉得惊艳，还是惊悚。他再一次说服自己，葬士是一种神圣的生灵，他们以棺为府邸只是种群习性使然。

石昊想通了以后，便不觉得神冥怪异了，毕竟她有一张动人的面孔。他一边应付神冥，一边暗中向仙药树传音，问它去葬渊带上仙药树究竟有什么用。

“仙药树可进入葬渊，从葬渊带出‘天珍’与‘葬宝’等。”仙药树对石昊传音。如果不是需要与石昊合作，它绝对不会吐露一点信息。

石昊既感到诧异，又想大笑，他让仙药树到时候努力一些，哪怕是为了逃走，也得带上来一些葬宝。当然，如果寻到了珍稀的石碑经文等，他也要留下。

石昊心中大喜，说不定通过这一次的葬渊之行，他真的能得到大造化。

“葬渊不是什么好地方，哪怕是我进去也会受到影响。我劝你死心吧，我才不会为你拼命呢！”仙药树愤愤地对石昊说道。

石昊不再理会仙药树，继续与女葬士神冥交流，发现他们带着的那株树果然是仙药树。

那株仙药树流光溢彩，馨香扑鼻，离得很远都能感觉到仙道气息。仙药树的体外有九个神环，一个套着一个，形成了九层光芒。它浑身紫气蒸腾，似一个盘坐的道人在诵经、闭关。

石昊很是惊讶，那株紫色的仙药树居然是人形的，看它的样子好像也被砍伐过，如今还没有完全长好。

石昊很想把紫色的仙药树据为己有，因为仙药树对于外界的生灵来说，诱惑实在是太大了。

石昊感叹不已，同一时间见到两株仙药树，这简直就像做梦一样；如果能将两株仙药树都带回去的话，肯定会惊动整个九天十地。

“这可能是养鸡的那个生灵的仙药树。”石昊肩头的仙药树悄声道。

石昊先是愕然，而后恍然大悟。所谓养鸡的生灵，指的是古葬区最深处的一位实力强大的大人，据闻那位大人曾捡到一只涅槃失败的真凰，并将它救活了。后来，那只真凰便如同寻常家鸡一般被养在他的家门口了。

显而易见，神冥的来头肯定不小，不然的话，她怎么可能借来这株仙药树？

这些黄金葬士虽然分成了几个群体，但是都以三藏和神冥为尊，即使是修为比他们高的葬士也对他们无比敬畏。

“荒兄，你还有什么要交换的吗？看一看这里是否有你需要的东西，一会儿我们就要上路了。”三藏对石昊说道。

“好！”石昊点点头，假装认真地看地摊上的那些器物。实际上，他根本不知道地摊上摆的是什么，那些东西太古怪了。

石昊疑惑不已，那是什么？一团干枯的血居然被摆在了一块紫金棺材板上，似乎非常珍贵。

“你知道这些东西有什么来头吗？我是不是要挑两件？”石昊暗中询问肩头的仙药树。

“都很珍贵，有一些是古葬区少有的瑰宝，你交换不起。”仙药树悄声道。

石昊有点不相信，将目光投向了那团干枯的血，那团血看起来黑不溜秋的，实在有些上不了台面。

“这是一位大人物当年洒落的血，别看它已经干枯了，没了灵性，但一样是葬宝，有大用处。你如果有东西可以交换，就赶紧拿出来吧。”仙药树对石昊说道。

石昊一脸茫然，他真的没看出这团血有什么独特之处，或许只是对葬士有用吧？他又看向其他的器物，如干枯的树枝、破碎的骨锤、腐朽的棺材板等。

“小子，你别看不起这些东西。就拿破棺材板来说吧，它是由仙药树制成的，灵性十足。”仙药树严肃地说道。

听到这一番话，石昊心中一惊，原来他小觑这些东西了，这个集市中看着不起眼的好东西应该不少。

“这些都是为去葬渊准备的东西，自然不一般，有些是难得的葬宝。”仙药树提醒石昊。

“那我得换取一些，然后带到外界去，说不定有大作用。”石昊自语道。

第1220章 葬宝

WANMEI SHIJIE

“你拿什么交换？”仙药树觉得石昊没有什么拿得出手的东西，便这样问道。

“仙药树的叶子可以吗？”石昊说道。

仙药树立马就急了，道：“敢打我的主意，我跟你拼了！”

“别以为就你有叶子，我也有。”石昊淡淡地说道。

“你也有？”仙药树愕然。

石昊松开手掌，掌心果然有一片叶子，叶子带着芬芳，沁人心脾。

“我……你！”仙药树如果有面孔的话，此时一定是黑的，因为这片叶子就是它的。

正是因为这片叶子，石昊才能锁定仙药树的位置，一直追到这里。

“荒兄，是否有看上眼的器物？”三藏询问石昊。

“正在看。”石昊应道。今日的经历对他来说，实在是一次奇异之旅，他居然在地下世界与葬士为伍。

“你觉得我身上什么东西可以换得这些器物？”石昊暗中以神识展示出一些器物的形态，询问仙药树。

“都是法器，比不上葬器，差远了。”仙药树这般说道。

石昊闻言，大吃一惊，原来葬器的威力远超过法器吗?

有些东西石昊不打算拿出来，以免暴露身份，比如大罗剑胎，但是他真的很想换取一些东西，到底拿什么来交换比较好呢?

很快，石昊脑中灵光一现，取出小半把五颜六色的沙粒，沙粒颗颗晶莹，闪烁着光芒。

万物土!

在神药山脉时，连女葬士都曾流露出对万物土的渴望。

“这东西……给我！”仙药树如果有眼睛的话，此时肯定已经放光了。

万物土是最珍稀的葬土之一，主要集中于古葬区，一般的人别说得到，连见都没有见过。

“这东西能拿来交换葬器吗？”石昊问仙药树。

“自然可以，万物土是属于葬王的东西。”仙药树的语气很肯定。它若是扎根在万物土中，便可以迅速生长，得到巨大的好处。

石昊这才发觉原来万物土比想象中还要珍贵，这一把土居然能换那团干枯的血！

“赚了，别看这团血灵性尽失，但是仍有不小的作用。这个摊主没有见过世面，看到专属葬王的土便失去了理智，不顾一切跟你交换。”仙药树暗中对石昊传音。

在仙药树看来，那些黄金葬士都没有发现干枯的血的真正价值，石昊算是撞大运了。

不远处，当那些葬士看到石昊取出万物土后，纷纷面露异色。原本还有些怀疑的葬士都放下心来，这种东西外界的人是不可能拥有的。

在葬士们看来，石昊是一个名副其实的黄金葬士，应该来自葬王家族，来头很大，可与三藏、神冥相提并论。

通过葬士们的神色，石昊明白他们打消了对他最后的疑虑。

“这块石头不错，你要是去葬渊的话，应该会派上大用场。”仙药树给石昊提出了建议。

地摊上摆着一块看似很普通的石头，它被一些杂物遮盖着，只露出了一小部分，呈黄褐色。

石头上面有很多斑纹，仔细看的话，好像是一张张面孔。石昊数了一下，发现加起来一共是五张面孔。

“这块石头有什么价值？”石昊问仙药树。

那团血疑似是大人物洒落的，可这块石头除了有似面孔的斑纹，还有什么特别的？

石昊将石头握在手里，仔细感应，还是没有觉察出它有什么特别之处。

“这是葬石，拥有奇异的力量，但凡葬士都认识它。拥有五张面孔的葬石确实不一般，但还算不上葬宝。”仙药树认真地分析道。

“那你还让我交换，你是觉得我手里的万物土很多吗？”石昊有些不满地说道。不过，他身上的万物土还真不算少，就算丢几把沙粒，也不算什么损失。

“一般人只看得到五张面孔，其实这块葬石拥有九张面孔，绝对算得上是葬宝，价值连城！”仙药树说出了这块石头的秘密。

石昊的思绪有点混乱，什么面孔葬石，他根本不知道有什么用。他将葬石拿在手中，翻来覆去地看，就是看不出这是什么瑰宝。

这么一块石头也算稀世之物？石昊有些难以置信，没想到仙药树居然会这么好心地帮他寻宝贝。

“我怕你去了葬渊会因为没有合适的葬器而暴露身份，现在你一下子拥有两件葬宝，已经足够了。”仙药树暗中对石昊说道。

“荒兄，你拿着的这块葬石能给我看一看吗？”就在这时，神冥眨着水灵灵的大眼，对石昊说道。

“快点！给摊主一些万物土，赶紧拿下葬石，那个女葬士身边的仙药树也看出了究竟。”石昊肩头的仙药树催促道。

石昊马上给了摊主一些万物土，算是交换成功，然后才将葬石拿给神冥观看。

神冥仔细观察着葬石，叹了一口气，道：“这是传说中的九脸葬石，居然在这里出现了一块。我真是大意了，竟和它就这么错过了。”

见神冥这般大方地承认自己错过了稀世宝物，石昊心头一震，仙药树所说的果然不假。

“什么？！出现了一块九脸葬石？”其他葬士闻言，皆大吃一惊。

黄金葬士纷纷围了过来，上前观看石昊的葬石。

石昊面带微笑，表现出一副很镇定的样子，其实他根本不了解这块石头到底有什么用。

“走吧，我们去葬渊。”三藏对所有葬士说道。

“也该上路了。”神冥点了点头，道。

“这里没有其他宝物了？”石昊暗中询问肩头的仙药树。

“那块棺材板也不错。”仙药树应道。

“那个……算了吧。”石昊觉得带着棺材板有点怪怪的。

此时，一行葬士上路了，有一部分葬士留了下来，他们来这里主要是为了交易葬器等。

果然，所谓的葬渊离地下集市并不远，距离不到五百里，对于葬士们来说，这非常近。

葬渊非常空旷，除了一个黑色深渊外，便是笼罩着广袤的地下的混沌雾霭，这让石昊觉得自己仿佛来到了世界的尽头。

黑色深渊极其巨大，刚一靠近它，石昊就觉得自己快要窒息了，似乎连灵魂也要脱离身体，跃进黑色深渊中。

“葬渊要开启了，小心戒备，从中喷出的葬器等会非常可怕。”三藏提醒道。

一行葬士立即止步，没有再前进，开始观察四周的情况。

经过石昊的一番软磨硬泡，仙药树终于同意进入葬渊。

“你进入葬渊倚仗的是什么？”石昊暗中询问仙药树。

要知道，仙药树的战斗力并不算强大，只是在逃遁方面比较出色，它为何能进入这么恐怖的葬渊?

“仙药树孕育有长生岁月轮……算了，说了你也不懂！”仙药树不屑向石昊解释。

石昊被仙药树的话气到了，说道：“我看烂木箱子还是交给我吧，一会儿你要去葬渊，弄丢了可不好。”

话音刚落，石昊便很自然地从仙药树手中将烂木箱子拿了过来。

仙药树恨不得当场发作，可是它没有与石昊对决的实力，而且现在它要和石昊合作，在这里叫嚷的话绝对会暴露身份。

“你拿着箱子也不会用，给我才有用！”仙药树很不甘心。

“那就等你从葬渊回来再一起研究。”石昊不肯让步，这般说道。

第1221章 葬渊的秘密

WANMEI SHIJIE

烂木箱子略微有些沉，但也不是沉得拎不动，不知道里面到底有什么。石昊轻轻地摇了摇，没有听到箱子里有什么响动。

箱子十分陈旧，已经快腐朽了，不过仍在微微发光，光芒呈淡金色，显得十分神圣。

石昊激动不已，毕竟他就是冲着这个烂木箱子来的。

这个烂木箱子连俞陀、安澜都惦记着，一直派人来夺取，结果都失败了，如今居然落在了他的手中。

怎么开启不了？石昊研究了片刻，发现这个烂木箱子很古怪，根本没有办法打开。这个烂木箱子既无箱盖，也无锁，是一个整体，仔细看更像是一个实心木块。箱子上面雕刻着一些古老的纹路，尽显岁月的沧桑气息，淡金色的光芒正是由这些纹路发出的，给人一种神秘感，仿佛无尽岁月前的生灵在向后世人传递着某种讯息。

石昊准备通过神识观察烂木箱子内部有什么，结果神识被阻隔了。接着，他又施展出不灭经功法，以蛮力试探，结果烂木箱子还是毫无反应，完全没有要开启的迹象。

石昊催动一身精血，使出全力，但还是不能打开烂木箱子。

这个烂木箱子明明都快要腐朽了，为何还这么坚固？

石昊目不转睛地盯着这个烂木箱子，眉头紧皱，难道真的没有办法将它打开吗？

“别白费力气了，这个木箱如果那么容易被毁掉，早就烂在坟中了，还等着你来打开吗？”仙药树的语气有些幸灾乐祸。它费尽心力才得到烂木箱子，如今竟被石昊夺了去，自然不忿。

“你都知道什么秘密，不如讲出来听一听。”石昊想从仙药树那里得到有用的信息。

“我就没有见过脸皮比你更厚的人！”仙药树怒斥道。

石昊也没有逼仙药树把它知道的都说出来。他想了想，反正现在也研究不出什么名堂，还不如先将烂木箱子收起来，等离开这里后再仔细琢磨。

然而，让石昊感到震惊的是，无论他怎么努力，都没有办法将烂木箱子收起。这个烂木箱子既不能放进空间法器，也不能收入体内。

这太古怪了，一切法力、神通等都对这个烂木箱子无效。石昊对这个烂木箱子越发感兴趣了。

“荒兄，这是什么？我见你不时望着它发呆，有什么讲究吗？”这时，神冥走向石昊，问道。

神冥火红的长发很亮眼，嘴角微翘，美丽的面孔上带着笑容。

“没什么，只是在想一些事。”石昊竭力让自己看起来很镇定。刚才，他暗中与仙药树交流，有些走神，被几个黄金葬士发现了。

“可以给我看一看吗？这个木箱看起来这么古老，上面的纹路让我有一种要悟道的感觉。”神冥这般说道。

石昊闻言，心想，他将烂木箱子拿在手上都没有要悟道的感觉，神冥只看了一眼就要悟道？显然是在胡说八道。

石昊没有拒绝神冥的要求，并不掩饰，大方地将烂木箱子递了过去，让神冥观看。

“嗯，用手摩挲这些纹路，我竟有一种要羽化的感觉，想要飞天而去了。”神冥闭着眼睛，抚摸着烂木箱子，一副很陶醉的样子。她的身体四周闪烁着神光，弥漫着氤氲精气，整个人看起来无比圣洁。

石昊不知道眼前这个女葬士是故意的，还是认真的，不过她有必要演戏吗？难道这个烂木箱子真的让她有悟道的感觉？

“很奇怪，我对这个木箱上的纹路很着迷，可是不知道为何，仔细感应的话，又有些厌恶木箱。”神冥自语道。

石昊心中一惊，这个烂木箱子难道与古代的葬士有关？

烂木箱子是厄土中的东西，并非葬士圣地内的葬器。在俞陀和安澜争夺烂木箱子时，那位神秘的葬王对它并不是很在意，只是单纯地攻击俞陀和安澜。

“可以让我看一看吗？”三藏走到石昊近前，问道。

这时，其他的黄金葬士都围了过来，跟着神冥的那株仙药树也来了，它悬在虚空中，开始观察烂木箱子。

看到这个阵势，石昊有些慌乱，担心跟着神冥的那株仙药树认出烂木箱子是什么宝物。

仙药树见多识广，可以称得上是一部活着的古史。既然他身边的这株仙药树知道关于烂木箱子的秘密，并且对烂木箱子异常在意，那么对面那株仙药树说不定也会注意到这个烂木箱子。

石昊暗中传音，将自己的担忧告诉了肩头的仙药树。

“放心，它不知道这是什么。”仙药树这般说道。

“为何？”石昊很是不解。

“在暗红色的大坟裂开之前，连我都不知道里面是一个烂木箱子。”仙药树回应道。

“你都不知道坟里是什么，还跟我抢？！”石昊大怒，心想，这株仙药树太不厚道了。

“我不知道坟里的东西是什么，但我知道那东西很重要。”仙药树说了一半，便不愿再透露了。

果然，跟着神冥的那株仙药树接近烂木箱子后，并没有什么异常的反应。

三藏将烂木箱子拿在手中，对木箱上的纹路感到十分惊奇，反应与神冥一样。

“与葬士有关！”石昊自语道。不过，他不知道烂木箱子是不是葬士的东西，只能推测出木箱上的纹路多半是葬士刻上去的。

木箱里该不会封印着什么吧？石昊在心中推测道。

安澜与俞陀一直在寻找更高层次的生灵，难道这个烂木箱子与那种生灵有关？

若是葬士在烂木箱子中封印了神秘的东西，那或许就能说得通为何两位黄金葬士喜欢木箱上的纹路，而厌恶木箱了。

也许，葬士们厌恶的是木箱里的东西！

“荒兄果然了不起，竟有这种宝物。”三藏很是羡慕石昊，叹道。

石昊笑而不语，因为他真不知道该说什么，若是被追问起烂木箱子的信息，他就难办了。所幸这些葬士没有追问石昊，因为每个葬士都有自己的秘密，同时，葬士们也对石昊愈发忌惮和敬畏了，觉得石昊肯定是某位葬王的后代。

“准备捞葬器吧。”这时，神冥发现葬渊有了变化。

混沌之气翻涌，光芒四射，异常的力量从葬渊传出。

“葬渊开启了，大家小心！”三藏大喊道。

其他葬士闻言，立马取出葬器，开始进行防御。

“轰！”

葬渊发出震耳欲聋的声音，成片的光芒从葬渊的底部冲了上来，画面十分壮观，就好像一片古界被打开了一样。

这里是古葬区，本应该有诡异的黑雾等才对，现在却光芒普照，灿烂夺目，很是异常。

石昊在路上听到一群葬士议论，说葬渊的黑雾非常可怕，一旦被黑雾笼罩的话，谁都承受不了。可是现在所见与预料的情况完全不一样，葬渊不仅充满了生机，还释放出了神秘的力量，宛若有人在对话，要跨过岁月长河而至。

“咦？这一次怎么不同，竟然见到了奇景，这是天骄要降生啊！或许我葬界会出现一位新葬王！”一个黄金葬士激动地说道。

石昊闻言，心中大惊，原来葬王是从葬渊出生的！

第1222章 又见牢笼

WANMEI SHIJIE

这是怎么回事？石昊惊诧万分，难以置信。

刚才那个黄金葬士的话着实把石昊吓到了，这个消息非同一般，他过去一点都不了解葬士，今日却意外知道了他们不少的秘密。

石昊的内心很不平静，他难以控制那种强烈的探索欲望。

“你在乱说什么？葬王怎么可能是在这里诞生的？！”三藏神色严肃，目光冷厉，呵斥道。

“一知半解便不要开口，那是对葬王最大的不敬！”神冥也发怒了。

那个说话的黄金葬士脸色发白，闭上了嘴，不敢再多说。他来自一个异常古老的家族，其家族成员个个都很厉害，然而，在葬王面前，黄金葬士的家族根本不算什么。

一旦葬王出世，众生皆灭，无人可与葬王匹敌。

其他葬士见状，也不敢乱发表言论了，虽然听说过一些传闻，但毕竟没有证实过。神冥与三藏是真正的葬王后代，既然他们驳斥了这种说法，想来葬王确实不是在葬渊出生的。

“告诉你们也无妨，这里出现的生机与新葬王的诞生没有必然关系。”神冥严肃地说道。

“可是，我明明听说这里诞生过生灵。”一个少女嘀咕道。这是一个十几岁的少女，她似乎不是很害怕三藏与神冥。

“这里的确诞生过大人物，但是否为葬王，那不是你们能知道的，不懂的话就回去请教家族的老祖吧。”神冥正色道。

石昊没有说话，用心聆听，这些事情太匪夷所思了，看来这个地方很不一般，有天大的秘密。

“轰！”

伴着一声巨响，耀眼的光芒从葬渊中冲起，氤氲精气扩散，沿着巨大的洞口腾起，让此地变得越发灿烂了。

此时此刻，不仅石昊惊诧万分，葬士们也都目瞪口呆。光芒很是耀眼，如同一轮太阳升起，巨大的葬渊变得明亮起来，内部不再是一片黑暗。

“这是仙光？”石昊凝视着葬渊，自言自语道。

这里太奇异了，怎么会出现仙道气息？那种光很耀眼，也很神圣，让原本沉寂的葬渊有了生气。

“真的有生灵要逃出来！”一个黄金葬士大喊道。

据闻，一旦葬渊出现生灵，必将是影响极其深远的事件，出世的生灵可能强大到无法想象。

“咔嚓！”

突然，天崩发生了，响声清脆。从葬渊中冲出的光芒太耀眼了，竟然让混沌雾霭都消散了，一时间，仙光笼罩了此地。

一股极其恐怖的气息弥散开来，所有的葬士都瞪大了眼，好像看到了奇景一样。

“轰！”惊天动地的声音响起，葬渊中出现了一扇门，门里好像有一些力量在对抗、纠缠。

石昊震惊不已，因为这番场景有些似曾相识。

他睁开天眼，望向仙光亮起的方向。

葬渊下的虚空裂开后，石昊见到了黑暗的空间、“萤火”，以及模糊的牢笼。

“嗖！”

可惜，未容石昊细看，一道光便猛地冲了出来。真的有一个生灵挣脱束缚，欲从通道冲出。

“有生灵降生！”一个黄金葬士惊呼出声。

“是……一道元神！”三藏神情凝重，这般说道。

只见元神如同一轮太阳般闪闪发光，最奇异的是，它居然在熊熊燃烧，四周烈焰腾腾。为了摆脱束缚，它在焚烧自我，释放力量。

“是那里！”石昊恍然大悟。他确定对之前感受到的气息的判断没有错，他去过那个地方。

黑暗牢笼！

当年，石昊修仙气时差点形神俱灭，有一次更是元神离体，进入了黑暗的空间。在那里，他仿佛见证了轮回，看到了一个又一个黑暗牢笼，而且自身也被束缚了。如果不是最后古圣子袭击他，吟诵九天十地经，让他意外还魂，说不定他就殒身了！

石昊很难说清那一次的奇异之旅是真实的还是虚幻的，但现在，他确定这道元神来自黑暗牢笼，有一个生灵从那里逃了出来！

事实上，石昊不是第一次见到这种场景，当年三千道州的奇才争霸时，他与宁川、十冠王等人大战前在仙古遗地见过类似的奇景。

那个时候，虚空裂开，也有一道元神逃了出来，它浑身燃烧，近乎毁灭，最后冲入了那座名为接引的神秘古殿中。

石昊凝视葬渊，无比震惊，但是没有出声。

当年，石昊被困于黑暗中，看到一个又一个黑暗牢笼漂浮在时间长河上，今日他感受到了熟悉的气息，不由得思绪万千。

显而易见，这道元神强大得无法想象，为了逃出来，它付出了巨大的代价，焚烧自身，动用了全部的力量。

只见这道元神穿透黑暗，破开混沌，来到了众人面前。

当场便有葬士欲跪拜这道元神，因为有些葬士一直坚信葬王出世的传说。

然而，令人惊讶的事情发生了，这道异常强大的元神迅速地衰竭，璀璨的光芒暗淡下来。

“噗！”

最后，这道元神还是消亡了。它虽然从黑暗牢笼中挣脱了出来，但是也走向了毁灭。

此时，石昊觉得前方有太多的迷雾，难以看清真相。这让他产生了无尽的联想。

难道黑暗之地与葬渊有联系？

按照葬士的传说，葬渊诞生过生灵，并且，强大的生灵离开葬渊后，前往了古葬区的最深处，疑似可与葬王匹敌。不然的话，怎么会有黄金葬士认为葬渊有新葬王诞生呢？

就在此时，从很远的地方传来了一个声音。那个声音像是在天边，又像是在九幽的最深处，很苍老也很缥缈，说着一种神秘的语言。

那个声音一响起，元神消亡的位置附近就浮现出一些金色的光点。这些金色的光点轻飘飘地远去，沿着那个声音传来的方向而行，它不是主动前行的，而是被引走的。

“那些话是什么意思？”石昊暗中询问仙药树。

“听不懂！”仙药树摇了摇头。

神冥、三藏等黄金葬士也是一脸迷惑，根本不知道那些话是什么意思，只知道那个声音是沿着地下葬区的支脉而来的，源头远得吓人。

在此过程中，古老的声音不时响起，如同招魂一般，引着那些金色光点远去。那道元神已经毁灭了，金色光点最多也只能呈现出那个生灵生前的一点记忆而已，难道有强大的人物想要获取那些记忆吗？这样做的意义何在？

该不会是同样从黑暗牢笼中逃出来的怪物在招魂吧？石昊突然想到了这一点。他感到很不解，古葬区中到底都有些什么？

第1223章 古器

WANMEI SHIJIE

渐渐地，金色的光点消失，那个声音也远去了。很长时间内，此地都没有声音，刚才发生的事太诡异了，葬渊中居然冲出了一道无比强大的元神！

“那个生灵的肉身呢？它究竟来自什么地方？”终于，一个黄金葬士开口打破了沉默。

葬渊是一处绝地，被认为不可能有生命，是连葬士进去都要殒身的地方，今日居然有元神从中挣脱出来。

“有些传说不见得为虚，这个地方非常古怪。今日之事与葬王的诞生有关，值得深思。”一个黄金葬士悄声道。

实际上，论吃惊程度，又有谁比得上石昊？他比在场的人更清楚那道元神来自哪里。

黑暗牢笼！

石昊的记忆都快要被尘封了，那是怎样的一个地方？那一个又一个在时间长河中沉浮的牢笼究竟是怎样产生的？

“我最讨厌这种诡异的事！”石昊肩头的仙药树说道。

葬渊一片黑暗，暂时恢复了宁静，悄无声息。

一时间，竟无人敢进入葬渊寻宝，也没有人说话，众人都在因为刚才发生的事出神。

突然，葬渊再次发生震动，光芒闪耀，向上扩散而来。

“该不会又有一道元神冲出来吧？”一个葬士嘀咕道。

“不是，这一次是正常的震动，葬宝可能要出现了。”神冥说完，第一个向前走去。

其他葬士见状，也赶紧行动起来。这次本就是为了机缘与造化而来，谁都不愿落后于人。

“荒兄，请上前。”三藏招呼石昊一起向前。

葬士们站在葬渊的边沿，透过混沌之气向下望去。

“希望能得到一件葬宝，到时候带上它去外界闯一闯。”三藏自言自语道。

其他黄金葬士听到三藏的话后没有什么反应，石昊却大为震惊，葬士要去外界？这与他了解的不一样，是不是他理解错了？葬士不是喜欢在地下沉眠吗？

然而，另一个黄金葬士的话马上证实了三藏所说不是虚言，石昊理解的意思也没有错。

“是去那座大城，还是去关外之地？”一个黄金葬士询问三藏。

“到时候再说吧，沉寂了无穷岁月，那些地方该热闹一下了。”三藏淡淡地说道。

石昊闻言，心情顿时变得复杂起来，葬士不是与世隔绝的吗？为何掺和在这些事情当中？

很明显，葬士们所说的大城是指帝关，而关外之地应该指的是异域。

“可惜不知道葬王在想什么，沉眠了无穷岁月，从不离开古葬区，不然古葬区将会更加广袤。”另一个黄金葬士叹道。

难道葬王所过之处都会变成古葬区？想到这一可能，石昊的脊背不由得生出了一股寒气。

光是异域入侵，就已经可以覆灭九天十地了，如果葬王再出手的话，那后果真的不堪设想。

石昊突然想到了在时光长河前曹雨生与他的徒弟的对话，难道那些真的要得到验证吗？

“除了我等少数黄金葬士外，其他族人没有办法进入那些区域，会被发现。”神冥提醒道。

事实的确如此，黄金葬士与外界的生灵没有什么区别，甚至更为神圣，一个个如同神祇一般。

“来了，小心！”有葬士大叫起来。

只见一片光芒从葬渊冲了出来，所有黄金葬士一起动手，开始捕捉葬宝。

“该你行动了！”石昊对仙药树说道。

“你别乱说话，当心露出马脚，现在还不是我行动的时候，你要靠自己！”仙药树叮嘱石昊。

石昊当即取出九脸葬石，没想到刚取出葬石，数道神光就射向了他。

“葬兵！”一个葬士惊呼出声。

九脸葬石一下子吸引来了数件兵器，仿佛有一股魔力，成了黑暗中的指路明灯。

那些葬兵带着兵器，都是一些极其古老的兵器。有些兵器带着斑驳的痕迹，有些已经龟裂了，不过此时它们都在发光，拼命地飞向九脸葬石。

神冥看到这幅画面，忍不住叹道："不愧是拥有九张鬼脸的葬石，居然引得这么多葬兵齐来朝拜。"

石昊讶然，看来这块石头比想象的还要珍贵，竟有这种功效。

不过，葬兵也给石昊带来了危机，一不小心他就会殒命于葬兵之下。

石昊赶紧将之前在集市上得到的那团血取了出来，那团干枯的血如今硬得跟石头一样，并没有什么独特之处。

然而，让人瞠目结舌的事情发生了。石昊刚取出那团血，飞向他的葬兵中有一些便回到了葬渊，有一些咔咔作响，原有的裂痕仿佛变大了。

没有一件兵器能接近石昊，或掉头遁走，或落入葬渊。

看到石昊吃惊的样子，仙药树得意扬扬地道："被称作葬宝的东西怎么会是普通的呢？"

按照仙药树所说，无论是九脸葬石还是这团干枯的血，都是真正的葬宝，价值连城。

石昊却不是很高兴，对仙药树道："你要明白，原本冲过来的葬兵都掉头了，我一无所得，都是因为这团血！"

"无妨。两件葬宝同时出现，逼退了那些葬兵，若是有葬兵敢过来，就证明它也是葬宝，更妙！"仙药树很镇定，为石昊做好了之后的打算。

一群葬士的脸色不大好看，因为冲向他们的葬兵也转变了方向，要么逃走，要么坠入葬渊。

"荒兄，你这样做不行。除非是强大的葬宝，不然没有古器敢过来，最终我们难有收获。"一个黄金葬士对石昊说道。

"荒兄，你可以先收起两件葬宝，一会儿我们进入葬渊的那座殿宇后，便可以用上它们了。"三藏建议道。

还要进入葬渊之中？石昊大吃一惊，葬渊中竟有一座殿宇，那座殿宇有何来头？这跟他想的完全不一样。

"你们……要进传说中的那座殿宇？"其他葬士听到三藏的话，皆大为震惊。

"漫长岁月过去，没有几人去过那座殿宇，太危险了！"一个黄金葬士面露担忧之色，道。

"无妨，现在有两株仙药树，再加上我们三人的葬宝，应该能搏上一搏！"神冥表示自己也要参与。

“好吧。”石昊点了点头，收起两件葬宝。

“荒兄没有其他的葬宝吗？”三藏看向石昊，问道。

因为石昊收起两件葬宝后，手里便没有葬宝了。此地很危险，所有的葬士都取出了强大的葬宝，用来防守。

这个问题让石昊一阵紧张，他哪里有什么葬器？难道要取出大罗剑胎等法器吗？

“快看一看我这些兵器中哪一件能蒙混过关。”石昊暗中对仙药树传音。

“都不行，跟葬器没有丝毫关系。”仙药树直言道。

“这件呢？”忽然，石昊发现了一件被尘封数年的古器。

仙药树大吃一惊，它没有看到实物，只是通过石昊以神识展示的印记作出了判断——这件古器来头不小。

“就是它了，这是一件了不得的古葬器！”仙药树对石昊传音。

石昊心头一震，刹那间联想到了很多，这件古器确实很不一般，他一直都没有动用它。

石昊毫不犹豫地将古器取了出来，乌光从古器身上迸发出来，并且伴着混沌之气。

这件古器一出，葬士们不由得发出惊叹声，面露羡慕之色。

这是一口鼎，鼎很小，不过拳头大，通体乌黑，看起来很古朴，散发着神秘的气息。鼎身满是裂痕，像是被击碎之后又强行黏合在了一起，鼎的周围弥漫着混沌之气，显得与众不同。

不说其他，单是制造鼎的材料就足以令人震惊，因为它完全是由黑暗仙金铸成的。在得到这口鼎的几年之中，石昊一直没有动用它，因为不太放心，总觉得它很诡异。

石昊甚至曾经一度想用大罗剑胎毁掉这口鼎，因为大罗剑胎可以吞噬仙金，以增加自己的仙金含量。

“好东西啊！昔年一定是至宝，可惜被毁了，鼎身有这么多的裂痕，它究竟经历过怎样的大战？”

“或许葬过仙。”

这口鼎一亮相，葬士们就惊叹不已。他们一致认为这是一件来头极大的古葬器，存在的岁月十分久远。

这口鼎散发出的气息太神圣了，让一群葬士觉得舒泰不已，想要飞天而去。

这口鼎真的是葬器？石昊无法平复自己的心情，想到了一些旧事。现在看来，许多事情远比他认为的要复杂与可怕。

第1224章 机缘

WANMEI SHIJIE

葬器！

没想到这口鼎居然有这样的来历！

石昊想到那些旧事，心情久久无法平静。

这口拳头大的黑色小鼎是当年石昊从黑暗神子那里得到的。三千道州的奇才一同进入仙古遗地争夺机缘，在那里发生了太多的事，石昊多次遇险，还与钧道、堕神子、仙殿传人、古圣子、六冠王、黑暗神子等人过了招。

石昊能有今日的成就，与那一次进入仙古遗地夺机缘有很大的关系，迎战诸敌，不懈战斗，最终崛起。

黑暗神子来自三千道州神秘的冥土，极不简单，传闻他是由史前的古尸通灵后诞生的。

黑暗神子的肉身十分强大，当年没有几人能够伤及他的肉身。而且他就算负伤，也可以瞬间复原，如同拥有不死之身一般。

石昊在心中暗道，黑暗神子难道是葬士？

或许是一个葬士殒身后再生了！石昊思索片刻后，又冒出了这样的想法。

因为葬士有父母，是被孕育出来的，而黑暗神子是古尸被埋在地下经过无穷岁月后通灵而成的，两者完全不一样，有本质的区别。

石昊觉得黑暗神子生前一定有可怕的经历，因为当年仅是黑暗神子的肉身就让石昊感到非常头疼。在那一战中，黑暗神子不需要神魂主导，光是凭肉身就可以施展出九十九种大神通。

这着实恐怖，一个正常的修士怎么可能在年轻时掌握那么多宝术？据闻，那是黑暗神子肉身的本能，是前世活着的时候留下的印记。

当年那一战，石昊之所以能击败黑暗神子，完全是因为对方的元神不够强。

到最后，仙药园浮现，虚空崩裂，黑暗神子的肉身坠入虚空的大裂缝中，消失不见。

黑暗神子的元神是后世才诞生的，与肉身相比，差得太远。值得一提的是，黑暗神子当年不倚仗其他，单凭肉身便孕育出了仙气，那是何其恐怖的事！

最为可怕的是，黑暗神子肉身蕴含的九十九种神通可以传给元神，元神可以逐步熟悉神通，并掌握那些可怕的力量。

石昊清晰地记得当年黑暗神子最后施展了一种震惊三千道州的宝术，名为三葬秘术。

三葬秘术，号称能葬天，葬地，葬生灵。

不过凭黑暗神子当年的修为，他还只能达到葬人的境界，而葬人则属于葬生灵的范畴。

据闻，曾有强者施展过三葬秘术。

再回首，石昊有理由相信三葬秘术是葬士的一种盖世手段，仅通过名字就可以推测出来。

石昊怎能平静？一瞬间他想到了太多，漫长岁月前的九天十地就已经有黄金葬士出没了。同时，他想到了三千道州最大的传承地之一——冥土，那个阴冷之地绝对不简单，可能与古葬区有关系。

当然，岁月更迭，光阴飞逝，那种关系也有可能早就淡了，甚至断了。但谁也说不好黄金葬士一旦再出世，会不会去冥土，会不会与冥土的修士展开紧密的合作，并形成一股不可忽视的力量。

冥土的环境和古葬区的环境很相似，葬士和冥土的修士最本质的区别是葬士是被孕育出来的，而冥土的修士多是由死尸通灵而成的。

“这口黑色的小鼎应该葬过仙或不朽者，它身上有那种气息！”三藏突然开口了。

葬士们皆是一怔，面露震惊之色。很明显，哪怕是在神秘的古葬区中，击败仙或不朽者这种事也是非常惊人的。

石昊一阵出神，再看向三藏时，想到了他的名字，三葬秘术与三藏的家族会不会有什么联系？难道说黑暗神子及其秘术与三藏的家族有什么关联？还是说三葬秘术是用某位葬王的称号命名的？

由黑暗仙金铸成的小鼎引起了葬士们的注意，尽管它很残破，也不妨碍葬士们对它产生喜爱之情。

葬士们感受到了一股葬宝的气息，这种气息对修行大有益处。在他们看来，如果能将这口小鼎融合进肉身中，修为将会大大提升。

“荒兄果然是大手笔，连这种葬宝都有，我等不得不佩服。”神冥面露羡慕之色，叹道。她觉得能被称为葬宝的器物真的太稀有了，这口小鼎绝对有资格列入葬宝之中。

石昊没有透露过多关于黑暗仙金鼎的信息，怕不能自圆其说。

一道又一道光芒飞过，有兵器、葬石，甚至还有枯骨。无论是什么东西，葬士们都努力捕捉。

“快捉！”仙药树大叫起来，让石昊帮忙。

这时，一片银色的光点飞来，带着如同万物复苏般的蓬勃生气。不光仙药树很激动，葬士们也纷纷出手争夺。

“此乃最珍贵的葬土之一，原本属于葬王。”三藏道出了银色光点的来头。

这是一片银色沙粒，颗颗透亮，跟银豆子似的，孕育着初始时代的生机。

只要是仙药树，都想得到这种葬土，扎根在这种葬土中对它们有莫大的好处。

传闻，古葬区深处有几株仙药树，它们之所以留在那里，就是因为葬土，而石昊持有的万物土就是葬土的一种。

“动用九脸葬石！”仙药树暗中对石昊传音。

石昊毫不犹豫地将九脸葬石取了出来，它确实有奇异的力量，能够招引与葬士有关的圣物。

“哗”的一声，一大片银色沙粒向石昊飞了过去。

“哐当！”

石昊毫不含糊，启用黑暗仙金鼎，打开鼎盖，吸收这片银色沙粒。

“荒兄，不能这样啊！葬土都被你一个人夺走了。”神冥有些不满，这般说道。

银色沙粒不多，合在一起也没多少，被石昊夺走了大半。银色沙粒十分珍贵，葬士埋在当中，可以更好地修炼，甚至能以十倍的速度成长，效果惊人。

对于葬士们来说，银色沙粒是至宝，故此没有葬士不想得到它。

石昊收走大半的银色沙粒后，合上了鼎盖。这东西对他来说只能栽花种草，除此之外，暂时没有其他的用处。

“给我。”仙药树低语道。

“你只要一直跟在我身边，别说这一钧银色沙粒，就是我那十钧万物土都能任你扎根。”石昊暗中对仙药树传音。

“你……有十钧？”仙药树不太相信石昊的话。

“十钧很多吗？我遇到的‘白龟驮仙’，它可是霸占着百钧万物土呢。”石昊故意这样说道。

“我离开葬王，到了外界，哪里还能遇上这种土？你说的‘白龟驮仙’我认识，是个可耻的家伙！”仙药树嘀咕道。

石昊哑然失色，原来仙药树彼此也是熟识的，它们会不会也有各种隐秘？

“嗖！”

伴着一声轻响，无数块古碑伴着土石和混沌雾从葬渊中冲了出来，这些古碑都很残破，带着裂痕。

“葬渊的震动越发剧烈了，连沉在底下的古碑都出现了。我们要抓紧时机，这里面可能蕴含着盖世法门。”三藏对葬士们说道。

“这些碑未免也太大了！”石昊有些吃惊，感叹道。每一块碑都有山那么高，不知道是被怎样强大的一股力量推出来的。

一时间，飞沙走石，鬼哭狼嚎，各种异象出现。

这些碑的材质各不相同，其中有石碑、木碑、青铜碑以及黄金碑等，不过它们有一点是相同的，那就是每一块碑上都有葬文，记载着诸多妙法。

据闻，上一个纪元，曾有黄金葬士在葬渊得到神秘的经文，最后成为葬王。

这个时候，石昊盯上了一块青铜碑，碑上的纹路似乎蕴含着高深莫测的大道真义。

“快，给我翻译出来！”石昊赶紧让仙药树帮他翻译，因为他不认识葬文。

第1225章 起源地

WANMEI SHIJIE

“你一个人族学什么葬术？尤其是这种法术，你与它无缘！”仙药树毫不留情地打击石昊。

可是，难得这块青铜碑就在石昊的眼前，石昊认定了自己与青铜碑有缘，怎么会听仙药树的唠叨？

“我跟你说，这段经文对你真的没有用，你知道需要符合什么条件才能修炼葬术吗？修炼者必须是葬士，然后要把自身埋在最稀有的葬土中一万年以上，不死不生，如此才能感受到修行带来的力量。”仙药树认真说明了修炼葬术所需的条件，让石昊死心。

石昊闻言，长叹了一口气，看来他想得太简单了。先不要说他不是葬士，即便他是葬士，又哪里等得了一万年？

对于石昊来说，数十年他都嫌长，他需要尽快突破，在短时间内变强。

一群葬士都想修炼葬术，目不转睛地盯着古碑。

不过，并不是每一个葬士都能看得到碑文，因为这些古碑被神秘的力量控制着，碑上的文字很模糊，有些不能辨别。

石昊之所以能看到青铜碑上的文字，是因为九脸葬石。他虽然不懂葬文的含义，但还是默默将青铜碑上的文字记了下来。

“轰”的一声，葬渊下方传出一股巨大的力量。那股力量开始吞噬混沌雾霭，吸收天地之精，就像是汪洋中出现了一个漩涡，恐怖无比，吞噬一切。

“不！”一个黄金葬士惊恐地大叫道。

紧接着，那个黄金葬士被那股神秘的力量拉进了葬渊，“噗”的一声，当场殒身。

片刻间，所有的古碑都被神秘的力量拉进了葬渊。

与此同时，好几个葬士都跌进了葬渊，任他们浑身发光，极力对抗，也无法阻挡那种覆灭一切的力量。

这一切发生得太突然了，眨眼间就有几个葬士丢了性命。

“起！”三藏大喝一声。

三藏也遇到了险情，所幸他拥有强大的葬器。葬器发出一道光，与神秘的力量抗衡了几秒，因此他没有被拉入葬渊。

这股神秘的力量来得快，去得也快，眨眼间，葬渊恢复了平静。

三藏和神冥清点了一下人数，发现少了好几个实力强大的葬士。

“太可惜了，我刚碰到一块黄金碑，结果它就下沉了。”

“你该庆幸自己保住了性命！”

此地一片嘈杂，有葬士不甘，也有葬士心有余悸。

“应该是那个洞开启了，因此我们的造化被夺走了。”一些葬士愤懑不已，这般说道。

依照历年的情况来看，古碑、葬器等会出现很长一段时间，没想到今年它们停留的时间居然这么短。

“神冥，你可以让仙药树进入葬渊了，让它带回来一些造化。”三藏对神冥说道。

同时，一些葬士将目光投向了石昊。

“你也该下去了。”石昊让肩头的仙药树去葬渊夺造化。

两株仙药树都不是很情愿去葬渊，因为去葬渊的话，就意味着要面对连葬士都无法承受的死亡之光，那种光能够剥夺生命印记，十分可怕。

因为仙药树可以与光阴对抗，与天地同寿，体内孕育有长生岁月轮，所以能在那种光的攻击下活下来。

石昊肩头的仙药树很不乐意去葬渊，它虽然能承受那种光的攻击，但是也需要付出相应的代价。

此时，另一株仙药树已经走向葬渊了，它如同一个道人，四周环绕着九层光芒，神圣无比。

起初它还能发出朦胧的光，但是随着不断深入，它的光芒也被吞噬了。

“该你了，不然的话会露马脚！”石昊催促肩头的仙药树进入葬渊。

尽管仙药树很不情愿，但最后还是进入了葬渊。

片刻后，深渊传出了一阵尖叫声，好像是神冥的仙药树发出来的，显然是发生了什么不好的事。

“啊——”一团光飞了上来，落在石昊的肩头，正是仙药树。

才下去几秒钟而已，仙药树便冲了上来，一副受惊过度的样子。

“怎么了？”葬士们齐齐望向石昊肩头的仙药树，面露惊讶之色。

“我听到下面那个伙计在大叫，被它吓到了，所以……”石昊肩头的仙药树嘀咕道。

葬士们顿时不知道说什么好了，还以为仙药树遇到了什么诡异之事呢，原来是胆小怕事。

这时，一团紫光迅速冲了上来，九层光芒变得暗淡了不少，神冥的仙药树负伤了！

神冥立马取出最珍贵的葬土，让仙药树扎根在当中，关切地问道：“你怎么了？”

“下面的一个古洞在震动，我被伤到了。”仙药树回答道。

“果然有异常，那个古洞怎么会震动得这么厉害？不应该啊！”三藏眉头紧皱，自语道。

“走吧，今年没有什么大造化了，我等还是回去吧。”一个黄金葬士叹道。

其他葬士纷纷点头，都很无奈。

石昊巴不得早点离开此地，不然混在一群葬士中间迟早会暴露身份。

“荒兄，我们还要联手去闯那个古洞呢，传说那个古洞里有一座殿宇，里面有大造化。”神冥提醒石昊。

“这……太危险了，自古以来都没有几人活着出来。”石昊不是很想深入葬渊，推辞道。

“这次我们准备得很充分，皆有葬宝傍身，进入那座殿宇不成问题。”三藏也想去葬渊闯一闯。

“那里有如何成为葬王的秘密。”神冥暗中对石昊传音。

石昊闻言，心头一震，葬渊的古洞中竟有这等秘密？他无比渴望力量，葬王与安澜、俞陀是一个等级的，代表世间顶级的力量。

石昊始终坚信修行是相通的，虽然种群不同，修炼的体系不一样，但是总有相似之处，可以彼此借鉴。

石昊心动了！

“放心，我们也不想殒身，不会白白跑去送命。”三藏对石昊说道。他们需要与石昊联手，因为石昊身上有几件葬宝，有了葬宝，既可以避险，又能够轻松进入绝地。

神冥也劝石昊：“我们的葬宝都很不一般，这么多件葬宝合在一起，可以释放出强大的气息，守护我们。”

最后，石昊还是决定跟着三藏和神冥进入葬渊。

“你们……这是去送命啊！不要冲动！”

“太危险了，葬渊必是有去无回，你们要考虑清楚啊！”

其他葬士皆大惊失色，纷纷劝阻神冥和三藏。

“我们有分寸！”三藏执意要闯一闯葬渊。

石昊、神冥以及三藏，再加上两株仙药树，一起进入了葬渊。剩余的葬士站在葬渊的边沿，紧张地等待着。

石昊三人下落的速度非常快，一眨眼就是数千丈，很难想象葬渊到底有多深。

突然，一股强大的力量出现，仿佛要撕裂一切。

“哐当！”

石昊祭出黑暗仙金鼎，使鼎放大，形成了一个严严实实的保护罩。随后，他们继续以之前的速度前进，下坠了半刻钟左右。

不久后，一团光浮现出来，朦朦胧胧的，似乎有着强大的吞噬之力，既在吸收精气，又在吞吐仙光。

葬渊的石壁上有一个古洞，不过这并不是葬渊的底部。

“就是这个洞！”三藏的语气非常肯定。

“我们进去！”神冥朗声道。她不知何时穿上了一副神秘的甲胄，熠熠生辉。

同一时间，三藏取出一口钟，使之悬在头顶上方，悠悠钟声传出，阻挡了强大的吞噬之力。

石昊见状，当即放大黑暗仙金鼎，将自己和两株仙药树都收了进去。

“闯进去！”三藏大喝一声。

石昊三人一起向洞里冲去。

“轰！”

伴着一声巨响，可怕的光浮现出来。那是死亡之光，据说生灵只要被这种光照耀，就会魂飞魄散，从古至今不知道有多少葬士埋骨于此。

一时间，三藏嘶吼，神冥大叫，石昊眼前一阵发黑。虽然他们有葬宝守护，但还是遭劫了。

也不知道过了多久，石昊才缓缓睁开了眼睛，发现自己已是千疮百孔，伤痕累累。不过，唯一值得庆幸的是，他的肉身正在愈合。

“记住，你欠我一条命。”仙药树的声音响起。

石昊肩头的仙药树的光芒暗淡了不少，显然也被死亡之光照射了，付出了很大的代价。

三藏和神冥都昏厥了过去，好像也受了伤，神冥的那株仙药树也昏迷着，意识还没有恢复过来。

“你给我喝了仙药汁液？”石昊问仙药树。他嘴里有一种芬芳的味道，蓬勃的生机正是源自仙药汁液。

“你明白就好。”仙药树淡淡地说道。

“这味道怎么不像是你的？我感觉……”石昊看向神冥的仙药树，悄声道。

“废话，当然不是我的汁液。我傻啊，牺牲自己成全你吗？”仙药树这般回应道。

石昊顿时语塞，他还以为仙药树用自己的汁液救了他呢。

石昊对仙药树露出一个笑脸，道：“要不，你再帮我取几滴仙药汁液过来？”

“打住，想都不要想！我冒险偷了一滴给你喝下已经算是仁至义尽了，只是为了救你一命。再多偷一滴的话，肯定会被那家伙发觉，到时候它非跟我拼命不可！”仙药树果断地拒绝了石昊的要求。

石昊斜视了仙药树一眼，心想，这仙药树也太不厚道了，偷别人的汁液卖人情，舍不得动用自己的。

“他们两个怎么样了？”石昊看向三藏与神冥，问仙药树。

“没什么事，他们身上有绝世葬符。那是葬士一族独有的护身符，他们进入此洞活下来的概率比你大得多。”仙药树解释道。

果然，过了一会儿，三藏和神冥就苏醒了，并快速疗好了伤。

“走，我们继续前进！”三藏说完，与神冥对视了一眼，没想到石昊会比他们先醒来。

葬洞很深邃，也很诡异。

石昊三人一步一步地前进，速度并不快，走了足足上百里。好在那种死亡之光没有再出现，他们一路平安无事。

又过了一段时间，石昊三人发现前方闪烁着柔和的光。

“到了，我们……居然真的寻到了这里！”神冥激动得大叫起来。

“真的是那座殿宇，我们到了！”三藏同样很激动，连声音都在颤抖。

石昊也看到了，一座殿宇在柔和的光团内若隐若现。

石昊、神冥以及三藏快速冲到殿宇的近前，有几分犹豫，思考要不要直接闯进殿宇。

“你感受到了吗？起源的气息！”三藏看向神冥，毫不掩饰自己的激动之情。

“我觉察到了，是那种强大的气息！”神冥美丽的面孔上满是震惊，应道。

石昊眉头紧皱，这里是起源之地？

“这里很不一般，多半真的是起源之地。”仙药树暗中告知石昊。

第1226章 闯殿

WANMEI SHIJIE

起源地？

石昊不是很理解，这是什么起源地？可是，他又不能明着问三藏与神冥，只能暗中与仙药树交流。

“与葬士的起源有关，传闻葬士出现的原因很复杂，也很惊人。”仙药树暗中对石昊说道。

石昊大吃一惊，原来葬士的起源与诞生还另有说法！

“一定要进去！要是真的成功了，将来我们可能就是葬王！”神冥火红的长发飘舞着，水灵灵的眸子睁得很大，激动地说道。

三藏也很亢奋，一头金黄的长发更加璀璨夺目。他握紧拳头，大喊道：“我们联手闯进去！”

殿宇雄伟，数十根柱子呈淡白色，给人一种庄严与神圣的感觉，柱子上还留下了岁月的印记。

这座殿宇至少屹立了一两个纪元，至今依旧没有倒塌。它是以巨大的岩石堆砌而成的，虽然每一块岩石都被光阴蚀掉了光泽，但是依旧坚固，只是增添了岁月的沧桑感。

整座殿宇被一团朦胧的光笼罩着，有一种返璞归真之美，而神光又为它添了几分神秘的色彩。

能进去吗？石昊害怕会出现什么不测。

此时，石昊、三藏以及神冥已经来到了殿宇前，感受到了一股神秘的力量。那些光没有伤人，只是阻挡了他们前进的步伐。殿宇前的台阶上散落着很多粉末，有白色的，也有金色的，还有黑色的。

这本是一处神圣之地，可台阶上的粉末看起来很诡异。

“是强者殒身后留下的劫灰！”三藏肯定地说道。

在进入葬渊之前，三藏翻阅了很多古籍，了解了葬渊的一些秘密。

石昊讶然，他在古洞入口就险些殒命，而两大黄金葬士如果没有护身符，肯定也会丧命于死亡之光的攻击下，没想到古代竟有这么多强者走到这里。

“前辈大贤为了追求终极奥秘，皆不畏死亡。”神冥叹道。

这座殿宇很不一般，想要进去的话肯定非常艰难，现在他们开始尝试闯入殿宇。

“拼了！若能进入这座殿宇，说不定我们就是未来的三大葬王，你们敢闯吗？”神冥态度坚定，这般说道。

“自然要动用所有手段搏一搏！”三藏点头表示赞同。

石昊很不乐意，如果没有危机，他自然会进去寻找变强的契机，可是现在看来，这里很危险，且与葬士的起源有关，对他来说意义不是很大。

“容我考虑一番。”石昊推辞道。仙药树也和石昊一样，不想进入殿宇。

“那我先走一步了。”神冥微微一笑，抬腿向前走去。她穿戴着一副神圣的甲胄，额头上还戴着一块奇异的吊坠。

“哧！”

刹那间，殿宇的大门发光，一下子便将石昊三人淹没了。

“啊——”神冥大叫起来，似乎承受着难以想象的痛楚。

“咔嚓！”随着一声轻响，神冥眉心的吊坠碎了，成片的纹路浮现出来，护住神冥的真身。

“葬王的气息！”石昊肩头的仙药树惊呼出声。

神冥的那块吊坠隐藏着葬王的力量，那股力量如今化成了神秘的纹路，庇护神冥。

只见神冥跌跌撞撞地冲进了那座殿宇之中。与此同时，石昊感应到了异常，整座殿宇仿佛一个逐渐苏醒的庞然大物。

“我也去了。”三藏回头冲石昊一笑，显得有些诡异。

石昊心中一惊，都这个时候了，他还笑得出来？

三藏取出一道法旨，眨眼间，成千上万的符号飞了出来，如同刀剑般铿锵作响。

“葬王法旨！”石昊肩头的仙药树显然被吓到了，大喊道。

“轰！”

惊天动地的声音响起，光芒被冲散，一道裂缝浮现了出来。三藏虽然身体摇晃个不停，肌体渗出鲜血，但还是成功闯进了殿宇。

“这两个葬士都有准备，身后有强大的葬王支持！”石昊肩头的仙药树不禁感叹道。

石昊转身就走，他可不想再冒险了。三藏和神冥身上都有葬王秘宝，能够守护真身，他毫无准备，如果贸然闯进去，肯定没有什么好下场。

然而，事情远远超出了石昊的预料！

殿宇震动得愈发厉害，光芒竟旋转起来，化作一个金色的旋涡，仿佛要吞噬一切。

“不好！”石昊大喊一声，彻底慌了。

石昊虽然竭尽所能，全力反抗，但还是被金色的旋涡吸了进去。若是这样下去，他肯定会殒身。

石昊终于知道为何三藏会笑得那么诡异了，三藏可能早就料到他会被迫进入殿宇之中。

这个地方有不少秘密，石昊并不知晓，神冥和三藏却知道不少。

“哐当！”伴着一声清脆的响声，石昊开启了那口黑暗仙金鼎，而后带着仙药树冲了进去。

进入黑暗仙金鼎后，石昊先闭合鼎盖，然后取出万灵图、大罗剑胎等武器。

“当！”响声清脆，光芒不断地攻击黑暗仙金鼎，那个金色的旋涡好像要把鼎撕裂一样。

片刻后，黑暗仙金鼎快要顶不住了，它本就已经龟裂了，此时更是残破不堪。

石昊透过鼎上的缝隙看到一道又一道璀璨的光芒射了过来，直接将鼎淹没了。他施展出所有的宝术，全力与光芒抗衡，却没有什么用。

石昊一碰到光芒，体内的骨头就噼里啪啦响个不停，仿佛要断裂了。

石昊挥动大罗剑胎，向前斩去，同时以万灵图防卫。令他没有想到的是，那种耀眼的光芒无处不在，万灵图居然失效了！

“嗡！”

关键时刻，大罗剑胎颤抖了一下，发出仙光，逼退了那些光芒。但是，这也引来了更为恐怖的攻击，那些光芒化成水波，翻涌而来。

“呼！”

狂风呼啸，大罗剑胎自动悬浮在空中，幻化出了一番异象。

上方，有一个人形生灵，光雨阵阵，太过绚烂，让人睁不开眼；下方，是一片古葬区，大坟无数，不知道葬下了多少生灵；夕阳下，一个人形生灵坐在一口铜棺上，显得孤独而凄凉。

这是一种很奇异的变化，到了最后，什么都消失了，人形生灵不见了，毁灭之光也没有了，只有一口铜棺在横渡界海。

“轰！”

伴着一声巨响，石昊一把抓住大罗剑胎，盘坐在鼎中。他知道自己一定是闯过了障碍，进入了殿宇中。

石昊快速收好大罗剑胎等武器。“哐当”一声，他打开鼎盖，从鼎中走了出去，黑暗仙金鼎重新变成拳头大。

三藏与神冥大吃一惊，没有想到石昊这么快就闯进来了。

“荒兄果然了不起，佩服！”三藏称赞道。

石昊没有回应三藏，而是盯着前方，深深地被殿宇中心供奉的一件古器吸引了。

起源气息正是那件古器散发出来的!

此时，九种颜色的神光在古器周围闪耀，让古器显得更加神秘莫测。

石昊眯起眼睛，仔细打量古器，想看清它的本体。三藏和神冥更是恨不得立刻将古器据为己有，成为葬王。

第1227章 源头

WANMEI SHIJIE

古器发出的光芒太刺眼了，如同数十轮太阳合在一起，形成了光芒之源。

石昊、三藏以及神冥都经历了一个适应的过程，即使他们实力强大，也看了很长时间才看清古器究竟是什么。

原来是一个箱子！

殿宇的正中心有一座祭台，祭台不是很高，上面供奉着一个箱子。

这就是起源之物？

石昊有些不太相信，所谓的葬士的起源与一个箱子有关？

三藏与神冥仿佛已经被箱子迷住了，而且，他们的身体在发生变化，虽然速度很慢。

很快，石昊也生出了一种奇异的感觉，一股神秘的气息猛然冲向他的颅骨。是那个箱子散发出的气息要进入他的元神内！

石昊当即惊呆了，颅骨是神魂栖居之地，怎能容外界的气息侵入？他倾尽全力与那个箱子散发出的气息对抗，可是那股气息太霸道了，刹那间就进入了他的颅骨，要与他的神魂交融。

关键时刻，大罗剑胎发出一声轻响，将那股气息逼出了体外。

这到底是什么东西？石昊感到很不安。

这个时候，仙药树出来了，之前它一直躲在石昊的体内，看到这一幕，它也很吃惊。

“好可怕，我的长生岁月轮差点被毁了！”仙药树惊讶地说道。

“真的很舒服，我要成为葬王。”神冥自语道。

“我是最强的！”三藏大吼起来。

神冥和三藏如同魔怔了一般，浑然忘记了一切，沉浸在一种旁人很难理解的境地中。

石昊没有轻举妄动，而是向后退了几步，仔细打量眼前的一切。

“你说这两个黄金葬士是不是察觉到我的真实身份了？”石昊暗中询问肩头的仙药树。

当时殿宇发光，形成旋涡，将石昊卷了进来。若是没有大罗剑胎，他早就没命了，那两个黄金葬士方才似乎是有意算计他。

石昊有点想在此动手，提前除掉三藏和神冥，但是考虑到他们修为高深，又有葬王赐下的东西，石昊又不敢轻举妄动。

“也是一个箱子？”石昊看着祭台上的箱子，又看了看手中的烂木箱子。

光从外观上看，石昊手里的箱子跟祭台上的那个比较起来，实在是差得太远了。那个箱子一看就很神圣，而他手中的这个箱子都快腐朽了，就像一个没人要的烂木箱子。

而且，祭台上的那个箱子关乎葬士一族的起源，拥有无法想象的力量，所有的葬士都会为之疯狂。至于他手中的这个烂木箱子，到现在他都不知道有什么用。

祭台上的那个箱子闪耀着九种颜色的光芒，好像是由九种不同的仙金混合铸成的，相当接近传说中的七彩仙金。不过，认真观察的话，石昊又觉得它不像是由仙金铸成的，倒有些像是由玉石制成的。

“多半是由仙树的枝干制成的。”仙药树说出了自己的看法。

祭台上的箱子的材质似金非金，似石非石，似木非木，说不出究竟是什么材质，反正十分奇特。

这时，神冥、三藏从痴迷于祭台上的箱子的状态中恢复了过来，不断发出感叹，难以抑制自己的激动之情。

祭台上的箱子刻有花纹，花纹非常复杂，像是一道又一道生命印记。

“我觉得它不是箱子，而是实心的，可能就是起源古器。”神冥并不认为这是一个箱子，这般说道。

“我也觉得……”三藏似乎也同意神冥的看法。

石昊心头一震，神冥的说法有些道理，也许这东西本身就是起源古器，它上面确实没有任何缝隙，像是实心的。

“我们能成为葬王吗？”神冥一边说，一边伸出手，想摸一摸那件古器。

“轰！”

伴着一声巨响，神冥被击飞了，大口吐血。这还是因为她有葬王赐下的纹路护体，否则肯定会形神俱灭。

石昊目瞪口呆，这东西果然恐怖至极，不能轻易触碰。

“我来试一试！”三藏说完，双手持法旨，向前走去。

很快，洪大的经文声响起，一个又一个符号跳跃着，欲笼罩三藏。

“轰！”不出意料，随着一声巨响，三藏同样遭受了反击，强大的法旨也被烧毁了一角。

三藏大叫一声，嘴角溢血，横飞了出去。

“这……我们没有办法接近它，不能变成葬王了吗？”神冥与三藏都很无奈，有些沮丧。

他们满怀激动与希望而来，并成功进入了殿宇，关键时刻却遇到了难题。

“要知道，虽然古洞一直都在，但是这件古器千百万年都不见得会现身一次，错过就再也见不到了。”三藏很不甘心地说道。

“我要继续尝试！”神冥的语气很坚定。

石昊看到这番场景，不禁有些疑惑，这东西真有这么重要吗？既然这样的话，葬王亲自出手不就行了，何必这么麻烦？

石昊将心中的疑问告诉了仙药树，希望它能为自己解答。

“你以为这是什么地方，谁想来就能来吗？你能到这里是靠着天大的运气，古往今来有几人到过此地？”仙药树这般说道。

“我都能进来，葬王肯定没问题，直接出手不就是了？”石昊立即发起反驳。

“谁都可以来，唯独葬王不能来，不然的话会出大问题！”仙药树否定了石昊的想法。

“为何？”石昊很是不解。

“传说葬王的出现与起源古器有关。”仙药树严肃地说道。

按照仙药树所说，葬王之所以会出现，就是因为起源古器。葬王一生只能见一次起源古器，否则就会有危险。

如果葬王再次与起源古器相见，一切就会改变，包括葬王自身。总之，葬王不能见起源古器第二次。

“这些事，你可以旁敲侧击地问一问神冥与三藏。我所说的这些都是传说，不知道是真是假。”仙药树给石昊提了建议。

“不怕露马脚吗？”石昊很谨慎。

“无妨，九成的葬士根本不知道这件事，只是在黄金葬士之中有一些传闻。”仙药树让石昊放心去问。

“葬王真的不能亲自动手吗？”石昊看向神冥和三藏，问道。

“如果葬王来了的话，会出现异常现象。”出乎石昊的意料，神冥居然讲出了一些隐秘。

“你还记得天谷中的那位存在吗？那可是一位葬王，他来到此地后，便奇迹般地消失了。”神冥看向三藏，说道。

“记得。可是，那位葬王消失后，古葬区深处却出现了一位和之前消失的那位葬王长得一模一样的葬王！”三藏接过神冥的话。

“正是因为如此才显得可怕，两位葬王虽然形体一样，但是性格完全不同。”神冥一边说，一边回想天谷中的葬王。

石昊闻言，不由得大吃一惊，起源古器果然不简单。

“据闻，只要是与起源古器有关的东西，都会引起葬王的重视。古葬区的三大葬王一同压制着一物，谁都不可接近。”三藏继续说道。

“看来只要依靠起源古器就能变成葬王，你们打算怎么做？”石昊问三藏和神冥。

石昊有些怀疑，祭台上的古器真的这么神奇吗？

第1228章 最强抉择

WANMEI SHIJIE

石昊陷入了沉思，通过与神冥、三藏的交谈，他了解到了更多消息，对祭台上的古器愈发敬畏了。

这到底是什么东西？连葬王都要对它敬而远之。

虽然祭台上的古器很神圣，闪烁着九色光芒，照亮了整座殿宇，但是石昊不像神冥和三藏那样渴望得到古器，反而有些忌惮，总觉得不太对劲。

连实力那么强大的葬王都不愿意来此地，这件古器实在是太过可怕。

石昊想到了很多，不禁头皮一阵发麻，他觉得应该早点离开此地，还是不碰这东西为妙。而且，他觉得葬王不会无缘无故地支持三藏和神冥夺造化，很有可能只是利用他们。

葬王选中了三藏和神冥，赐予他们秘宝，让他们闯入葬渊，也许只是想进一步研究古器吧。

石昊越发觉得自己的推测是正确的，因为葬王无法靠近古器，所以只好借他人之手来帮助自己展开进一步的研究，葬王绝不可能彻底放弃古器。

事实上，漫长岁月以来，葬王一直在研究这件古器，只不过没有直接与古器接触。曾有一位天谷中的葬王耐不住性子，亲自出手开启了古器，结果遇到了不可思议的变故。

按照神冥所说，经过那一次变故后，天谷中的葬王便如同离魂一般，与过去迥然不同。

石昊不知道神冥和三藏身后的葬王是否知晓天谷中的葬王到底经历了怎样的变故，想必其中一定有惊天的秘密。

“我等无法接近古器，反而会被它所伤，还是趁早离开吧。我看这个古洞非常不稳固，也许会发生意外。”石昊建议道。

“怎么？荒兄怕了吗？呵呵，这可是天大的机缘，错过了将会遗憾终生。”三藏笑道，一头金色长发随风飘舞。

“要知道，虽然古洞经常会开启，但这件古器不是每次都会显化。”神冥显然不想放弃此次机会。

“我怕发生意外。”石昊并不掩饰自己的真实想法。

“荒兄，你想多了吧？是否担心和天谷的葬王一样，最后性格大变？”神冥的语气略带揶揄。

“的确，那件事很诡异，我们不得不防。”石昊点点头，道。

“都说了，只有第二次见到古器的葬士才会遇到诡异之事，我等都是第一次见到古器，不会发生意外。”三藏觉得不会有什么大问题，这般说道。

“从古至今有几人见过这件古器？你能确定活下来的那些葬王都没有遇到意外吗？”石昊说话的口气有些咄咄逼人。

“这……”三藏一怔，略微吃惊。

“最起码我们那片古葬区的葬王第一次见到这件古器时没有遇到意外。”神冥非常肯定地说道。

石昊顿时愣住了，神冥的语气竟然这么肯定，葬王是何等身份？活了一个纪元都不止，连这些话都会对她说吗？

“要知道，葬王在开天纪元或许就存在了，在古葬区初具雏形时就长存了，你真的了解他吗？你怎么知道过去发生了什么？”石昊没有明说，不过他相信这两个黄金葬士都不傻，应该能理解他的意思。

“你是觉得我们不知深浅，过于冒失了？”神冥的脸色有些难看。

“你该不会觉得我们只是葬王的棋子，就如同漫长岁月以来在此殒命的前辈一般吧？”三藏神色复杂，沉声道。

神冥和三藏都聪明至极，知道石昊意有所指，而这也证明其实他们早就想过这些问题。

“不过，这值得冒险。若成功了，我等就是葬王！”神冥说出了自己的心声。

“哪怕发生异变也值得。”三藏更加疯狂，朗声道，“吾身若为王，足以名传万古！”

石昊心中大惊，这两个黄金葬士还真是疯狂，为了成为葬王，哪怕泯灭真我也在所不惜。

“我们注重肉身的修炼，只要有葬土，早晚有一天会归来！”神冥继续坚定自己的信心。

“不错，一个纪元不行就两个纪元，再不行就沉睡数个纪元！”三藏眼里流露出狂热，激动地说道。

石昊张了张嘴，想说什么又说不出来，心想，万物土果然是古葬区的宝土，难道它就是为了这种情况而准备的吗?

石昊过去就知道万物土尤其受到仙道生灵的喜爱，很多生灵殒命之后，都愿意被葬在万物土中。相传无穷岁月逝去后，被葬在万物土中的生灵也许能复活。

“荒兄，你还有什么想对我们说的吗?”神冥微微一笑，问道。

石昊摇了摇头，走到一边，不想再掺和这件事了。他先是看向殿宇，接着凝视虚空，仿佛要看透什么。

当初三千道州奇才争霸时，石昊和一群人一起进入了仙古遗地，那里的虚空曾浮现出一座古殿，那座古殿会不会与此地的这座殿宇有什么关系?

因为不久前这个地方裂开，石昊隐约间见到了黑暗牢笼。此外，那位遇到变故的葬王是否与黑暗牢笼有关?

渐渐地，石昊感觉有一股寒意从脊背上升起，一些事若是深思的话，确实让人毛骨悚然。

因为这些事不仅涉及一个纪元，一个生灵，而且涉及从古到今和芸芸众生。冥冥之中，仿佛有一只手在推动着这些事，有一双眼睛在关注着众生。

“我们联手!”三藏与神冥下定决心，一起向前走去。

“等一等，容我退出!”石昊大喊道。不是他胆子小，而是他觉得真的犯不上跟两个黄金葬士一起冒险。

在石昊看来，这样贸然行事会出大问题，他不想把自己卷进去。

“荒兄，难道你不知道进来了不成功便要殒命吗?任何生灵都没有办法中途离开。”这时，三藏对石昊说道。

石昊立马变了脸色，这件事他确实不知道，恐怕诸多葬士也不了解。

神冥与三藏看了石昊一眼，面带笑容。

石昊大吃一惊，这两个黄金葬士在这种情况下居然还能笑得出来，难道他们发现他的秘密了?

石昊没有出声，默默地思考对策，真的没有办法冲出去吗?

“轰!”

惊天动地的声音响起，三藏取出法旨，任法旨燃烧，化成一篇经文，继而笼罩古器。

神冥清啸一声，绝美的面容上浮现出一道又一道纹路，那是葬王留在她身上的印记。待印记全部浮现后，她迅速飞向祭台上的古器。

“不好!”石昊感觉到了一股危险的气息，古器好像被惊动了。

“啊——”神冥尖叫起来，躯体出现了裂痕。

古器发出的光芒十分刺目，仿佛可以吞噬一切。

三藏的身体不停地抖动着，似乎受到了极其严重的创伤。

古器上出现了很多纹路，散发出旺盛的生命气息，仿佛有成千上万的生灵在说话。

“那是什么？”石昊惊呼出声。

古器颤动起来，好像有什么东西要出来了！

第1229章 异变

WANMEI SHIJIE

“啊——”神冥惨叫一声，躯体上出现了裂痕，仿佛随时会碎裂。

三藏大吼起来，浑身剧痛，感觉五脏六腑好像都要裂开了。

这时，一个光团飞向了神冥，欲冲进她的躯体中。与此同时，另一个光团冲向三藏，让他体内的骨骼噼里啪啦响个不停。

石昊心中大惊，也不怕神冥和三藏知道他的秘密了，“锵”的一声抽出了大罗剑胎。

实际上，此时神冥和三藏根本就没有精力关注石昊。

“哐当！”

随着一声轻响，石昊祭出黑暗仙金鼎，将自己收了进去，仙药树见状也赶忙躲进了鼎内。

“哧！”

在鼎盖彻底合上时，石昊向外劈出一剑，阻止光团靠近他。他不知道光团里面有什么，但绝对不是什么友善之物。

“好痛啊！”神冥仍在大叫。

三藏也是一样，承受着难以想象的痛苦。

这个时候，光团笔直冲向了三藏和神冥的眉心。

“轰！”

伴着一声巨响，三藏和神冥的颅骨发光，光芒向他们全身蔓延，照亮了身体的各个部位。

片刻后，骨节移动的声音响起，两大黄金葬士原本受损了的躯体此时居然在愈合！

古器发出的光重创了三藏和神冥，可现在各有一团光进入了他们的颅骨内，又开始治愈他们。

“好舒服啊！”三藏感叹道。

“快，按照葬王的指示让元神离体！”神冥的话打断了三藏的思绪。

三藏惊醒过来，出了一身冷汗。

两道光先后从肉身中挣脱出来，离开了颅骨，悬浮在半空中，那是神冥与三藏的神魂。

此时，三藏和神冥的肉身在发生蜕变，被神秘的物质滋养。

“这是……我们会变成葬王吗？”神冥很惊喜，眼下的情况好像跟传说中的是一样的。

“不要分心！”三藏提醒神冥。

朦胧的光芒在跳动，令三藏和神冥的颅骨看起来有几分神秘，生命的力量在颅骨显现出来，胜过身体的其他部位。

石昊看得真切，心中大惊，难道神冥和三藏真的会变成葬王？

不过，这个时候石昊也顾不得那么多了，因为他也遇到了麻烦，一团光在接近他，要冲进他的肉身中。

石昊之前挥出的那一剑没有劈中那个光团，它跟着冲进了鼎中，再盖鼎盖已经来不及了。不过，石昊的肉身没有负伤，三藏和神冥之所以负伤，是因为太过靠近古器。

这是什么东西？石昊一剑刺了过去，“哧”的一声，击中了那个光团，光团一下子分成了两半。

然而，让石昊感到吃惊的是，光团居然又快速合在了一起，向着他的眉心冲去，要进入他的颅骨内。

石昊大怒，施展出数种宝术，浑身光芒闪烁，全力攻击光团，没想到光团被击散后，依旧不依不饶地冲向他的头颅。

“砰！”

伴着一声巨响，石昊以烂木箱子为武器，砸向光团，使之成为光芒碎片，但是光芒碎片很快又聚拢，再次冲向石昊的颅骨。

石昊额头上冒出豆大的汗珠，他知道必须阻止光团进入自己的颅骨，不然的话多半会发生恐怖之事，若是发生变故，他将会变成谁？

石昊全力以赴地攻击光团，哪怕遭遇一次又一次的失败，也始终坚持。他忍不住看向远处，那两个黄金葬士究竟在干什么？

神冥和三藏的元神离体，悬在半空中，看着自己的肉身逐渐变得晶莹。

石昊不禁一愣，难道他们是在以这种方式躲避厄难？

“我们的躯体在变强！”那是神冥的声音。

“不好，我被一股力量控制了，它要将我拉进颅骨中！”三藏惊呼道。

三藏和神冥的元神都受到了一股巨大的力量的控制，即将被拉进颅骨中。

三藏和神冥一直怕出现意外，便先让元神离体，借助古器强化肉身，让肉身先一步蜕变。可是现在看来，这样的做法根本行不通。

“我们的元神若是这样进入颅骨，是否真的会有什么不测？”神冥问三藏。

“不可能，我们第一次见到古器，不会发生不祥之事的。”三藏摇头道。

“哧！”

随着一声轻响，神冥和三藏的元神被那股巨大的力量拉进了颅骨。

石昊亲眼看到这一幕，不禁感到头皮一阵发麻，实在是太可怕了！那两个黄金葬士是否还活着？

神冥和三藏闭上眼睛，坐在原地，浑身发光。他们被一股强大的生机包裹着，如同结茧一般。

“给我滚！”石昊大喝一声。

石昊收起黑暗仙金鼎和大罗剑胎，因为这些武器都没有用，无论他怎么做，这团光还是会聚拢在一起。他曾想激活大罗剑胎，让坐在铜棺上的生灵浮现出来，结果失败了。

“哧！”

上百道光芒冲进石昊的体内，在他的头颅内形成了一个光团，要附着在他的元神上，到现在他都不知道这到底是什么鬼东西。

石昊奋力阻挡，可是这个光团很特别，力量强大，眼看他的元神就要被这团光覆盖。

同时，石昊看到不远处的神冥与三藏倏地睁开眸子，对他点了点头。

这实在是诡异极了！要知道，刚才那两个黄金葬士还处在险境之中，现在为何会突然向他点头？

随后，三藏和神冥又闭上了眸子，像是在领悟着什么。

石昊震惊不已，这里太妖邪了，难道葬王就是这样诞生的吗？

“啊——”石昊大叫出声。

石昊竭尽全力，让三道仙气在头顶浮现，紧接着三朵大道之花绽放开来，其中两朵大道之花内各自盘坐着一个小人。

一个小人仿佛活在遥远的过去，威势惊人，惊得那个光团一颤；另一个小人像是活在今世，实力超绝，目光冷厉，盯着那个光团。

可惜的是，这两个小人都被束缚了。

仿佛活在过去的小人被身上的一道轮回印记束缚了，活在今世的那个小人则被一道母气缠绕着。

即便如此，两个小人也挣扎着进入了石昊的颅骨内。

光团看到这番场景，没敢轻举妄动，退了出去，停在石昊的眉心前。

“锵！”

伴着一声轻响，大罗剑胎缩小为一寸长，出现在石昊的眉心前。

大罗剑胎发出耀眼的光，紧接着古葬区的画面浮现出来，一个人形生灵坐在一口铜棺上，望着一抹残阳。

“轰！”

这个景象一出现，光团便消散了，响声震天，骇人至极。

最后，光团只在石昊的眉心留下了一道非常浅的痕迹，不细看发觉不了。

当一切平静下来后，石昊发现自己浑身都是冷汗。到现在，他都不知道那个光团究竟是什么，但是他知道绝不能让光团进入颅骨与元神融合。

突然，如同山崩海啸般的声音响起，祭台上的古器剧烈地摇晃起来。整座殿宇开始龟裂，外面的古洞也在晃动，出现了密密麻麻的裂痕。

一股巨大的力量突然出现，同时包裹了石昊、神冥以及三藏。

仙药树清晰地看到了这一切，结合它在漫长岁月之中听到的一些传说，不由得生出了一种源自灵魂深处的恐惧。

“神冥，三藏，你们没事吧？”石昊问道。

两个黄金葬士并不应答，双目紧闭。

“轰！”

一道光芒从古器中冲出，撕裂虚空，开启了一条璀璨的通道。紧接着，石昊、三藏以及神冥也被卷入了通道。

第1230章 大风暴

WANMEI SHIJIE

石昊、三藏以及神冥直接从这座殿宇消失了，离开了葬渊。

在此过程中，虚空不断发生爆炸，非常危险，通道很不稳定，不时出现虚空裂缝。

石昊躲在黑暗仙金鼎中，严阵以待。三藏和神冥依旧没有睁开眼睛，不过他们很幸运，没有掉进虚空裂缝中，始终安然无恙。

“轰！”

随着一声巨响，石昊、三藏以及神冥冲出了通道，顿时引发了一阵惊呼。

“出来了！”

“他们竟然平安逃了出来，这……真的是天大的机缘，难道他们已经成为葬王了？”

石昊三人来到了葬渊之上，一群葬士还没有离去，他们见到石昊三人脱困，皆震惊不已。

“嗖！”

一道光闪过，仙药树在烟尘中遁走了。

这一切变化得太快！

石昊刚才还在葬渊的殿宇中，差点丢了性命，没想到瞬间就脱离了险境。

石昊快速追赶仙药树，虽然他得到了烂木箱子，但是那株仙药树也是他的目标。若是得到仙药树，大长老如今遇到的最大问题也许就能解决。

仙药树活了漫长岁月，早已通灵，很是狡猾，在逃出殿宇的瞬间就想好了趁乱逃走。

石昊从地下葬脉来到地面，见到了葱郁的草木，唯独不见仙药树。他很是遗憾，就差那么一点儿，原本都得到仙药树了，最后却还是让它逃走了。

石昊低头看了一眼地面，觉得有些阴冷，虽然他在地下的时间很短暂，但是他觉得恍若隔世，葬渊就如同地府一般。

“地底，葬士的世界。”石昊自语道，而后化成一道光芒离开了。

石昊刚离开，一些葬士便冲上了地面，神冥与三藏也回过神来，凝视着远方的山脉。

“你怎么看？他真是我族的黄金葬士吗？”神冥问三藏。

“应该不是，不过我们肯定会和他再相遇的，呵呵……”三藏露出笑容，一头金色长发随风扬起。

“你有什么打算？”神冥想知道三藏接下来要做什么。

“去外面的世界，他们可进入我古葬区，我们自然也可以去他们的地盘。”三藏沉声道，眼神里满是坚定。

其他的葬士看向神冥和三藏，觉得他们似乎有些变化，难道是因为他们在葬渊得了造化吗？

“如同从地府中还阳啊！”石昊走在路上，不禁感叹与葬士打交道真的很吃力。

那到底是怎样的一个种群？大部分葬士如同古尸般沉睡于地下的棺椁中，极少部分葬士与外界的生灵一样，甚至更加神圣。

古葬区十分神秘，一般人不敢闯进最深处，更不敢掘坟。

“这东西太麻烦，没有办法收起来。”石昊有些无奈，烂木箱子根本无法收进体内，也没有办法装进任何空间法器。

石昊在心里琢磨着，他就这么将烂木箱子提在手中，实在太过招摇，若是被异域的人发觉，肯定会遭到猛烈的追击。

石昊觉得大事不妙，万一无畏狮子、蛄族的高手，以及帝族的年轻大人将消息传出去，那他就危险了。他必须尽快返回帝关，不然随时都可能会殒命。

“锵！”

在一处无人之地，石昊使劲敲打烂木箱子，想看看里面究竟有什么，可烂木箱子就是打不开。

“可惜大罗剑胎一直很被动，从不主动攻击，下一次等它被刺激得全面发威时，我再来攻击这个木箱试试看。”石昊自语道。他虽然很不甘心，但是也只能就此作罢。

石昊抬头看向天空，又看向葱郁的山林，感到有些疑惑，这是什么地方？他要回帝关，肯定不能走葬士所在的那片区域，因为那里可能通向古葬区。

埋藏烂木箱子的地方处在神药山脉、古葬区，以及天兽森林之间，古葬区绝不能走，天兽森林也异常危险，难道还得从神药山脉赶回去？

石昊有些急躁，他不知道异域的那些人是否还堵在神药山脉，怎么才能平安回到帝关？

神药山脉、古葬区，以及天兽森林皆是古怪之地，拥有神秘的场域，很难连贯地开启空间通道，不然的话也不会被称作绝地。

这些区域成功阻挡了修士们正常的通行。

“不行，我得换条路，异域的那些家伙多半张开了口袋，正等着我往里钻呢。”石昊嘀咕道。他有些惴惴不安，不过仔细想了想，俞陀、安澜应该奈何不了他，因为他们准备了无穷岁月，才实现跨界一击，再想动手的话，估计难度很大，还得等一段时间。

不过，石昊知道异域其他的生灵多半要大规模出动了。

事实上，如今外界的情况比石昊想象中的还要恐怖，他追逐烂木箱子的消息已经传播开来，引发了一场混乱。

对于异域来说，古器出世，简直是惊天动地的大消息！

如今，集中在神药山脉的异域修士全都在疯狂地寻找石昊。上面早已下达命令，就是掘地三尺也要找到石昊，当然，也要找到那株仙药树。

仙药树固然珍贵，但是如今在异域的众人看来，仙药树的价值远比不上烂木箱子。他们之所以要寻到仙药树，是因为它当时夺走了那个烂木箱子。

“我不信荒可以追上仙药树，仙药树能飞天遁地，有与生俱来的优势。”这是异域大部分人的判断。

“那不是一株仙药树吗？它怎么也要夺那个箱子？”异域有人对仙药树争夺烂木箱子的行为很不解。

一株仙药树居然这么疯狂，与他们争夺宝物，简直太不可思议了！

“为何不请安澜、俞陀古祖推演？他们一定知道烂木箱子如今的位置。”有人提出了这样的建议。

“可惜啊！那个木箱的位置没有办法推演。”另有人叹道。

哪怕是俞陀、安澜出马，也无济于事，一是因为他们被阻隔在天渊的另一边，与烂木箱子相隔太远；二是因为烂木箱子真的很不一般。

异域的人之所以能找到那片厄土，并不是因为俞陀、安澜推演出了位置，而是他们依据一张古图找到了厄土的位置。

“报！蛄族的至尊来了，帝族的至尊也到了，这件事情闹大了，能来的至尊都来了！”神药山脉附近，一个修为在遁一境的大修士激动地说道。

帝族人数稀少，蛄族是号称比肩仙王的种群，这样的种群的至尊居然都出现了！很明显，异域的最高层全部被惊动了，不朽者如果可以跨过天渊，肯定也会过来。

神药山脉的外围已经沸腾了，这种场面前所未有！

石昊曾请女葬士在大漠中发出警告，让大长老不要踏入神药山脉。虽然大长老知道神药山脉危机重重，但是为了救石昊，他不惜以身犯险。

大长老得悉石昊在神药山脉中没有危险后，便放下心来，有意避开了神药山脉。

如今，神药山脉已经成为大乱的源头，超出了各方势力最初的估计，这一切完全是因为烂木箱子的出世。

“荒可能得到了那个烂木箱子？不行，迅速出动，将箱子夺来！”

“荒啊荒，你的命可真大，不仅没有殒命，还得到了那件宝物，但是它绝不会属于你！”

不仅是异域，就连帝关也不平静了，众人议论纷纷。石昊没有想到他这只小小的“蝴蝶”稍微一振翅，便搅乱了风云，掀起了大浪。

一场大风暴即将来临。

第1231章 天罗地网

WANMEI SHIJIE

“真是出乎意料啊！荒的命可真大，跑到神药山脉都能活下来！”

“荒还闯进了传说中的那个地方，得到了大造化。”

帝关中议论纷纷。

边荒外传来的消息实在是太惊人了，异域的大军压境，有的聚集在神药山脉，有的汇向古葬区的支脉，有的甚至向天兽深林赶去，可谓是倾巢而出。

异域的众多高手都在寻找石昊。

这在帝关中引起了天大的风波，所有人都没有想到一个修为在虚道境的年轻人竟捅破了天！

“必须赶紧援救荒。不用多想，荒一定找到了让异域眼红的东西，那东西多半可以对异域造成致命的威胁，不然异域的人怎么会如此疯狂？”帝关中的主战派建议立刻支援石昊。

帝关的各方势力都在表达自己的意见，不同的意见代表着不同的诉求。

“开启城门，立刻出战！”这是帝关中最高的呼声。

很快，城门就打开了，一条空间通道将一批又一批人送到城外的大漠中。

几队人马分批上路了。

虽然很多人在帝关一致高呼援救石昊，但哪些人是真心，哪些人是抱着不可告人的目的，就很难说清楚了。

有人确实是想去救石昊，无比焦急，唯恐他被异域的人捉住。但是，也有人出城后一语不发，只想抢先找到石昊，从他手里夺得造化。

随着消息的传播，九天十地的很多人都知道了厄土中有一座大坟，最后大坟崩裂，一个烂木箱子出世。边荒太乱了，人多嘴杂，这早就不是什么秘密了。

“我们快点赶过去，一定要将荒救出来！”

这是一群热血骑士，他们骑坐在强大的蛮兽上，身穿甲胄，乌光闪烁，如一股钢铁洪流般横空而过。

这群热血骑士在帝关举足轻重，最为果敢与勇猛，正是他们要求一定要去援救石昊。他们知道前往神药山脉肯定要大战一场，可能再也回不了帝关，但依旧一往无前。

“我们这不是为私，而是为公。荒可能得到了一件了不得的东西，一定要将他和那件东西带回来！”一个大骑士朗声道。

一时间，响声震耳欲聋，气势惊人。然而在中途，这群热血骑士被人拦截了。

一个年轻人身穿金色甲胄，璀璨夺目，立在空中，挡住了这群热血骑士的去路。

“孟前辈！”有人惊呼出声，认出了这个年轻人的身份。

“回去，不要去送命，异域的至尊都出马了！”大长老不想看到这股中坚力量白白牺牲。

“可是，荒被围困了，哪怕不为救他，烂木箱子也不容有失啊！”一个修为在遁一境的大修士说道。

“这件事我自有考虑，荒曾想办法传出音信，让我们不要接近神药山脉，异域的人马早已设好陷阱，就等我们往里钻呢。放心吧，荒暂时不会有危险。”大长老说明了情况，让众人不要为石昊担忧。

异域的人正在全力搜捕石昊，连帝族的至尊都来了，可见他们有多重视石昊和烂木箱子。

大长老明白，就算派再多人马去神药山脉也无法改变什么，只会白白送命，而这也是他一个人出城，不带任何兵马的原因。他知道荒肯定也有这种担心，不想牵连其他人。

大长老阻拦了这群准备救援荒的热血骑士，虽然他也很想救荒，但是不能让这些人白白牺牲。

此外，还有几股势力也来到了边荒，不过他们有意避开了大长老，没有跟随热血骑士的队伍。

“荒，这就是你与我族结怨的下场，今日你的造化将是我们的，边荒便是你的埋骨之地！”

“不错，那个箱子中的东西也许会让我族崛起，孕育出比肩不朽者的存在。”

从这些人的言语中可以看出他们来自长生世家，对烂木箱子中的东西有部分的了解，如今他们掩盖了自身的气息，准备去拦截石昊。

这是一股十分危险的力量！

还有一队人马速度更快，都快要接近神药山脉了，仍然没有止步，根本不怕碰到异域的人马。

“我们这样过去不怕被异域的大军发现吗？到时候恐怕自身难保啊！”这队人马中有人提出了疑问。

“无妨，我们绕过去，不接近异域的大军就行。而且我这里有一块骨牌，可以保证我们不被攻击。”一个修为在遁一境的大修士对其他人说道。

“什么？！异域的人见到这块骨牌会放过我们？”一个年轻的修士惊讶极了，脱口而出。

这队人不禁大惊失色，他们很清楚这意味着什么，刹那间想到了很多。

背叛！

难道他们这一族已经背叛了帝关，与异域有所勾结？

没想到近日闹得沸沸扬扬的背叛事件居然与自己的家族有关，一些年轻人震惊不已，难以置信。

“我知道你们都是聪明人，这次之所以选择带你们出关，是因为信任你们。”这时，作为领队的老者开口了。

“告诉你等也无妨，帝关不止我们一族如此，另一大家族也弃暗投明了。这既是为了自己的族运考虑，也是为了给后代留下一条生路。”一群年轻人听了老者的话大为震惊，不知道该说什么。

“算了，在回帝关前，我会将你们的这段记忆删除，以免泄露秘密，此事绝不能有失。”老者继续说道。

“这……”很多人神色复杂，欲言又止。

“记住，动作快一些！一定要抢先找到荒，要比帝关的另一长生世家更快！”老者朗声道。按照老者所说，这关乎他们的族运，是立大功的好机会。

“我们到底有没有背叛帝关？现在我们是去接应荒吗？”一个年轻人被老者的话弄糊涂了。

“表面上自然是去接应荒，不然怎么能将他引出来？是异域的人请求我们这样做的。”老者没好气地说道。

异域的人马搜寻了很长时间，就是找不到荒。他们觉得荒肯定躲在古葬区或者天兽森林等地，如果九天十地的人来了，他肯定会露面，到时候他一出现，就会遭到围捕。

如今的边荒是前所未有的喧沸，各方高手齐出，都在寻找石昊。

“给我开啊！”石昊大喊一声。

在前行的过程中，石昊不断尝试打开烂木箱子，遗憾的是，他依旧未能将木箱打开。

石昊尽管在研究怎么打开烂木箱子，但是速度依旧很快，如闪电般越过山岭，一路向着远方的大地而去。

神药山脉、古葬区，以及天兽森林合围起来的这片区域好像没有尽头一样，一望无垠。

石昊准备进入天兽森林，当然，他并非笔直地冲进去，而是沿着神药山脉这一边的路进去。

古葬区直接被石昊排除了，那里大坟无数，而且每一座大坟下都有可怕的高手。若是深入古葬区，天知道会遇上什么级别的存在，就算见到将凤凰当成鸡养的葬王也不稀奇。

至于神药山脉，现在肯定走不通，那里早已是重兵压境。因此只剩下了一个地方，那就是天兽森林。

在此之前，石昊根本没有考虑天兽森林，因为那里有强大的天兽。天兽狰狞凶猛，气势惊人，他一旦进去，绝对会碰到不少危险。可是，另外两条路更加危险，可以说是绝路，走天兽森林说不定还有一线生机。

也不知道过了多长时间，石昊穿过险峻的山地，终于到了天兽森林。

被神药山脉、古葬区，以及天兽森林围起来的这片区域是传说中的恐怖之地，一个疏忽就会陷入危险之中，甚至丢掉性命。石昊很幸运，一路顺利地到达了天兽森林。

“沿途怎么没有生灵袭击我？”石昊觉得很奇怪，这一路上顺利得有些不正常。

前方是一片茂密的森林，很多树木的高度都达到了上百丈，更有树木的高度达到了数千丈。石昊不禁感叹，不愧是天兽森林！他略作犹豫，向前迈步，准备从这里穿过去。

“嗷——”

巨大的咆哮声响起，树木摇动个不停，连天地都颤抖起来。

这是何其可怕的古兽！即使相距很远，石昊还是听到了咆哮声。

石昊腾空而起，睁开天眼，眺望远方，被一幅画面深深地震惊了——在天兽森林最深处的半空中，一只古兽大到无边，头颅上插着一杆生锈的战矛，那杆战矛还散发着淡淡的仙气。

“这是……”

石昊立马想到了一则传说，天兽森林有一只没有自主意识的古兽，那只古兽在上一纪元被人用战矛钉中了头颅，一直不灭，活在这片古老的森林中，今天竟然被他碰见了！

石昊虽然有些犹豫，但还是一头扎进了天兽森林，说不定这片森林的古兽能阻止异域的大军。

第1232章 天兽森林

WANMEI SHIJIE

天兽森林占地广阔，到处都是巨大的树木，不少树存活的岁月都在万年以上。

按理来说，这样的树早该成精了，可是这里和古葬区、神药山脉一样，树无论活多久的岁月，也很难成精。而且，哪怕个别的树有灵性，神志也是模糊的，没有自主意识。

这是一种很奇异的现象，就好像这片区域对生灵有限制一样。

“哗啦！”

伴着一声轻响，一条碧绿的藤向着石昊冲去，地面都被震裂了。

这条藤非常粗大，不细看的话会以为是一条虬龙，“砰”的一声，击穿了石昊站立的地面。

石昊躲过了这一击，快速逃到一边。只见这条藤停止了攻击，盘绕在一座大山上。

这是一种强大的植物，名为碧蛟藤。它只要长到手臂粗，便能利用先祖传承的印记修行，可它的神志怎么也是模糊的？

石昊讶然，这本是一种神藤！

“嗷——”

虎啸山林，山地震动。一只黑虎突然闯了出来，散发着恐怖的气息，它的四只爪子一落地，古木便断裂了。

此地有一片区域寸草不生，很明显是这只黑虎常年出没所致。

幸亏天兽森林广袤，不然根本容不下这只黑虎，它体形巨大，动不动就会毁掉树木。

这只黑虎绝对算是一只天兽，修为在遁一境的巅峰。

所谓天兽，是指活了较长时间的巨兽，并且修为在遁一境及以上。

这只黑虎的眼睛是红色的，带着一股煞气，还有一种岁月的沧桑感。

石昊将自己伪装起来，如同枯木一般，不敢有一点动静。他暗自感叹自己不够走运，刚进入这片森林，就遇到了一只天兽。

不过，让石昊觉得奇怪的是，这只黑虎虽然双目猩红，看起来相当凶猛，但是却没有灵性。

“嗷——”远方，另一声兽吼传来，像是在叫战。

这只黑虎眸子中的光更璀璨了，它昂起头，大吼一声，化成一道黑色的闪电，向发出兽吼的地方冲去。

“果然，无论是天兽森林中的生灵还是神药山脉的生灵，都失去了灵性，不然那只黑虎刚才就应该发现我了。”石昊叹道。他是做好了心理准备才进入天兽森林的，这是没有办法的选择，异域的人截断了其他方位的路，只有这片区域可以让他闯一闯。

现在唯一值得庆幸的是，这里的天兽似乎神志出了问题，没有那么灵活。

当石昊远离了那只黑虎出没的区域后，发现这片森林很寂静，少了许多生机和热闹。

这里的天兽都吃什么？或许，它们只吞食天地精气吧。不过，天兽没有后代吗？石昊生出了一连串的疑问。

突然，石昊寒毛直竖，因为感受到了一股强大的气势。

“当！”

火星四溅，石昊身体颤动，大口吐血，遭受了重创。

石昊如果不是在进入天兽森林时就穿上了雷帝甲胄，此时肯定会殒身。

这股突然出现的力量太强大了，要知道，石昊的肉身强大无比，在年轻一代中很难寻到与他匹敌的人。

石昊快速抽出大罗剑胎，进行防御。

突袭石昊的是一只紫色的老鼠，它只有巴掌大，此时正用充满恶意的目光盯着石昊。

坏了！

石昊大吃一惊，这只老鼠是有神志的，虽然不见得有多么聪慧，但是相对来说算是较为正常的生灵。

一只修为在遁一境的老鼠！

思索了片刻后，石昊想起了骨书中记载的一个种群——天鼠。它们虽然是鼠类，但是可以盗取天地造化，成长到极其可怕的境地。

天鼠唯一的缺点是不像其他鼠类繁殖得那么快，数量稀少，不然天鼠一族会是一个很难对付的种群。

“鼠辈，竟敢偷袭我！”石昊喝道。

石昊大笑起来，“鼠辈”二字出口，他感到一阵放松，这个称呼太适合眼前这个紫色的生灵了。

果然，天鼠怒了，它露出雪白的牙齿，牙齿锋利得吓人。

“难得我今日清醒过来，或许可以借你的肉身离开这个该死的鬼地方！”天鼠脸上露出诡异的笑容，这般说道。

石昊顿时有一种荒谬的感觉，过去他遇上的对手哪个不是威风凛凛、身材魁梧？今天他居然和这么一只老鼠对峙，还受到了威胁。

而且，听这只天鼠的意思，好像是天兽森林限制了它的灵性，难道说这里的生灵还会清醒过来？

“这个地方有什么古怪？你与那些天兽还能恢复原状吗？”石昊一边倒退，一边问天鼠。

“告诉你也无妨，因为你需要知道这些，以便为我保护好这具肉身。”天鼠不怀好意地盯着石昊，笑道。

“鼠辈，说！”石昊相当不客气。

这只巴掌大的天鼠恨不得当场发作，再怎么说它也是一个修为在遁一境的高手，居然被一个人族小子鄙夷、调侃，太不像话了！

“这片森林是一个牢笼，任何生灵若是在此停驻的时间过长，就会被永远囚禁于此，肉身也将成为封印神魂的牢笼。”天鼠说出了天兽森林的秘密。

石昊心中大惊，天兽森林居然是牢笼？难怪天鼠盯上了他的肉身，因为这是漫长岁月以来，天鼠遇到的一次逃亡的大好机会。

“死耗子，居然敢打我的主意，做梦！”石昊大喝一声，猛力挥出一剑，转身就逃。

石昊心里清楚，与修为在遁一境的高手对决只会送命，即便对方仅仅是一只小小的天鼠。

在逃亡的路上，石昊觉得极其憋闷，被一只天鼠追击，这真是从未有过的事情！

“耗子，有本事就去找那些大家伙对决，追我算什么本事！”石昊不顾形象，一路谩骂天鼠。

同时，石昊也想尽快离开此地，不然的话，说不定连他也会失去灵性，被困在这片森林中。

天鼠一爪子向前拍去，放大到如同小山一般，使得山脉抖动，影响甚广。

突然，天鼠惊叫一声，面露惊恐之色，发现自己好像过界了。

随后，石昊看到了一幅可怕的画面——一根干枯的树枝从山岭深处伸了出来，数不清的法则碎片四处飞舞。

“噗”的一声，天鼠虽然实力强大，速度惊人，但是依旧没能成功逃走，它被那根干枯的树枝钉中，惨叫起来。

一只修为在遁一境的天兽被一根树枝钉住了？石昊瞪大了眼睛，难以置信。

“你们听到动静了吗？有情况！”这时，远处传来说话的声音。

数十道身影横空而来，快速降落在石昊所在的区域。

“荒，你居然逃进了天兽森林，这次你逃不掉了，哈哈！”有人大笑道。

来人擎着大旗，旗上有异域的符文，最糟糕的情况发生了。

石昊皱着眉头，一言不发。

“咦？还有一只老鼠。荒，你可真是有趣，别告诉我你在与一只老鼠对决！”一个年轻人奚落道。

“闭嘴！”一位老妪大喝一声。她心中发慌，觉得情况似乎不对劲。

第1233章 全灭

WANMEI SHIJIE

这十几人只是异域的大军中的一队人马，他们冒险闯入天兽森林，就是为了找到石昊。

老妪一开始有几分不安，当她看到石昊手中的烂木箱子后，立刻变得异常激动，连呼吸都变得急促起来。

山林中，荆棘茂密，起初还能遮挡一二，现在所有人都看到了石昊手中的东西。

“哈哈，真是踏破铁鞋无觅处，得来全不费工夫！”一个年轻人大笑道。

几个老辈人物也无法保持淡定了，纷纷惊呼起来。

“真是没有想到，荒居然得到了这个烂木箱子！”

“天运在我们这一边，帝关注定大败，哈哈！”

异域的一群人振奋不已，觉得他们太幸运了，那么多人马都在寻找荒，结果荒被他们撞上了。

异域的一群人盯着石昊手中的烂木箱子，眼中流露出贪婪，再也容不下其他事物。

“对了，听闻这个箱子之前落入了一株仙药树手中，那株仙药树呢？荒，你若不想遭罪，就赶紧把仙药树交出来！”一个年轻人厉声道。

异域的一群人快速行动，将石昊包围起来，防止他遁走。

“哈哈，这是何其痛快的一次出击！荒虽然得到了烂木箱子，但是不会用！”一个中年人大笑起来。

异域的这群人主要是中年人和老者，因为异域的高层知道派出年轻一代的话，多半会损失惨重，而且还拦不住荒，所以这一次出动的基本上都是资深的高手。

“拿下荒，早点回去复命！一个修为在虚道境的毛头小子而已，居然让我界出动了那么多人手。”一个中年人一边说，一边向石昊逼去。

“等一等！”那位老妪忽然开口了。她处在遁一境的大成阶段，不仅是这支队伍中的第一高手，也是进入天兽森林的数队人马中的高手之一。

“有什么可担心的？”一个年轻人面露不解之色，嘀咕道。

“前辈，怎么了？”一个中年人提出了疑问。

“这只老鼠不太对劲，疑似是超级强者，还有这根干枯的树枝让我觉得很不安。”老妪神情凝重，沉声道。

此时，天鼠已经奄奄一息，没有了属于强者的气息，一般人根本感应不到它遁一境的道行。那根干枯的树枝也是一样，恢复了正常状态。

“一只老鼠而已，有什么可怕的？就算是超级强者，我们也能轻松打败！”一个年轻人根本没把天鼠放在眼里，这般说道。

“不管那么多了，荒是真的，烂木箱子也是真的，带走！”一个中年人说完，便果断出手了。

这个中年人伸出一只大手向前抓去，欲夺走烂木箱子。他想的是，不管这里是否有异常，先拿到烂木箱子，迅速将它送出去最要紧。

“哧！”

随着一声轻响，一根干枯的树枝突然从山林深处冲了出来，速度快得让人躲避不及。

“啊——”最先出手的中年人惨叫起来，干枯的树枝击中了他的躯体。

“这是什么鬼东西？”异域的一群人顿时乱了阵脚。

随后，三十几根干枯的树枝冲了出来，全都带着大道碎片，伴着法则神光，气势惊人。

“居然敢在这里动手！”天鼠睁开眼睛，自语道。它虽然很虚弱，但是一直在等待机会逃走。

异域的这群人中，但凡出手的都被干枯的树枝击中了，不是他们不强大，而是干枯的树枝太过恐怖，如同不朽之剑般轻易地穿透了他们的躯体。就连那位老妪也被一根最粗大的干枯的树枝刺中了肉身，她剧烈地挣扎着，却越发虚弱，连元神都被束缚了。

石昊取出万灵图，一直都只是在被动地防御，从而幸运地逃过了一劫。

异域的一群人经历了大喜大悲，刚才还热血沸腾、激动不已，转眼间就生命垂危、性命不保了。

“我愿永囚于天兽森林，听从调遣，此去轮回！”这时，天鼠像是魔怔了一样，说完这些话，又吟诵了一段神秘的咒语。

“嗖！”

奇怪的事情发生了，干枯的树枝全部退走了，天鼠化成了一道光芒，撕开一条空间通道，冲向了远方。

恍惚间，石昊看到在空间通道的尽头，天鼠“扑通”一声跃入一个雾气腾腾的池子中。那个池子旁矗立着一块石碑，石昊匆匆一瞥，发现石碑上有三个仙古纪元的大字：轮回池！

天鼠去轮回了？石昊觉得很诡异，这有点不太现实。

异域的一群人也看到了这一幕，皆震惊不已，难以置信。

“我愿永囚于天兽森林，听从调遣，此去轮回！”老妪竟学着天鼠说一样的话。

“噗！”

最终，老妪的眉心溅起一朵血花，神志像是已经被毁了。她一脸迷茫，如同离魂了一般，径直朝着天兽森林的深处走去，并且一步一叩首。

异域的人见到这一幕，皆瞠目结舌。

石昊隐约间觉得，天兽森林内聚集的高手，比如那些天兽等，多半都是由此而来的。

想到这里，石昊不禁毛骨悚然。

老妪是异域的这群人当中的第一高手，结果却在这里迷失了自我，还如同朝圣一般，好像要去觐见什么存在。

“哧！”

突然，一道璀璨的光芒冲上了天穹。异域的人在向外界传送消息，告知同伴石昊的位置。

这是异域的队伍之间的约定，任何人只要见到荒或烂木箱子，就要发出这种信号，好让更多的强者知道消息。

“噗！”

被干枯树枝击中的异域的一些人惊恐地大叫起来。

异域大半的人都殒命了，剩下的人的修为都在遁一境，他们跟老妪一样，一步一叩首，向着天兽森林的深处走去。

见鬼了！

石昊目睹了这一切，不禁从头凉到脚，天兽森林比他想象的危险很多，他还能继续闯下去吗？

外界，异域的多队人马发现了天穹上的光芒，从而得知了石昊在天兽森林，并且确定了他的具体方位。

"禀告上级，荒已经得到了那个烂木箱子。我等请求调遣人马，围堵天兽森林！"

消息传播开来，引发了巨大的风波。

不久后，大批人马从神药山脉等地赶到了天兽森林，其中包括从帝关中来的人。

第1234章 连胜高手

WANMEI SHIJIE

千军万马闯绝地!

异域的大军冲向天兽森林，希望尽快找到荒，然后夺走烂木箱子。

十几支队伍分头行动，闯进了天兽森林之中。

异域虽然实力强大，但是也不敢让大军全部进入绝地，只派出了部分人围捕石昊。因为若是发生意外，异域根本承受不了那种代价。

异域虽强，但也没有强到为所欲为的地步，不然的话，古葬区、天兽森林、迷失海，以及仙家遗土等地怎么会成为不能随意踏足的禁地呢?

在过去，异域也曾有人带着大批强者闯入绝地，结果去了就再也没有回来，这是尽人皆知的事。而且，这与不朽者无法直接进入九天十地有关。

天兽森林中，石昊在原地站了很久，认真察看，思考那株枯树到底是什么树，为何连树枝都干枯了，还有如此恐怖的力量。

天鼠和老妪都是修为在遁一境的高手，结果还是被击中了。大部分人都殒身了，只有修为在遁一境的修士留下了肉身，一步一叩首，消失在天兽森林深处。

“轮回池究竟是什么？天兽森林真的是牢笼吗？”石昊皱起眉头，自语道。这里的未知事物太多，极其危险。

石昊看了一眼天兽森林的深处，总觉得那里很诡异，难道枯树就扎根在那里吗？他深吸了一口气，向前走去，想要看个清楚。

可是，石昊在前行的过程中没有感觉到任何异常。这片区域太平静了，他前行了数百里也没有见到什么枯树。

这是怎么回事？都已经前行了这么远，为什么还是没有感应到枯树的气息？石昊平静下来，停下脚步，用心感应，想要寻出那株枯树的方位。

那株枯树连天鼠都能轻易击中，足以说明它拥有极其强大的实力，石昊想尝试着与它沟通一番。

“嗯？”

石昊心中一惊，他一开始感应并没有什么效果，直到心中浮现出干枯的树枝的样子再去感应时，才出现异常。

“难道那株枯树与安澜、俞陀一样，旁人只要呼唤其名，或冥想其样貌，它就会显化神威？”石昊神情凝重，自语道。

此时，石昊一阵心悸，仿佛连灵魂都要离体而出了。他都已经是修为在虚道境的修士了，只是在远处感应一株树而已，居然产生了这种反应！

最后，石昊腾空而起，静静地眺望远方。隐约间，他感觉到一株树在静静地扎根。

石昊扭头就走，一刻也没有停留，因为他有一种很不安的感觉，那株枯树不可轻易靠近，不然会有大事发生。

接下来的两天里，石昊的脸色都很难看，他意识到了巨大的危机即将来临，因为他遇到了异域的数队人马，好不容易才逃走。这还是因为他运气好，遇到的多是修为在斩我境的修士。

异域的众人知道荒虽年少，但实力出众，一般的修士不会是他的对手，可若是派出修为在遁一境的修士又意味着可能要承受莫大的损失，因为任何人进入天兽森林都有可能再也出不去。故此，异域派出的人马很有讲究，以修为在斩我境的生灵为主，虚道境的生灵为辅，遁一境的少许强者为领军人。

石昊经历了几场血战，身负重伤，一路逃亡，越发觉得情况不妙，天兽森林几个主要方位都涌入了异域的人马。

“这个地方变得危险了，我应该从神药山脉那边逃走。”石昊自语道。

片刻后，石昊与一群修为在斩我境的修士血拼了一场，而后加速逃遁。

“被堵住了！”石昊深吸了一口气，十分无奈。

前往神药山脉已经没有安全的路线了，异域派出了很多人，早就堵住了各个要道。

“既然你们派来这么多高手，那我就陪你们玩一次大的！”石昊愤愤地说道，随后朝一个方向奔逃而去。

石昊意识到每一次他的位置暴露，分布在整片天兽森林的异域的人马就会跟着调整方向，一齐包抄他。

异域的人拥有奇异的法器，可以彼此感应，能第一时间告知同伴石昊逃向了哪里。

“浑蛋！”

天兽森林外，异域的几位老者大怒，他们刚刚得到消息，这两日来损失了一批精英，第一支队伍没有留下一个活口。当然，他们并不知道那是枯树所为。

“那小子可没那么大的本事，我们的人应该是遇上了可怕的天兽。”一位老者推测道。

接着，又有消息传来，其他队伍的一些修为在虚道境的重要人物不幸殒身，修为在斩我境的高手也被暗袭，损失不小。

“九头麒族的小公子被荒打败了，尽管小公子拥有九条命，但还是没能保住性命。”一位老者颇为惋惜，叹道。

九头麒族的小公子的身份极其高贵，虽然他还没来得及进入高手榜，但是有人认为只要给他时间，他的名号必定会传遍世间。然而，这样一个潜力无穷的年轻人今日居然败在了荒的手里！

“是谁放九头麒族的后辈进去的？不是说了吗？荒很危险！”一位老者怒吼道。

天纵奇才的殒身是异域莫大的损失，九头麒族的后辈是有望成为不朽者的人选之一。

“九头麒族的小公子说想与荒对决一场，而且当时有强者跟随，谁都没有想到会发生这种意外。”九头麒族的一位长老面露悲戚之色，这般说道。

石昊在异域的年轻一代中赫赫有名，异域的很多年轻奇才很不服气，尤其是刚刚走出自家古地的年轻奇才，他们都想打败石昊，一战成名。

“报！不好了，齐仑天王战死了！”又一则坏消息传来。

就在不久前，异域年轻一代十大年轻高手中的第三人齐仑遇到了石昊，最终不幸殒身于天兽森林中。

“什么？！齐仑又是何时进入天兽森林的？谁放他进去的？”一位老者喝问众人。

没有人回答老者的问题，因为答案和之前一样。齐仑也是因为不服，偷偷潜入天兽森林，想与石昊对决，最后却以这种悲惨的方式收场。

“真是耻辱啊！年轻一代的十大高手被同一个人除掉了大半，我界的面子往哪儿搁？！”一位老者忍不住咆哮起来。

异域的所有人都想除掉石昊，年轻一代更是有一个心结，那就是希望有同辈能够打败石昊。

一些刚走出家族古地的年轻奇才，都需要战绩来排位，因此十分想与石昊对决。

齐仑是石昊目前除掉的排名最高的一位年轻高手，当然，也有人认为九头麒族的小公子潜力更大，等他崭露头角，排名也许比齐仑更高。

“报——”又有人奔来，进行禀报。

“又怎么了？别告诉我荒又除掉了我界的年轻高手！”一位老者没好气地说道，脸色难看到了极点。

“正是，是十大年轻高手中的……”来人硬着头皮禀告道。

“何时是个头？你们是不是想告诉我，十大年轻高手都会败在他一个人的手里？！”那位老者厉声道。

事实的确如此，十大年轻高手已经所剩无几了。

“报——”老者的话音刚落，又有人来禀告了。

“说！”另一位老者厉声道。

“经过统计，荒连胜我界二十三名年轻高手，除掉修为在斩我境的高手三十九人。”来人禀告了最新统计出来的数字。

异域的众人闻言，当即皱起眉头，这损失未免也太大了！

“一群废物！连修为在遁一境的高手都奈何不了荒吗？”一位老者忍不住大骂起来。

“荒受了重伤，目前还在逃窜之中。我们已经掌握了他的具体行踪，相信过不了多久就可以追到他了。”来人跪伏在地上，害怕老者将气撒在自己身上，小心翼翼地说道。

“耻辱啊！我界难道没有一个年轻人能与荒抗衡吗？”老者满脸怒容，十分不甘。

“帝族的年轻大人听到情报后，已经前往天兽森林了。蛄族的高手也上路了！”有人回应道。

其他人听到这个消息后，都稍微松了一口气。

“鹤子铭来了！”

“终于来了，听闻鹤子铭得到了鹤无双大人的指点，修成了不灭经功法，这次专为对付荒而来。”

异域的一些年轻人议论纷纷，变得激动起来。最近他们实在是遭受了太多屈辱，因为年轻一代中无人是荒的对手。

与此同时，帝关也在第一时间掌握了与石昊有关的消息，这些消息引得全城轰动。

“荒居然这么威武，连胜了异域的几大年轻高手！”

“太强大了吧，异域所谓的十大年轻高手都快要被荒斩灭得所剩无几了！”

“听闻帝族的年轻大人也去围捕荒了，蛄族也有人前往荒所在的位置，甚至还出动了一个什么号称专门对付荒的人……”

第1235章 救援

WANMEI SHIJIE

天兽森林外，异域的很多人激动不已，认为鹤子铭等人一定可以打败石昊。

“我界来到此地的几大至尊如果出手，一定可以击败荒。”有人觉得这次围捕荒过于兴师动众，该结束了。

既然至尊来了，为何不出手？一些人觉得很疑惑。

“糊涂！至尊若是能进入天兽森林，还会等到现在吗？早就将烂木箱子带回来了！”有人叹道。

天兽森林中有让至尊都忌惮的神秘力量！

几道身影悬在空中，始终都没有说话，他们便是几位至尊，每一位至尊都可以轻易地摘星揽月。

“鹤子铭，莫要毁了你先祖的威名！”这时，从远方来的一个年轻人引起了一位至尊的关注。

这个年轻人就是鹤子铭，他被一层神圣的光芒笼罩着，看起来祥和而圣洁，拥有一种无法用言语形容的气质。他的眼中流露出自信，一身力量强大得让人惊叹不已。

“谨遵法旨，我必除掉荒！”鹤子铭的语气很坚定。

天空中，几位至尊没有说话，身影越发模糊了。

“鹤子铭，听闻鹤无双大人出关了，还指点了你，是真的吗？”一位很崇敬鹤无双的老者问道。

“不错！”鹤子铭点头，证实了传闻。

鹤无双是何许人也？他不断修炼，一步一步地超越了同纪元的生灵，如今都快比肩俞陀、安澜了。

“鹤子铭，我们相信你一定会打败荒。若他被修为在遁一境的修士打败，我们即便出了一口恶气，在以后的日子里也会抬不起头。”异域的一些年轻人大喊道。

“鹤子铭，鹤家能否成为帝族，就看你了！”一位老者别有深意地对鹤子铭说道。

鹤子铭号称十大年轻高手中的第一人，但是所有人都知道他超越其他九人很多，不弱于帝族的年轻大人。

“诸位，等我好消息！”鹤子铭说完，马上冲进了天兽森林。

天兽森林深处，石昊正大口喘着气，他遭到修为在遁一境的大修士的追击，负伤不轻，险些形神俱灭。

“咕咚！”

石昊喝下一口清香扑鼻的宝液，身体刹那间便得到了恢复，体内像炒豆子一样噼里啪啦响个不停。他喝的宝液是从神药山脉的地窟中得到的，宝液曾孕育出了黄金牛，如果没有这种宝液，他早就殒身了。

这一路上，石昊受到了数次致命的伤害。按常理来说，他应该已经殒身了六七次，每一次他都是靠着宝液捡回了性命。

“这帮浑蛋，等我突破到斩我境后，再一个一个地对付你们！”石昊说完，又喝了一口宝液。待伤口愈合后，他便快速遁走了。

石昊准备突破到斩我境，他觉得自己磨砺得够多了，也积累了不少经验，只是现在危机四伏，很难找到一个安全的地方进行突破。

“荒，真的是你吗？”忽然，石昊听到了一个声音。

石昊转过头，发现一个人正在冲他招手，他心中一惊，又被发现了？可是，那个人穿的是帝关的服饰，这是怎么回事？

“我们是来救你的，过来！”那个人对石昊说道。

石昊疑惑不解，帝关的人怎么也到这里来了？

紧接着，又有两个人出现了，他们身穿黑色甲胄，手持战矛。

“你们来自帝关？”石昊看向这几个人，问道。

“不错，我们拥有一辆古战车，靠着遁术神不知鬼不觉地闯了进来，目前异域的人还没有发现我们。”一个人解释道。

这时，虚空扭曲，一辆古战车浮现了出来。石昊很警惕，还不确定这就是帝关的人。

“咚！”

沉闷的声音响起，一具尸体落在石昊脚边。

石昊低头一看，瞬间改变了想法。这是修为在遁一境的异域大修士的尸体，他显然是刚刚殒命的，就在半个时辰前，他险些让石昊丢掉性命。

石昊认得异域的这个大修士，没想到他居然殒身了。

石昊长出了一口气，叹道：“这里太危险了！”

“危险也要来，只要能救你的性命，哪怕赌上一群强者的命也值得。”这时，一位老者从战车中走了出来。

老者手持一杆战戟，战戟上还沾着血迹，看样子异域的那个大修士正是被他击败的。

“为了我一个人不值得这样做，那么多人为救我而送命，我良心难安。”石昊叹道。

“值，赌上再多的人都值！”老者感慨了一番，看向石昊手中的烂木箱子，“异域的人为了这个木箱变得疯狂不已，想必它十分重要。所以，我们不光是为救你而来，还要将它带回帝关，请几大至尊仔细研究。”

石昊点头道：“不错，这个木箱很不一般，应该有极大的秘密。”

“小道友得到这个木箱有一段时间了，可知道它有什么妙用吗？”老者仔细地询问石昊。

“我还没有发现这个木箱有什么秘密。”石昊摇了摇头。

“小道友在厄土中得到木箱时，没有得到什么启示吗？”老者继续提出疑问。

“这……”石昊似乎在努力回想着什么，眉头紧皱。

“荒兄何需吞吞吐吐？这个木箱也许能给予异域致命的打击，赶紧说啊！”一个年轻人催促道。

“不得无礼！”老者瞪了那个年轻人一眼，转而对石昊说道，“小道友，我们还是赶紧离开吧，这里太危险了，除了异域的修士，帝关中的败类也到了！”

“还有来自帝关的威胁？”石昊其实知道帝关中出了叛徒，只是故意装作不知情。

“没错，有人投靠了异域，我们得赶紧走！”老者沉声道。

“不好，那边来人了，我们速退！”战车旁有人惊呼。

“走！”老者将石昊带上了战车，快速远去。

“不用担心，这辆战车是稀世宝具，我们定会顺利回到帝关。”一个中年人对石昊说道。

第1236章 逆袭

WANMEI SHIJIE

金属战车在天兽森林中穿行，如同一道淡淡的虚影般与山林融为一体，很难被发现。正如中年人所说，这辆战车是一件了不得的宝具，不仅拥有极快的速度，还能隐形。

“小道友可否将这个木箱给老朽看一下？”老者开口询问石昊。

老者早已向石昊报上姓名，他名为伊川，是修为在遁一境的大修士。

石昊点了点头，将烂木箱子递给伊川，战车上的其他人心头一震，纷纷向烂木箱子望去。

伊川用手摩挲着烂木箱子，仔细感应，可无论他祭出神力还是祭出神识，烂木箱子都毫无反应。他皱起眉头，反复尝试，还是没有什么效果。

“这真的是那片厄土中的宝物？”一个年轻人表示有些怀疑。

伊川尝试打开这个烂木箱子，其他人都在一旁紧张地关注着。身为修为在遁一境的大修士，伊川已经开始冒汗了，体内如同有一团火在燃烧，但就是打不开这个木箱。

石昊将伊川的一举一动看在眼里，早已预料到了这个结果。

“惭愧，老朽看到木箱归我帝关，一时心急，想知道木箱里到底有什么，故此贸然出手了。不过这毕竟是小道友的东西，还请见谅。”伊川面露歉意，双手捧着烂木箱子，还给了石昊。

“这个木箱都快腐朽了，怎么还如此结实？连修为在遁一境的修士都没有办法打开它吗？”一个年轻人问石昊。

“是的，很难打开。”石昊点头道。

“这件宝物埋在地下最少一两个纪元了，至今都没有彻底腐朽，足以说明它的非凡。”伊川忍不住感叹起来。

“小道友应该亲眼看到了暗红色大坟开启的经过吧，当木箱冲出来之时，可有什么特别之处？”这时，一个三十几岁的男子提出了疑问。

伊川看向石昊，道：“这个木箱可能要用特殊的手段才能打开，出世时应该有如何打开它的提示吧？”

“没有，或许我没有注意到，因此至今都没有办法打开这个木箱。”石昊有些沮丧，摇头道。

“没有其他的发现吗？”伊川进一步追问石昊。

“没有。”石昊也很无奈。

“荒兄真不坦诚，这种惊人的宝物出土，肯定会伴着祥瑞吧？祥瑞也许就是打开木箱的关键所在。”这时，一个年轻人插嘴道。

“你这话是什么意思？有没有什么征兆，我亲身经历的难道还不知道吗？”石昊面露不悦之色，反驳道。

“哼！谁知道你是不是出于自私，不想将宝物献给帝关，隐瞒真相，把造化都留给自己！”年轻人的口气有些咄咄逼人。

石昊当即就变了脸色，道：“如果这件宝物可以帮帝关扭转乾坤，我自然会交给大长老他们，何需你多言？此外，这是我冒着生命危险夺来的东西，本就属于我！”

“这个木箱之所以打不开，分明是因为你故意隐瞒了打开它的办法。一般这种宝物出土时，开启它的方法都会一并出现。”那个年轻人不依不饶，继续针对石昊。

“你这是污蔑！”石昊火冒三丈，大吼道。

“小道友，别误会，是我这个弟子太鲁莽了，还望你不要与他计较。”伊川说完，呵斥了那个年轻人一番。

石昊眯起眼睛，没有说什么。

“小道友，其实我们也是为帝关着想，希望凭这件宝物抵挡异域的大军。”此时，一个中年人开了口。

“是啊！这一路上，我们为了救援小道友，着实付出了不小的代价。”伊川深深地叹了一口气。

被呵斥的年轻人立刻接腔：“就是啊！我们拼死拼活来到这里，结果人家却不领情，还把打开木箱的方法藏着掖着，真是让人心寒啊！”

石昊很是无奈，道：“我的确没有隐瞒，真相就是如此。”

几个年轻人冷笑起来，不相信石昊说的话。几个中年人则眉头紧皱，好像在思索着什么。

伊川没有说话，只是静静地看着石昊。

石昊虽然没有感受到强大的神力，但是内心深处还是有一种不安的感觉，这是本能的反应。

每个人都有神觉，只不过强弱有别。石昊的神觉十分强大，这也是他遇到各种危险，还能安然活下来的原因之一。

石昊很不安，对面的伊川似乎对他怀有恶意。

石昊很相信自己的神觉，他经历了一次又一次危机，都是因为先一步察觉到了异常，所以才化险为夷的。

伊川这群人欲对他不利！

事实上，石昊从一开始就没有彻底相信伊川这群人，因为他们出现得很突然，并没有让他完全放下戒备之心。

天兽森林何其危险，况且外面的要道几乎都被异域的人截断了，其他的人很难悄无声息地闯进来。

这……难道他们就是背叛者？

石昊心中顿时升起了一股怒火，之前他前往神药山脉时，曾被一个修为在遁一境的大修士追击，而后他的行踪就暴露了，后来他从擒住的异域生灵嘴里得知是帝关的人告的密。

可耻，可恨！

石昊一直想知道叛徒是谁，现在叛徒就在他的眼前，而且还在演戏，想要诓骗他。如果不是想知道烂木箱子是否还有隐藏的秘密，这些叛徒估计早就对他动手了。

刹那间，石昊做出了决定，他知道这场戏多半演不下去了，对方要出手了。

“或许……”石昊皱起眉头，欲言又止。

“小道友是不是想起了什么？”伊川面露希冀之色，问石昊。

“难道与木箱上的纹路有关？”石昊自语道。

战车上的一群人闻言，皆面露期待之色，惊喜不已。

“请讲！”伊川已经迫不及待了。

“前辈请看……”石昊双手捧着烂木箱子，递到伊川眼前。

“怎么了？我研究了很长时间，也没有看出个究竟。”伊川说出了自己的疑惑。

“当时有光芒在这里闪了一下，形成了纹路，我没有太在意。”石昊指向烂木箱子的一个部位，说道。

“怎样的纹路？”许多人同时开口，很是心急。

“请小道友刻出来，让我们琢磨一下，说不定会有重大的发现。”伊川提出了这样的建议。

“好！”石昊爽快地答应了。

此时此刻，所有人都聚精会神地盯着石昊的手指。

“哧！”

伴着一声轻响，石昊的手指突然迸发出一道暗红色的精气。

“小辈，你敢！”伊川又惊又怒，大喝一声。

其他人先是一怔，而后冷笑起来。他们虽然知道荒识破了他们的阴谋，但是一点也不担心，因为他们觉得荒根本不是伊川的对手。

出乎预料的是，伊川虽然反应迅速，用一团神光护住了躯体，但眉心还是被击中了。

暗红色的精气居然连修为在遁一境的大修士的防御光幕都能刺穿，这简直让人难以置信！

伊川居然被荒斩灭了元神！

战车上的一群人皆目瞪口呆，震惊不已。

为了这一击，石昊隐忍了这么久，如今终于得手了！

平日若是石昊施展出暗红色的精气，伊川这种道行高深的老家伙多半可以避过，唯有在两人靠得很近的情况下，突然发起攻击，才有可能成功。

“哧！”

伴着一声轻响，石昊又开始用手指中的暗红色精气攻击其他人，而且他攻击的目标都是年长者，这样做是为了增加活命的机会。

第二击得手了，石昊除掉了一个中年强者。

战车上顿时变得混乱起来，这一切发生得太快了，转眼间形势便逆转了，让这群人难以接受。

一时间，光芒闪烁，宝术接连出现，场面骇人至极。石昊一边血拼，一边庆幸只有伊川是修为在遁一境的大修士。

很快，石昊就变了脸色，他抱起烂木箱子，抓着一个年轻人迅速逃离此地。

一股强大而恐怖的气息从天边席卷而来，显然是有高手来了。

“说，你是帝关中哪一族的人？”石昊逼问被他抓住的年轻人，想弄清楚是哪一个家族背叛了帝关。

“业障，哪里走！”后方传来愤怒的吼声，是几位老者。

很明显，这几位老者跟殒命的老者伊川属于同一族，刚才一直跟在后方，没有在战车上。

石昊还看到了异域的一个强者，正是之前石昊以为被伊川除掉的那个修为在遁一境的大修士。

“你们果然跟异域的人勾结了！”石昊咬牙道。

“荒，你在哪里？可敢与我对决？”就在此时，另一个方向传来喊声，声音响彻天地。

是鹤子铭！

鹤子铭全身被金色的光芒笼罩着，看起来神圣无比。

“荒是我的！”另一个声音传来，是帝族的年轻大人。

“那就比一比，看谁能先除掉荒！”蛄族的高手也到了。

第1237章 追击

WANMEI SHIJIE

如果只有鹤子铭一个人，石昊还有可能会接受挑战。可是现在有好几个修为在遁一境的大修士追击他，他停下脚步肯定没有什么好下场。

石昊虽然早已猜到所谓的救援者可能是叛徒，但还是很愤怒，恨不得将所有的叛徒都除掉。与此同时，他感到很无奈，没想到帝关的强大家族竟投靠了异域，背叛了九天十地。而且这个强大的家族到现在还没有暴露，一旦异域与九天十地的决战来临，他们必会成为大患。

“荒！哪里逃！你是不敢与我对决吗？若是你答应与我对决，我可以让你十招！”鹤子铭朗声道。他的实力比之前强大了不少，浑身闪烁着金色的光芒。

“如果这里只有你一个人，我肯定与你大战一场！”石昊颇有自信地大喊道。

“哧！”

伴着一声轻响，一道神光闪过，帝族的年轻大人跨越大山，迅速向石昊所在的方向冲去。

帝族的年轻大人想夺烂木箱子，他号称打遍天下年轻一代无敌手，是帝族的青年才俊。帝族是无比强大的族群，曾出过不朽者，向来统御诸天，俯视万族，高高在上。

数万年来，帝族都没有年轻人走出古地，帝族的年轻大人出世就是为了击败所有的年轻高手。

确切地说，帝族的年轻大人之所以出世，是因为异域的年轻一代的请求。

这时，蛄族的高手已经追到了石昊。尽管这里是天兽森林，各种禁忌法则的力量被限制了，但蛄族的高手还是展现出了可怕的手段。

一杆虚空之矛无声无息地在石昊背后凝聚成形，带着无与伦比的力量，猛地刺向他的后脑勺。

“砰！”

石昊挥动手中的烂木箱子，砸向虚空之矛，发出震耳欲聋的响声。

随后，一片秩序神链迸发出来，石昊施展出鲲鹏之力和雷道法则，击断了虚空之矛。

“轰”的一声，虚空崩裂，成片的森林被毁，大山崩塌，混沌之气弥散开来。

异域的一群人顿时变了脸色，这可不是一般的地方，是天兽森林，许多大山都古老得吓人，刻有强大的法道符文，很难被彻底毁灭。可是现在，几座大山的灵根居然被荒击断了！

“嗖！”

几道神光冲向石昊，那是几个修为在遁一境的老辈人物。其中有四个人是帝关的强者，应该与伊川同族，剩下的那个是异域的大修士。

“业障，哪里走！”一位老者大吼道。

紧接着，这位老者动用了声波神功——太古莽牛吼。一时间，老者的吼声响彻天地，使得一些大山剧烈地摇动起来，一头黑色的大莽牛浮现出来，比一般的大山还高，一身黑色的皮毛闪闪发亮。

“轰隆！”

伴着一声巨响，一些号称坚不可摧的大山纷纷龟裂，而后崩塌，景象相当恐怖。

黑色的太古莽牛虽然只是由那位老者的声波化成的，但是杀伤力极其惊人。

石昊吐出一口鲜血，脸色发白，负伤不轻。

“业障，你逃不了！”那位老者大喊道，又施展出了一记莽牛吼。

石昊回头看了老者一眼，怒斥道：“你身为帝关的人，却背叛自己的故土，投靠异域，你还有什么脸面活在世间？不知羞耻！”

同时，石昊催动雷帝宝术，让雷池显化出来，引出万丈雷霆攻击太古莽牛，他要以这种方法抵挡太古莽牛吼的攻击。

这一招很管用，不过石昊这次并没有召唤出真正的天劫，虽然雷池浮现了出来，但还是差了一些火候。

“无知小辈！你懂什么？我等不过是弃暗投明罢了！你与帝关的一些族群注定会在这时代洪流中粉身碎骨，九天十地终究要覆灭，最终新的纪元将会出现。我等将会成为新纪元的开辟者，引领万族走向更好的明天！到了那个时候，各族都要感谢我等！”老者眼中流露出疯狂，冷冷地回应道。

石昊听得更加愤怒了，道：“你们分明是膝盖软、骨头酥，心甘情愿地跪在异域之人的脚下，就不要说得这么好听了。还说什么新纪元的开辟者，你们永远没那个资格，想都不要想！”

“刚才我就应该给你个痛快，省得你在这里挑拨离间，胡言乱语！”那几个人中唯一的异域的人开口了。

这个修为在遁一境的异域大修士曾经佯装被伊川除掉，配合伊川演了一出戏，只为了从石昊那里得到更多秘密。因为烂木箱子太重要了，异域的人不想放过任何一个了解它的机会。

“休要放肆！忘了不久前你是怎么败在我手上的了吗？我劝你还是本分一些！”石昊毫不忌惮对方的身份，讽刺道。

当时石昊就觉得异域修士的元神多半无恙，但如果毁其元神的话，帝关的叛徒肯定会当场翻脸。

那样一来，石昊可能也会当场殒身，所以他沉住气，一直伪装着，直到后来才和帝关的叛徒撕破脸皮。

“你……”修为在遁一境的异域大修士脸色很不好看，这是他头一次被人这样羞辱。

“你逃不了！”其他几个人大喝道。他们浑身神光闪烁，如同巨人般顶天立地，继续追击石昊。

“说，你到底来自哪一族？”石昊继续拷问那个被他抓住的年轻人。

石昊不太相信伊川的话，伊川的名字与任何一个长生世家都没有关联，但是石昊相信，敢做出背叛之事的人绝对来头不小。

被石昊抓住的年轻人紧闭着双唇，一言不发，不肯回答。

石昊一指点向年轻人的眉心，想强行查看他的神识，结果只听见“砰”的一声，年轻人瞬间就没了生气。

石昊长叹一口气，这个年轻人肯定做好了各种防范措施，不允许他人查看他的神识。

石昊也为自己的元神设了限制，若是有人强行查看他的神识，他的元神便会自毁，因为他不想让不灭经功法、六道轮回天功等落入敌人的手中。

“小子，我看你能逃到哪里去！”几个修为在遁一境的大修士速度很快，片刻间就与石昊拉近了不少距离。

石昊大吃一惊，即使他拥有缩地成寸大神通，还能掌控雷电，但还是感受到了威胁。不过，值得庆幸的是，天兽森林地势复杂，那几个修为在遁一境的大修士一时间还追不上他。

石昊心中生出了一股怒火，自语道：“不是我殒命于此，就是送你们所有人一起上路！”

随后，石昊冲着后方喊道：“就你们几个吗？太少了！异域的千军万马呢？有本事就一起上！”

此时此刻，石昊恨不得将天兽森林中所有的异域人马都吸引过来。

第1238章 天下第二

WANMEI SHIJIE

天兽森林一片混乱，人越聚越多。异域一群强大的修士欲围攻石昊，每当有人发现石昊，就会祭出法器，告知同伴石昊的具体位置。

幸亏天兽森林很广阔，石昊逃亡起来比较方便。此外，最为关键的是，天兽森林中最危险的不是异域的人，而是那些天兽。

有一次，石昊就快被异域的人追上了，他一咬牙，冲进一个石窟，引出一只古兽，毁掉了整片山岭。

还有一次，石昊意外坠入一片沼泽地，惊动了一条古来罕见的烛龙，结果追击石昊的六个修为在遁一境的大修士当场就被烛龙吞了。

每次遇到天兽，石昊都很幸运地没有成为天兽的第一攻击目标。

这是一次大逃亡，天兽森林大乱，追击石昊的人越来越多了！

“报！差点就捉到荒了，结果关键时刻蹿出来了六只天兽！”天兽森林外，有人禀报道。

“报！荒在逃亡过程中击败了血藤族的年轻强者！”又有人前来禀告，带来的消息顿时引发了一阵惊呼。

血藤族是植物界的顶级王族，在植物界赫赫有名，实力异常强大。不久前，人们还见识过血藤族的强者，神药山脉的一株血藤就是血藤族的至尊，只不过迷失在了神药山脉。

“不好，天厄族的小主人被荒击败了，形神俱灭！”又一个惊人的消息传来。

众人听到这个消息，震惊不已。

天厄族当年差点成为帝族，族里曾出现过一位大人物，名字就叫天厄，其地位相当于如今的鹤无双。

传闻，后来天厄想修炼成为不朽者，结果不幸殒身了。天厄留下了很多造化，如经书、兵器以及他的真血等。

最近，天厄族又出现了一个强者，他很有可能踏上当年天厄的路。这样一个强大家族的小主人的殒命绝对会掀起一场大风暴，很有可能会引得绝世高手出世。

与此同时，帝关的人也得到了消息。

“什么？！异域的人正在围攻荒？不行，我们要赶去救荒，不能再耽搁了！”

“必须阻止这一切！”

一些长生世家的长老都坐不住了，觉得那个烂木箱子非同小可。

许多老一辈的强者都有一种耻辱感，他们的后辈在被人追击，他们却无能为力。

事实上，九天十地即使派再多的人救援石昊也没有什么用。天兽森林外有异域的大军，还有几大至尊，双方真要交手的话，后果不堪设想。

此时此刻，天兽森林越发危险、混乱了。

石昊逃亡了数万里，吃了不少苦头，将身处天兽森林的所有人都惊动了。

异域的高层得知烂木箱子在石昊手中后，便下了命令，让更多的强者去天兽森林除掉石昊，尽快夺得烂木箱子。

这时，石昊思索了几秒钟，朝着一个方向快速奔去。

石昊想带着天兽森林中的异域修士一同赴死，当然，他希望自己能活下来，避过这一劫。如果追击他的人能少一半，他就心满意足了，追击他的大多都是修为在遁一境的大修士。

异域的人恨透了石昊，经过一番追击，损失惨重。他们人数多，目标大，不可避免地会遇到各种各样的危机。

“这次我看你能逃到哪里去！”后方的人大喝道。

石昊的目的地正是之前那株枯树所在的位置，他想的是先将异域的人马引过去，之后再靠枯树发挥威力。

身旁的风景不断后退，耳畔的风声呼呼作响，石昊飞快奔逃，接近了枯树所在的区域。

远远地，石昊已经看到了枯树的模糊轮廓。

古木参天，巨藤绕山，枯树所在的这片区域非常幽静。

来到枯树所在的这片区域后，石昊收敛了自身的气息，因为枯树的力量实在是太可怕了。

“上次，我没有出手，其他人都动手了。最后只有我活了下来，其他人全部殒身了。”石昊自语道。

这次，石昊想借用枯树攻击异域的人马，不知道能不能成功。

“荒，你逃不了！”这时，后方传来一阵冷笑声。异域一群修为在遁一境的大修士带着后辈，迅速接近了石昊所在的位置。

石昊的速度很快，他必须与异域的人拉开距离，以免遭到攻击。他准备到时候主动停下来，然后将他们一举歼灭。

这是一个疯狂的计划，异域的人不知道有这样一株可怕的枯树。

很快，石昊看到了那株枯树。枯树很高大，通体呈黑色，没有一片叶子，也不知道活了多少万年。

石昊非常紧张，担心枯树突然伸展枝条。它分明没有一片叶子，失去了所有生机，为何会有如此强大的杀伤力？

近了，再有数十里石昊就要到枯树的近前了。

突然，石昊脚下发光。他向地上望去，发现这块土地寸草不生，方圆十里有纹路交织，奇异而神秘。

这是接近枯树的必经之地，没想到居然有一座古阵。

“嗡！”

随着一声轻响，虚空被击穿了。一条通道浮现出来，石昊瞬间被一股神秘的力量拉了进去。

“不好，那家伙被传送走了！”异域的一群人惊诧万分，大喊道。

石昊很不甘心，他都已经准备好了，要利用枯树送所有人一起上路，关键时刻，他却被拉进了一条突然出现的通道之中。

在虚空通道关闭前，异域的一群人看到了这条通道的尽头。

“啊！是那里！”

“中心古地，离这里已经不远了！”

“不管那里是不是禁地，我们都要闯过去，绝不能放弃荒和烂木箱子！”

异域的一群人很快做出了决定，绝不止步！

石昊一接近通道的出口，就知道这条通道通往哪里了，因为他曾经远远地看到过那个地方。

“砰”的一声，石昊坠落在地上。这是一片神圣之地，草木葱茏，所有的植物都在发光，十分耀眼。

而在前方，也就是这片神圣之地的中心，则是寸草不生。不过，这并未给石昊一种荒凉感，他反而觉得那里很圣洁。

前方有一些石山，山上弥散着混沌之气，且伴着璀璨的仙光。那是一处难以想象的福地，孕育着真仙的气息。

石山的上方，一只体形庞大的古兽悬浮在半空中，仙气弥漫，气势惊人。

石昊刚进入天兽森林时就听到了古兽的吼声，他仔细一看，发现那只古兽的身上缠着一条锁链，锁链连着下方的石山，它居然是被囚禁在此地的！

此外，还有一杆仙家战矛插在古兽的头颅上。让石昊吃惊的是，古兽居然没有殒命，还有生机。

石昊顺着古兽身上的锁链望去，发现下方的石山上有一座石碑，困住古兽的锁链另一头便是绑在石碑上的，碑上有四个大字：天下第二。

“在那里！”这时，异域的一群人追了过来。

第1239章 盖世古兽

WANMEI SHIJIE

异域的一群人不由自主地停下脚步，望着前方的神圣之地，目瞪口呆。

虽然不少人都听说过天兽森林禁地的传闻，但是没有几人真正来过天兽森林的禁地。

据闻，天兽森林有一只沉眠的古兽，它实力盖世，是各方天兽都要朝拜的终极存在。但是，无论是九天十地还是异域，都罕有人知道它的来历。

异域的一群人站着的地方的草木如同碧玉一般，散发出生命精气，而前方则是光秃秃的一片。

“天下第二？”有人发现了那块石碑。

这片神圣之地的环境很奇异，但这不是让人觉得惊悚的原因，最可怕的是那只古兽。

异域的一群人和石昊刚来此地时一样，被眼前的景象吓到了，呆呆地望着那座寸草不生的石山和那只悬浮在空中的古兽。

古兽浑身都是银色鳞片，既像是穿山甲，又像是古鳄，但是比古鳄更加强壮，肢体粗大而有力。

当然，古兽不可能是穿山甲，也不是古鳄。它的头上有一对真龙角，并且头颅与真龙极其相似。此外，它的背后生有一对巨大的翅膀，翅膀呈银白色，熠熠生辉，伸展开来时，连虚空都会随之颤动。

古兽光是悬在空中，旁人都难以承受它的威势，连修为在遁一境的大修士都战栗起来，身体根本不受控制。

要知道，古兽闭着眸子，悬在半空中，没有释放一丝一毫的气息，那些仙气和仙道光芒都是由于它长存在这里而出现的异象。

这究竟是怎样的一种生灵？它即使如同化石般悬浮在虚空中，还是让人敬畏不已。

“哧！”

伴着一声轻响，异域的十几个修为在遁一境的大修士不由自主地瘫倒在地上，动弹不得。

这十几个修为在遁一境的大修士是异域的这群人中最强大的，他们想要探索此地，结果刚一出手，就感觉到前方仿佛出现了一个银色的大火炉。紧接着，他们的肉身便遭到了重创。

“扑通！”

不少人纷纷跪倒在地，一种本能驱使他们对古兽顶礼膜拜。

“不好，可能是一场突发的大祸！”有人预感到了不妙。

“怎么会如此？”许多异域强者惊呼出声。他们不由得出了一身冷汗，如同面对世上地位最高的神祇一般。

一个年轻人不愿认输，试图与这种神秘的力量对抗，结果刚出手就大口吐血，差点丢了性命。

“不要看那只古兽，不然我们都会没命的！”一个强者大吼着告诫在场的所有人。

异域的这群人完全处在恐慌的状态之中，接二连三地有人倒在了血泊中，甚至有人直接形神俱灭。

这是何其可怕的事！要知道，异域的这群人只是看着古兽而已，根本就没有出手。

“那只古兽封闭了五感与九识，处于不生不灭的状态。”一个修为在遁一境的大修士说出了古兽如今的状态。

这个时候，异域的这群人都顾不上攻击石昊了，只想活下来。这场危机来得太突然了，没想到一只沉睡的古兽居然让他们陷入了绝境。

“怎么可能？为何它封闭了自身的所有力量，我们还有性命之忧？”异域的一个年轻人提出了疑问。

“因为那只古兽异常强大，我们若是不看它，就不会有危机，不信你们试试。”异域一名颇有经验的老者提点道。

异域的这群人平静了下来，不再关注古兽，逐渐脱离了险境。刚才真的太危险了，如果不是老者点醒了众人，后果将不堪设想。

和异域的这群人一样，石昊刚才也差点形神俱灭，直到他不再关注古兽，情况才有所好转。他“咕咚咕咚”喝了几口从神药山脉中带出来的宝液，让自身状态恢复过来。

“那只古兽强大得难以想象，也许能与我界境界最高的存在比肩。”异域的一个年轻人忍不住说出了自己的看法。

古兽现在处于沉眠中，按理来说跟一块石头没有什么区别，但还是对异域的一群人造成了致命的威胁。

“不生不灭是最高层次的蛰伏，古兽一旦苏醒，我们都会没命，没有一个人可以承受那种威势。”异域的一位老者神情凝重，沉声道。

听完老者的话，异域这群人的脸色都阴沉下来，他们怀疑古兽是从上一纪元的大战中存活下来的，如今可能在养伤。

石昊震惊不已，只要古兽苏醒，所有修为在遁一境的大修士都会直接殒命？这未免也太吓人了，它到底强大到了什么程度？

想到这些，石昊的脸色渐渐变得惨白，他记得他刚接近天兽森林时，听到了一阵可怕的兽吼声，还望到天兽森林的最深处有一只古兽在咆哮，连苍穹都被它的吼声震裂了。

毫无疑问，石昊当时看到的那只古兽就是这只沉眠的古兽！当时，虽然距离有些遥远，但是古兽体形巨大，他不会认错。

古兽并不是常年处于沉眠的状态，之前还发出了吼声，这意味着它随时都可能苏醒。

“这到底是什么生灵？”异域的一个年轻人疑惑不已。

当异域的这群人不再看古兽时，他们之前感受到的那种自身要毁灭的感觉消失了，也正是因为如此，他们才敢提出疑问。

石昊对异域的人提出的问题感到很惊讶，这么强大的古兽如果不是来自异域，难道属于九天十地吗？它没有参与仙古纪元的大战吗？难道它是更为古老的生灵，错过了上一纪元的终结之战？

在石昊看来，这只古兽绝对不正常，任谁来到这里，都会是一样的看法。古兽被恐怖的锁链缠绕着，拴在一块石碑上，击中它头颅的那杆战矛是仙家兵器，散发着仙气。

古兽如此强大，为何不拔掉仙家战矛？还是说，它的元神早已被斩灭了？

“我猜古兽出了大问题，它不仅受限于那条神链，而且那杆仙家战矛可能也是封印它的器物之一！”异域的一个强者作出了这样的判断。

石昊眯起眼睛，低头琢磨，连异域的人都不认识古兽，只听说过传闻，证明它确实很古老。

“我知道它是谁，有什么来历。”突然，无畏狮子现身了。

无畏狮子！

石昊大吃一惊，难以置信。

石昊刹那间意识到了什么，无畏狮子一族源自九天十地，后来才投靠了异域。既然无畏狮子认识古兽，那么就说明古兽极有可能是来自九天十地的生灵！

第1240章 昔日霸主

WANMEI SHIJIE

无畏狮子认识古兽？

异域的一群人纷纷向无畏狮子望去，面露惊讶之色。

“‘天下第二’是昔日世人对古兽的评价，它曾与最强大的一条真龙竞争，可惜败了。”无畏狮子解释道。它还告诉众人，古兽是九天十地的生灵，曾与真龙争霸，夺“真名”。

“那只古兽到底是什么生灵？”异域的一个强者提出了疑问。

异域的这群人都不知道古兽究竟是什么生灵，更不知道它居然还与最强大的真龙对决过。

“它也是真龙，只不过进化后的形态不同。”无畏狮子解释道。

异域的这群人震惊不已，再次看向那只古兽，怎么是龙？真龙还有不同的形态吗？

“许多生灵都可以进化为龙，比如蟒、蛟等，甚至连鲤鱼都可能进化为龙！”无畏狮子怕异域的这群人不理解，进一步解释道。

龙不仅是一种生灵，还是一种高层次的生命形态，许多生灵都可以朝它的方向进化。但是在初始时期，真龙也是经过竞争之后才成为今天世人看到的这种形态的。

最原始的真龙曾有两大分支，眼前的古兽便是其中一大分支的强者。最后，这一大分支败给了另一大分支，所以没有得到龙之真名。

异域的这群人认真地倾听着，瞪大了眼睛，石昊更是目瞪口呆，心想，还有这种说法？

随后，无畏狮子又告知众人，与真龙夺“真名”的古兽当年败北之后便消失了，没想到它竟然沉眠在天兽森林。

因为古兽消失得过早，连仙古末世一战都没能参加，可见那个纪元有多么久远。

可是，古兽怎么到了这里？

那只古兽分明实力极其强大，为何会被仙家战矛击中了头颅？难道是它的对手所为？

“有一点我不是很明白，这里毗邻我界，当年的大人们就没有来过此地吗？”无畏狮子提出了疑问。它所说的“我界”指的是异域，并非九天十地。

“没有骨气的家伙，连自己的出身都忘了！”远处，石昊忍不住对无畏狮子出口大骂。

石昊非常看不惯无畏狮子一族，它们背叛九天十地，与异域勾结，实在是可恨！

“我界有一位大人来过此地，还出手了，但是这片区域很不一般。”异域的一位老者道出了一些隐情。

据老者的了解，曾经来到天兽森林的那位大人由于负了伤，最后不得不狼狈退走。

“总有些事是出乎意料的。虽然当年我们赢了，但是俞陀、安澜等几位古祖负伤极重，短时间内无力再对战，不然的话，当年九天十地发生意外后，我们也不会选择退走。天兽森林这片区域当年被我们忽略了，后来发生了变故。”老者道出了不少关于当年那场大战的秘密。

按照老者所说，天兽森林也发生过大战，不过，最让异域感到惊讶的大战发生在神药山脉。

“据闻，神药山脉有一个尺许高的道人，那个道人是由黄道仙金化形而成的，曾与我界的一位大人物展开了一场惊天动地的大战。”老者将传闻娓娓道来，仿佛亲身经历了那场大战一样。

听了老者的话，石昊不由得想到了自己在神药山脉的地窟中见到的一切，那个地窟中不就有一个黄金道人吗？那个黄金道人坐在地窟中，背对着一个神秘的古洞。

石昊没有想到在这里会听到关于黄金道人的传闻！

“我界的大人物在与那个黄金道人的大战中遭受了重创。他们可能也来过这片森林，只是不知道有没有与那只古兽对决。”老者说到这里，顿了一下，“你们要知道，这里还紧邻着古葬区，那时我界就已经察觉地下可能有比肩俞陀古祖的存在。”

天兽森林、神药山脉，以及古葬区都有至尊坐镇，异域与九天十地大战后元气大伤，便没有轻举妄动。到了后世，虽然俞陀、安澜等恢复好了，但是已经不能穿越边荒了。

“黄金道人和古兽为何会在边荒出现？那肯定是有原因的啊！”有人心存疑惑，这般说道。

此时，石昊开始登石山，远离了异域的一群人。

“有一只黑手一直在背后针对我界，边荒的古兽和黄金道人肯定与他们有关！”异域的一个年轻人推测道。

石昊刚登上石山，就看到了一团朦胧而神秘的光芒，山巅有一个清澈明净的池子。

石昊心头一震，他见过这个池子，这是轮回池！

不久前，石昊被天鼠追击，后来枯树刺中了天鼠的躯体，最后又将它放走，因为天鼠立下了此去轮回的誓言。

当时，天鼠被一条通道接走，那条通道的尽头就是眼前的这个池子。

很快，石昊发现了一块石碑，石碑上刻着三个字——轮回池。

居然是这里！石昊有些难以置信。

“咦？那是什么？”就在此时，石山脚的无畏狮子仰头看向山巅，大喊道。

山巅的光芒瞬间引起了异域的一群人的注意。

“我感觉这里有大机缘，绝不能让荒得到属于我的机缘！”无畏狮子说完，准备登上石山。

“小心一点，这里很危险！”异域的一位老者提醒无畏狮子。

无畏狮子闻言，站在原地停了片刻，自语道：“我明白了，是古僧一脉的力量！”

提到古僧一脉，异域的一群人的心情顿时变得复杂起来。古僧一脉极其强大，当年异域为了除掉那位仙僧王，付出了极为惨重的代价。

异域的一位不朽者经过那一战后，一直闭关到这一纪元，至今都没有出现，有人怀疑他已经在古地中坐化了。

无畏狮子的先祖曾被仙僧王降服，皈依古僧一脉，无畏狮子与古僧一脉有着莫大的因缘。

此时，无畏狮子动了，如闪电般冲向了石山之巅。

异域的一些人也想去石山之巅看个究竟，但是又忍住了，因为那只古兽太恐怖了。

“轮回池！”无畏狮子惊呼出声。它登上石山，见到了山巅的池子，既激动，又犹豫。

“你是来送命的吗？”石昊问无畏狮子。

“轮回池的造化与我有缘，你若不退后，我便送你上路！”无畏狮子看着石昊，目光冷厉，朗声道。

第1241章 轮回池

WANMEI SHIJIE

石山之巅有一个神秘的池子，名为轮回池。

石昊满腹狐疑，不知道石山之巅有什么奥秘，而无畏狮子则确认此地有大造化。

“那只小狮子所说是真的吗？”山脚，异域的一位老者有些期待，看了周围的人一眼。

谁都知道这个地方很不一般，一只强大的古兽被困在此地。此地虽危险，但也意味着可能有大机缘，故此，一些人动了心思。尽管他们这次是为了荒和烂木箱子而来，但若是在此期间发现了机缘，为何不取呢?

“还是早点动手吧，将荒与烂木箱子一起拿下！”这时，异域的一个中年人开口了。

但是谁愿意登上石山？谁敢正面与荒对决?

异域的一群人都有所忌惮，若是登上石山之巅，也许会遭遇大危机，毕竟山巅离那只古兽很近。

“嗷——”石山之巅传来一声吼叫，无畏狮子已经动手了。

山巅金光闪闪，一股巨大的力量肆虐天地，云雾翻腾，气势惊人。只见一只巨大的金色爪子笼罩天地，一把抓向石昊。

“轰！”

伴着一声巨响，刺目的光芒迸发出来，石昊出手将那只巨大的金色爪子弹开了。

此时此刻，异域一群人的心都提到了嗓子眼，更有一些人被吓得面色苍白，恨不得马上逃离此地。

谁都没有想到无畏狮子这么鲁莽，居然二话不说就跟荒开战了。要知道，石山距离那只古兽不是很远，若是不小心将它惊醒了，谁能逃过一劫?

在异域的一群人看来，一旦古兽苏醒，后果将不堪设想，所有修为在遁一境的大修士可能都会在第一时间殒身，更别说其他人了。他们和古兽根本就不是一个等级的，实力差距太大了。

这时，异域的一群人开始无声地往后退。虽然他们意志坚决，在进入天兽森林之前就已做好了殒身的准备，但当下若是发起攻击，显而易见是白白送死。

一击过后，石昊和无畏狮子停止了对决，像是在观察那只古兽的状态。

山脚下，那些脸色发白的异域大修士长出了一口气，刚才他们惶恐不已，觉得如同末日来临了一般。

异域的一群人都十分愤怒，觉得无畏狮子太莽撞了。

这时，无畏狮子突然对异域的一群人传音："各位前辈，你们不了解九天十地的一些特殊法门，那只古兽施展了锁天大法，那种法门可以让自身精血与元神不灭，它是不会醒的。当然，谁若是对它有恶意，破解了它的法门，就会被斩灭。"

据闻，锁天大法能让生灵的肌体保持在当年的巅峰状态，号称禁忌法门。不过，能施展这种法门的生灵，整个世间也没有几个。

古兽何时醒来取决于它自己，而不是外界。

异域的一群人闻言，皆震惊不已。那只古兽如此强大，应该拥有敏锐的感知，可它现在如同冰冷的石头一般，这说明它的状况很糟糕，不然何以需要施展锁天大法？

同时，这也从侧面说明了锁天大法很不一般，居然能让那种强者彻底封闭五感九识。

无畏狮子简单的几句话令异域的一群人心中大惊。锁天大法属于九天十地，是一种强大的法门，除了可以帮助生灵封闭五感九识，还可以让只剩下一缕魂魄的生灵慢慢复原。当年连俞陀、安澜都想学这种法门，可惜没能成功。

"恐怕也正是因为如此，我们才能站在古兽的面前，不然的话，远隔数十上百万里，它都能感应到我们。"一个修为在遁一境的异域大修士叹道。

石山之巅，石昊和无畏狮子仍在对峙。

"荒，你今日逃不掉了！"无畏狮子冷冷地说道。

无畏狮子的躯体强健有力，如同由金属铸成的一般，金色毛发如同绸缎一般，闪烁着光芒。

"又不是没对决过，当时再多对决一会儿，你恐怕就没命了。"石昊不经意地提到了与无畏狮子在厄土附近的对决。

"是吗？你觉得我很弱吗？那好，我们现在就对决一场。我登上石山，一是为了拿走我该得到的造化，二是为了打败你，解开这个心结！"无畏狮子毫不畏惧，做好了对决的准备。

异域的一群人闻言，心中大惊，没想到无畏狮子还有心结，它这是要跟荒决一死战啊！

石昊觉得有些古怪，无畏狮子来夺造化也就算了，为何还要与他决一死战？它为何不等到独自来此的时候再夺造化？

要知道，这个轮回池如此诡异，此前石昊并不知道其中有机缘，也没打算入内，这不是等于给他提了醒吗？

石昊看向无畏狮子，愤愤地说道："你们这一族手上沾满了血腥，投靠异域，甘做叛徒，令九天十地的诸多先民饮恨而终，今日我便和你来个清算！"

"我也有了断之心！"无畏狮子朗声道。

"扑通！"

然而，正当石昊拳头发光，准备出手时，无畏狮子居然一下子跃进了轮回池中。

过了一会儿，原本平静的池子突然变得波光粼粼，仙光闪烁，强大的气息扩散开来，成千上万道光芒化成一片又一片符文，飞向了无畏狮子的身躯，同时一股巨大的生机冲进了它的体内。

无畏狮子的体内噼啪作响，疑似在进化，得到了莫大的好处。

石昊毫不犹豫，双手结印，猛地攻向池中的无畏狮子，刹那间璀璨的光芒便将池子淹没了。

石昊这一拳完全笼罩了轮回池，任无畏狮子有天大的神通也无处可躲，只能被迫迎击。

然而，出乎石昊预料的是，轮回池中响起奇异的经文声，如同佛陀在诵经，他的拳印居然被化解了！璀璨的光芒皆被池子中的光芒炼化了，神力也被吸入了池子之中。

无畏狮子并没有还手，但是石昊的神力却被吞噬了，这简直太不可思议了！

"你们也去！"山脚下，异域的一位老者提醒后辈。

异域的六七个年轻人听到老者的话后，立即齐齐冲向了石山之巅，想夺得机缘。

"轰！"

石昊再次出手，施展雷帝宝术，欲除掉无畏狮子。然而，令他没有想到的是，闪电也被轮回池吸收了。

石昊心头一震，这个池子看着不是很大，却蕴含着无穷的力量，宛若汪洋一般，能包容一切。而且，无畏狮子好像生出了新的金色毛发，整个躯体更加亮眼了。

“扑通”一声，石昊也跳进了轮回池，准备争夺机缘。

无畏狮子笑了，笑声非常诡异。

第1242章 古僧遗地

WANMEI SHIJIE

无畏狮子的头很大，面目狰狞，金色的毛发长达数尺，雪白的獠牙如同锋利的匕首一般。

石昊落入轮回池后，感到浑身僵硬，像是被冰封了一样，血肉不停地被挤压，仿佛要碎裂了。

紧接着，寒冷的感觉消失了，池水突然沸腾起来，温度似乎比岩浆还要高很多。

石昊觉得肉身仿佛要熟透了，这个池子十分古怪，他不但没有寻到造化，反而躯体要被撕裂了。

由极寒到极热，这个变化发生得太快了！

“你们不要下来！”无畏狮子大喊道。

异域的七个人俯视着池子，双眼放光。

他们站在岸上，可以清晰地感应到池子的神力，清香弥散开来，仿佛池子里装的是琼浆玉液。

异域的这七个人根本没有理会无畏狮子，纵身跃进轮回池，溅起了成片的浪花。

“啊——”异域的一个年轻人大叫起来。他感到浑身剧痛，那种痛深入灵魂，令人难以承受。

“不，这是什么鬼地方？！”另一个年轻人大叫道。他的肉身逐渐化成了光芒，消失不见。

“放我走！”其他几个人嘶吼着，不停地在池子中挣扎。

然而，奇迹没有发生，异域的这几个人有的肉身被毁，有的元神化成光雨，结果都一样，皆消失在了轮回池中。

异域的七个年轻人全部丢了性命！这哪里像是一个造化地，简直就是一个魔池！

异域的大修士看到这番情景，脸色当即就变了，有几个年轻人可是来自王族，结果就这么不明不白地丢了性命。

“小狮子，你最好给我一个解释！”异域的一位老者立马就发火了。

“前辈，他们太鲁莽了，这里的机缘不是那么好得到的。”无畏狮子摇了摇头，无奈地说道。它刚才已经出声阻止了，可是那几个年轻人并不听劝。

此时，石昊仍在池子中经受莫大的痛苦，在异域的几个年轻人消失的刹那，他便知道自己中计了。

让石昊感到不解的是，为何无畏狮子进入池子中安然无恙，而他进入池子后却遭到了攻击？

石昊清楚地看到了异域那几个年轻人的下场，如果不是他天赋异禀，道行高深，肉身强大，恐怕早就殒身了。他想挣脱出来，却发现自己仿佛陷入了泥沼，动弹不得。

“呵呵，我的机缘你也敢夺？”无畏狮子冷笑道。

“难怪你这么高调，你是故意让我与你争夺机缘。”石昊目光冷峻，看向无畏狮子，道。

石昊的身体出现了一道又一道裂痕，眼看就要支撑不住了，烂木箱子一直漂浮在水面，没有下沉。

“我说了，今日你要殒身于此，这种机缘不是谁都能得到的。”无畏狮子说完，开始吟诵经文，正是这种经文保它无恙。

这时，异域的一些人冲到了石山之巅。还有一些人很谨慎，没有妄动。

“任务马上就要完成了，可以带着这个箱子回去了。”异域的一位老者微笑道。

确定那只古兽不会苏醒后，异域的一群人稍微松了一口气。他们站在轮回池旁边，望向池子的内部。

“呵呵，真是有意思，这算是瓮中捉鳖吗？”一个中年人觉得这样困住荒实在有些好笑。

“哈哈，你再逃啊！被这样困住是不是觉得很窝囊？”几个年轻人放肆地大笑起来。

“有种你下来……”石昊硬撑着回应道。他满头冷汗，感觉身体好像要裂开了，疼得难以忍受，元神也好像快要化成光雨了。

轮回池很古怪，一会儿冰冷，一会儿炽热，一会儿又有法则蔓延，而且每过一段时间还会响起诵经声。轮回池是多变的，也是危险的，似乎要将进入池子的生灵都化成池水的一部分。

轮回池的旁边，异域的几个年轻人毫不客气地出手了。在正常情况下，他们远不是石昊的对手，现在见石昊陷入绝境，态度还如此强硬，不肯低头，自然想教训他一下。

“哧！”

随着一声轻响，成片的光射向石昊，这些都是可怕的祖术。然而，出乎异域几个年轻人预料的是，他们的祖术都失效了，神光被池子尽数吸收了。

“这……”异域几个年轻人的脸色阴沉下来，敌人就在眼前，他们却无法发起有效的攻击。

这个时候，异域的一位老者准备出手了，因为他的一个后代刚刚在池子中消失了。

“前辈，不要！”无畏狮子见状，赶紧提醒那位老者。

“怎么？难道我还不能碰这个池子了？”老者冷冷地说道。他对无畏狮子没什么好感，觉得是无畏狮子让他的后代莫名其妙地丢了性命。

无畏狮子一族十分强大，其先祖似乎还活着，如果不是这样的话，老者很想惩罚一下无畏狮子。

“这是轮回池，也叫磨砺池，任何人进入池子都要承受超越自身承受能力极限的痛苦。”无畏狮子解释道。

“你为什么无恙？”老者询问无畏狮子，接着伸出一只手，触碰池中的水。

“哧！”

老者的手指刚碰到池水，就感到一阵剧痛，好像被腐蚀了一样。他快速收回手，倒吸了一口凉气，这是什么鬼池子？

异域的其他人见状，脸上纷纷露出震惊之色。他们还以为这个池子只攻击年轻一代，年长者可以从容地进去，原来这个池子远比他们想象的恐怖！

“这个池子就是为我们这一族准备的。”无畏狮子道出了其中的缘由。

“什么？！”异域的一群人都惊呆了。

石昊承受着巨大的痛苦，虽然生命岌岌可危，但是并未殒身，这让无畏狮子惊诧不已。

“这个轮回池应该是古僧一脉留下的……”无畏狮子缓缓说道。它刚来到此地时，隔着很远的距离就感应到了轮回池的气息。

当年，无畏狮子的先祖追随仙僧王，或者说无畏狮子的先祖曾被仙僧王降伏，加入了古僧一脉，所以无畏狮子一族精通佛法，习得了古僧的种种大神通，知道诸多秘密。

“古僧一脉想要创造轮回，这是他们的壮举……”无畏狮子将自己知道的都说了出来。

轮回池究竟有什么妙用，无畏狮子无法具体说清，但是它知道可以利用这个池子修行。不过，修行的前提是拥有古僧体质，还要掌握一种特别的古经文。

所谓的古僧体质，是指掌握佛法、精通妙理后能获得奇异法力的体质。确切地说，就是常年修炼古僧一脉经文的体质。

无畏狮子满足各项条件，故此一见到轮回池，便激动不已，这对它来说是大机缘。

“这个池子如此不凡，难道我们就没有机会得到机缘吗？”异域的一位老者提出了疑问。他深知古僧一脉的强大，当年仙僧王让异域付出了无比惨痛的代价。

“即便我现在教你们经文，你们也需要修炼数十载才行。身体有了佛性，才能在这个池子中安然存活。”无畏狮子这般说道。

“就没有别的办法了吗？”异域的一些年轻人很不甘心，不想错过这桩大机缘。

“有，若是你能承受轮回池的攻击，活下来，就可以得到机缘。从古至今，只有一个仙僧王在年轻时做到了，你敢试吗？”说到这里，无畏狮子看向石昊。

它大吃一惊，这么长时间过去了，荒居然还活着！

“荒怎么还没有殒身？别告诉我，又一个仙僧王要诞生了！”异域的一位老者目光冷厉，厉声道。

这番话顿时引起了所有人的关注，荒进入轮回池中也有一段时间了，按照无畏狮子的说法，荒早就应该殒身了，然而他到现在还活着！

第1243章 无解

WANMEI SHIJIE

无畏狮子觉得很奇怪，这么长时间过去了，荒怎么还没有殒身？

“别告诉我，荒像仙僧王一样，可以承受轮回池的攻击！”异域的一位老者没好气地说道，脸色变得难看起来。

这时，又有一些异域的人登上了石山之巅，轮回池旁围了六七十人，个个皆面露异色。然而，不管怎么敌视池中的年轻人，他们都不得不承认，这是一个非常可怕的对手。

“不可能，仙僧王是唯一的，没有人可以踏上他的路！”无畏狮子惊诧万分，感到一阵心悸。

异域的一群人都盯着轮回池中的石昊，他嘴角溢血，浑身好像快裂开了，但还没有殒身。

“荒快坚持不住了！”异域的一些年轻人面露笑容，似乎放心了不少。

石昊身上的伤口在增加，很是恐怖。无畏狮子看到这一幕后，长长地吐出一口气，彻底放心了。

“将烂木箱子拿上来！”有人提出了这个建议。

异域的一群人觉得胜券在握，即将完成任务，荒被困在轮回池中，肯定不会有什么好下场，烂木箱子马上就要到手了。

可是，让人觉得尴尬的是，轮回池太特殊了，池水会腐蚀一切。刚才一位老者贸然出手，就已经吃过亏了，他们怎么将烂木箱子拿上来？好像只有无畏狮子才能做到。

“诸位前辈，请稍等，我塑造金身已经到了关键时刻。”无畏狮子微微一笑，示意异域的众人稍等片刻。

异域的一群人听到无畏狮子的话，皆大为震惊，古僧一脉的金身有金刚不坏体之称，谁若是将金身修炼成功，外界的力量就很难伤到他的肉身。而眼下，无畏狮子就要成就不灭身了！

古僧中有很多人修炼金身，但又有几个能修炼出不灭身？无畏狮子这般从容，显然是要达到至高的境界。

金身不坏，就意味着能在同等级之人中立于不败之地。

当年的仙僧王就是因为拥有完美的金身，所以即便站着不动，任众人攻击，也能毫发无损。

这时，石昊吐出一口血，身体受到了巨大的伤害，轮回池中的液体十分恐怖，一直在攻击他。

对石昊来说，池中的液体由极寒到极热已经算是小问题了，最可怕的是，这些液体似乎还拥有一股魔性的力量，如同车轮般碾压他的肉身。

“咔嚓！”

骨头断裂的声音响起，石昊的血肉好像马上也要裂开了。

“我就不信没有办法捞出那个木箱。”异域的一些年轻人很不服气。他们继续施展祖术，攻击轮回池。

结果，祖术一靠近水面，就全部瓦解了，成千上万道光芒从池子中迸射出来，吸收了祖术的力量。

异域的这些年轻人的脸色顿时变得难看极了，无畏狮子在轮回池中塑造金身，他们却连池子都进不去，差距太明显了。

“有点意思，这个池子真有那么厉害吗？我来试一试。”此时，异域的一个大修士出手了。他实力超凡，达到了遁一境的巅峰，是异域的这群人中数一数二的高手。

只见异域的这个大修士动用一身的道行，张开五指，迅速向池子中抓去。

“轰！”

伴着一声巨响，浪涛翻涌，轮回池将异域的大修士释放出来的神力都掠夺走了。

异域的几位老者震惊不已，情况很明显，无畏狮子所说都是真的，轮回池非常诡异，一般人根本没有办法接近它。

异域的一些年轻人相信，他们一旦进入轮回池，肯定会有生命之忧，就连最强大的几位老者也不敢以身犯险。

“咦，荒居然还活着？”异域的一群人纷纷面露古怪之色。他们刚才就看到荒在大口吐血，可他到现在还活着。

“荒的命可真大，我以为他已经没命了，没想到他还在苦苦支撑！”异域的一个中年人惊讶地说道。

“我觉得有必要马上送荒上路，如果让他自生自灭，那就太便宜他了！”异域的一个年轻人提出了建议。

“不错，这段时间以来，荒让我界损失了多少精英，我们应当主动除掉他！”异域的另一个年轻人愤愤地道。

“轰！”

异域的一个年轻人猛地挥出一拳，直击石昊的眉心，刚猛而霸道。

然而，那一拳当即就被轮回池挡住了，所有神力都被轮回池吸收了。

“锵！”

异域的一个中年人祭出了一件兵器，那是一面宝印。宝印四四方方的，似是以神骨磨刻而成，带着氤氲精气。

一时间，巨大的浪涛涌上了高空，将宝印卷入了轮回池中，瞬间不见了踪影。

场面相当尴尬，虽然不少人想亲手除掉石昊，但是任何力量只要一靠近轮回池就会被吞噬，所以没有一个人成功。

“我快好了，让我来对付荒！”无畏狮子突然开口了。

无畏狮子在轮回池中得到了巨大的好处，肉身变得更加强大了，即将修成不灭身。

无畏狮子看向石昊，金色的瞳孔里闪烁着光芒，道：“妄想跟我争机缘，也不看看这是什么地方！轮回池容纳万物，度尽众生，若非古僧一脉，闯进来只会白白送命！”

石昊并不理会无畏狮子，他虽然肉身与灵魂都受到了严重的创伤，但是依旧在坚持，在挣扎。他不相信无畏狮子的话，轮回池应该不是绝地，因为他曾看到天鼠主动进入轮回池。

石昊望向无畏狮子，看到它果然到了塑造金身的关键时刻，便说道：“你话太多了！”

石昊奋力挣扎，竭尽所能，想摆脱轮回池的束缚，向无畏狮子出手。

“轰！”

响声震耳欲聋，池水翻涌，精气滚滚，场面十分恐怖。

石昊艰难地抬起手，向无畏狮子拍去。

“在池中待了这么长时间，要是一般人，一身精气早就被吞噬一空了，你居然还能动！”无畏狮子的语气满是惊讶。

“嗷——”

无畏狮子大吼一声，它虽然还在塑造金身，但是不得不反击。

“扑通！”

石昊露出水面的那部分躯体也下沉了，整个身子都没入水中，躲过了无畏狮子的声波天功。别人的攻击会被池水吞噬，但是无畏狮子在池中拥有独特的优势，因此石昊必须提防它。

“荒怎么还活着？看！他居然在池中动了起来！”异域的一个年轻人惊呼出声。

石昊如同一条鱼般向无畏狮子快速游去，似乎要发起进攻。

“呵呵，我很乐意看到这一幕，不管你怎么挣扎、努力，到头来还是会殒身。”无畏狮子冷笑道。

随后，无畏狮子缓缓抬起一只金色的大爪子，向着石昊拍去。

“不要大意，赶紧除掉荒，万一他真的成为第二个仙僧王，麻烦就大了！”异域的一位老者严肃地说道。

第1244章 古池来历

WANMEI SHIJIE

异域的其他人也觉得早点除掉荒为妙，以免夜长梦多。

“把荒抛上来！”异域的一个年轻人大喊道。

“没错，我界的精英不能白白殒身，让荒去他们坟前祭祀，跪在我界认罪！”异域的另一个年轻人提出了这样的建议。

异域的一群年轻人瞬间鼓噪起来，既兴奋，又激动。

“把荒扔上来吧！”一位老者也认为生擒荒更好，这样可以从他身上了解到更多秘密。

轮回池中，无畏狮子的一只大爪子已经向石昊拍了过去，刹那间整个池子都晃动起来。它在蜕变，行动受到了不小的影响，但是依旧可以出手。

水下的石昊觉得身体仿佛要裂开了，轮回池像是一个可以毁灭一切的可怕磨盘，一直将他压在水下。

石昊虽身受重伤，但仍不认输，欲对无畏狮子发起致命一击。可惜，他一身精气流失得很严重，再加上池水的压制，不能发挥出最佳状态下的力量。

结果显而易见，无畏狮子的那只大爪子落下时，石昊遭受了重创。

“有点意思，你居然能在池中出手，力量没有被池水全部吸收。”无畏狮子觉得很不可思议，对石昊说道。

异域的一群人也很惊讶，因为他们尝试过对石昊出手，但是力量都被吸收了。

“噗！”

就在这时，石昊的整条右手臂好像都要脱离躯体了。他发出一声闷哼，右腿骨断成了数截。

情况越来越糟糕，根本不用无畏狮子动手，石昊的骨头就要散架了，情况危急到了极点。

“终于到了这一步，看来只要我抬下手，你就没命了。”无畏狮子脸上露出冷酷的笑容，道。

异域的许多年轻人都很羡慕，除掉荒的人居然是无畏狮子，这是何其惊人的战果啊！就连老一辈的人物也面露异色，这一次无畏狮子立的功劳太大了，若是成功，这个烂木箱子就算是被它夺回来的。

等荒一殒命，无畏狮子只要捞起烂木箱子就大功告成了。

“嗯？”

石昊忽然有一种奇异的感觉，他虽然躯体受伤了，但不是完全不能抗争，因为体内有一个微小的光团在释放生机。

正是因为这个光团，石昊渐渐地能调动自身的一部分法力，行动相对也迅疾了一些。他动用柳神法疗伤，希望让手臂、大腿、胸部等复原。

可惜，光团释放出来的生机很微弱，不能立刻让石昊的身体痊愈，因为他在池中承受的伤害太大，总体趋势是恶化的。

“咦？”无畏狮子像是觉察到了什么。

在无畏狮子看来，事情的发展有点出乎它的预料，万一荒真的在池中熬下来，成为第二个仙僧王，这对它来说无疑是一场巨大的灾难。哪怕它修炼金身成功，在第二个仙僧王面前也会显得暗淡无光。

“轰！”

伴着一声巨响，无畏狮子猛地向石昊拍了过去，开始抢夺烂木箱子。

石昊没有直接迎击，他感觉身体在逐渐向好的方面发展，说不定会变得更强大。故此，他的当务之急是活下来。

石昊躲过了无畏狮子的攻击，神秘的轮回池这次没有彻底束缚他，他的速度快了很多。

轮回池对无畏狮子的束缚有限，它的大爪子差点就刺透石昊的眉心了，法则符文闪耀，恐怖至极。

“给他个痛快！”异域的一些老者变了脸色，让无畏狮子果断除掉石昊。

“很好，这样做也算有点意思。”无畏狮子冷笑道。

无畏狮子猛地向石昊逼去，轮回池中顿时神力翻涌，精气滚滚，虚空中密布着秩序神链。

石昊一叹，今日真的陷入了绝境，异域的一群人对他虎视眈眈，且很多都是修为在遁一境的大修士，他不可能上去。轮回池又如此古怪，他的躯体都快被挤压得碎掉了，还有一只凶猛的无畏狮子一直在攻击他。

石昊一咬牙，抱着烂木箱子，深吸一口气，一个猛子向池底扎了下去。

“哪里走！”无畏狮子瞬间变了脸色，跟着潜入池底。

石昊十分果断地潜入池底，全然不顾可能会碎裂的身体。哪怕是殒命，他也要自己选择殒命的方式，自己的命运不能被他人左右。

无畏狮子追了石昊一段时间后，脸色变得很难看，因为它在塑造金身，这样追下去的话，会破坏道果。

无畏狮子看着那道身影渐渐远去，直到确认石昊的躯体已经四分五裂了，才松了一口气，放下心来。

没有人比无畏狮子更清楚池底究竟是怎样的地方，那里比池子表面更可怕！

水花翻涌，无畏狮子重新出现在水面，脸色不是很好看。

异域的一群人面露疑惑之色，无畏狮子怎么没有把烂木箱子带上来？

“荒殒身了吗？木箱呢？”异域的一位老者急忙问无畏狮子。

“放心，他活不了。等我塑造金身完毕，会尝试潜入池底，将烂木箱子带上来。”无畏狮子淡淡地应道。

这个回答让异域的一群人大吃一惊，无畏狮子说尝试去池底，难道那里很可怕吗？

“这个池子十分惊人，远比各位想象的要恐怖。”无畏狮子像是看出了异域的一群人的疑惑一样。

“这个池子究竟是怎么形成的？池底有什么？”一个修为在遁一境的大修士问无畏狮子。

“这个池子是诸佛为了实现轮回建造的，其中蕴含着奇异的天地秩序。池中的液体看着很恐怖，其实是良药，是神液。”无畏狮子一边用大爪子划动着池水，一边解释道。

“神液？”异域的一群人很不解，这池中的液体如此危险，居然还谈得上神圣？

“传说一代又一代高僧坐化后，其身躯都被置于池中，一代又一代古佛殒身后，埋骨于轮回池中，如此便形成了神液。”无畏狮子道出了神液的由来。

异域的一群人听了这番话，不禁感到毛骨悚然，这池子里的液体竟然是由古僧一脉历代前贤的躯体化成的！

“高僧和古佛的躯体是没有污垢的，只有一身的神圣气息，其血肉早已被净化，即便是没有长生的僧侣，进入轮回池前也早已净化自身。与其说这个池子是埋骨地，不如说是高僧和古佛神力最终的汇聚地。”无畏狮子怕异域的一群人误解，又进行了一番解释。

“荒去了池底，会不会侥幸活下来，并且得到好处？”异域的一个年轻人问无畏狮子。

“池底更凶险，任何生灵只要一踏入，肉身就会受损，元神也会消散得一干二净。”无畏狮子的语气十分肯定。

“为什么？”异域的这个年轻人有些不解。

“池底可不一般。据闻，有些强大的古僧并没有将自身全部炼化，残留的躯体便堆积在了池底，荒下去后难以承受那种威势，必定会形神俱灭！”无畏狮子解释道。

第1245章 破而后立

WANMEI SHIJIE

异域的一群人听到无畏狮子的这些话，又是吃惊，又是皱眉，这个地方居然有这么大的来头！

古佛的葬身地，高僧的埋骨池，光是听起来就让人惊惧不已。

而在古僧一脉的传承者看来，这里居然是神圣的、非凡的、祥和的，简直是不可思议！

当然，也有人认为池子中一定隐藏着大秘密，古僧一脉的先贤在此实现轮回，使之成为往生之地。

只是，谁敢下去看个究竟呢？没有人能潜入池底，就连无畏狮子下去都有极大的难度。

可是这样一来，还怎么将那个烂木箱子带上来？这让异域的一群人头痛不已。

无畏狮子不再说话，闭上了眼睛，全力以赴地塑造不灭身。它的家族曾追随古僧一脉，对古僧一脉很了解，深知他们的可怕。

这时，异域一些修为在遁一境的大修士提到了古僧一脉的战绩。

“那些古僧的确很可怕。传言，当年我界强者平定九天十地后，以为稳住了局势，没想到后来一个小破庙中的几个老僧竟然给予了我界大军重创。”

“我还听闻，曾有一个小沙弥灭了我界的一支大军。”

谈到古僧一脉，自然有很多传说。

“小狮子，你确定能潜入池底，将那个烂木箱子带上来吗？”一个修为在遁一境的大修士问无畏狮子。

“应该没问题。”无畏狮子点了点头。

其实，无畏狮子也不能完全肯定自己能成功，因为如果传说是真的，池底很有可能是古僧一脉的遗地。

传说，池底葬下了历代大贤，他们的辈分甚至比仙僧王还要高。

异域的一群人很是担忧，唯恐拿不到烂木箱子。他们睁开了天眼，但是根本看不透这池水，这个池子是历代高僧的葬身地，不是他们能轻易看透的。至于神识等，一旦进入池中就会被池水吞噬。

池中，石昊的身体已经四分五裂，元神也化成了一团光，即将脱离颅骨。这是非常可怕的创伤，他很有可能会殒身于此。

虽然石昊在极力抗争，但是池水的威力太大了，似乎要将他炼成一股精气，使他成为池水的一部分。

一瞬间，石昊惊悚不已，难道池水是无数强者殒身后产生的？若是如此的话，实在是有点吓人。

石昊大吼一声，额骨彻底裂开了，他的元神不断被重创，出现了很多裂痕，再这样下去，他就要落得和异域那几个年轻人一样的下场了。他体内的一股奇异的生机虽然一直在与池中的力量抗争，但是不够强大，无法使他摆脱危险。

“给我聚！”石昊喝道。

四分五裂的躯体被石昊强行聚在一起，他动用柳神法在水下挣扎着，想让自己恢复本来的样貌。

“突破吧，就在此时！”石昊大喊道。

躯体聚在一起后，石昊便开始冲关。

“轰！”

一道可怕的神光在石昊体内炸开了，尽管躯体有些残缺，但是他体内依旧出现了神秘的力量。

那是石昊体内的仙门在开启，强大的生机释放出来，治愈他的肉身，壮大他的元神。

然而，这些仙门的出现却引起了池水更为猛烈的攻击。

只见一股金色的力量从池底笔直冲向了石昊。由于他之前在神药山脉时就留下了大道之伤，如今在轮回池中又反复被攻击，因此伤势不幸恶化了。

“这是什么力量？”石昊大为震惊，没想到在突破时居然受到了这样的致命一击。

他的突破，他的冲关，被强行打断了！

此时，石昊的肉身被囚禁在了轮回池的底部，这里的池水更为奇异，蕴含着无法想象的力量。

石昊的元神还没有完全散开，清晰地捕捉到了池底的情况，他不由得感到一阵心悸。

一堆堆骨头沉在池底，连在一起变成了小山丘一样的形状。

上方的池水看着很神圣，散发着光泽，晶莹透亮，下方的景象却如此可怕，到处都是断裂的骨头。

这是怎样的一种景象?

这就是无畏狮子所说的古僧最后的长眠之地吗?未免也太诡异了吧!

石昊震惊不已，同时十分焦虑，他处在人生中最危险的时刻。

池底的一些骨头本身就是金色的，神圣无比，散发着柔和的光芒。那些骨头发出的光芒如同一团金色的烈火焚烧着石昊，他的元神逐渐失去了生机。

“我真的要殒身于此了吗?”石昊很不甘心，自语道。

他不肯放弃，依旧在挣扎，刚才他被打断了突破之路，现在已经没有更强大的力量了。

“轰!”

伴着一声巨响，石昊的元神碎成了很多片，发出耀眼的光芒，欲飞向四面八方。然而，石昊还是努力地挣扎着，动用了一切所能动用的手段，以确保自身不灭。

突然，奇异的经文声响起，声音比先前更响亮，是《不灭经》!《不灭经》的经文化成一个又一个符号，与石昊的血肉交融。

《不灭经》原本就是修炼肉身的强大功法，此时在这种境地下更是发挥出了无法想象的奇效。

千锤百炼，破而后立，石昊的血肉居然开始重新生长了，与此同时，他的骨头也在生长。

虽然石昊的肉身恢复了，但是他的元神没有这么幸运，依旧是碎片，可能无法恢复了。

《不灭经》昔日位列最强古经前三名，唯一的缺点便是不能修复元神，不然就能排名天下第一了。

石昊大吼一声，元神之光竭尽所能地冲向肉身，元神碎片也欲重回颅骨，结果被池底的一块金色颅骨强行拉走了。

池底有许多神圣的骨块，其中的金色颅骨更是神秘，居然要将石昊的元神夺过去。

“噗!”

元神碎片慌忙冲进石昊的胸膛，融合在他的脏腑中，不肯退走。

“重塑肉身，重塑元神!”石昊大喊道。

石昊希冀在轮回池的池底蜕变，施展不灭经功法以修复伤体，从而修炼成强大的不灭之身。

在修炼的过程中，石昊的体内发生了奇异的变化，他的五脏化成了五座神秘的宫殿，宫殿里供奉着元神碎片。

第1246章 不灭身

WANMEI SHIJIE

肉身重塑是一个艰难的过程，面对池水的可怕力量，石昊的不灭经功法发挥了巨大的作用。

在重塑肉身的过程中，元神碎片与石昊的五脏融合在了一起。他的体内，五脏发光，化成了五座宫殿，守护着元神。

池水的力量还在攻击石昊的肉身和元神，他的肉身有《不灭经》护着，但是元神没有相应的经文守护，显得脆弱不少。

所幸如今他的五脏化成了宫殿，元神也能受到守护了。

在这种境地下，石昊难得地平静了下来，没有恐惧，没有焦虑，默默地关注着自身的变化。

修行界一直有一种说法：每一个生灵除了本来的生命外，还有五条命，这五条命对应着天地中的五行。

一般而言，生灵只要殒命了，就不会有什么奇迹发生。只有极个别的生灵，哪怕彻底没了生命气息，最后也还是会活过来。

这就是人们所讨论的另外五条命的问题。

比如，有人可以活出第二世，开启全新的人生，那也是因为另外五条命。

五条命加上自己本来的生命，算起来一个生灵共有六条命，可以活上六世。故此，在古代时，就有人想研究这种奥秘，创建六道轮回。而在轮回这条路上，走在最前列的就是古僧一脉与六道轮回王。

现在，石昊看着体内发生的变化，不知不觉中从另一个角度理解了五条命的说法。

“五脏开启了五扇仙门，每一扇仙门连接着一条命。”石昊自语道。他看到了一些奇景，但这并不意味着他捕捉到了五条命的奥秘，只是观察到了一些最本源的东西而已。当然，因为这些与过去的修炼之路不同，所以理解的角度也不同。

石昊能有今天的成就，与他走通以身为种之路有着密不可分的联系。他只要不断开启体内的仙门，便可以见到一些奇异之事。

石昊的元神被分割成了五部分，分别藏于五座模糊的宫殿中，如同被供奉的五位神祇一般。

不知道过了多久，石昊的肉身重塑完毕，元神也慢慢复原了。

石昊断喝一声，分散的元神立马冲出了模糊的宫殿，重新聚集在一起，组成了一个完整的元神，而后没入他的颅骨中。

“咦？”

石昊心头一震，他的元神分明已经归位，可是那五座宫殿并没有消失，还传出了诵经声。

这是什么情况？元神已经不在宫殿里了，是谁在诵经？

经文声很模糊，也很悠长，仿佛自天际尽头传来，又像是从洪荒岁月传来，十分神秘。石昊用心聆听，可就是听不清楚，不知道吟诵的究竟是什么经文。

“唰！”

更为奇异的事情发生了，一道模糊的身影出现在由五脏化成的五座宫殿之间，还散发着仙气。

那道模糊的身影没有进入五座宫殿中的任何一座，而是坐在了宫殿之间的中心位置，一动不动，像是聆听，又像是在领悟。

石昊一眼就认出那道模糊的身影正是他头上的三朵大道之花中的一朵所孕育的生灵。

是活在过去的那个小人！石昊大吃一惊。

那个小人曾为石昊挡下了斩仙台上的铡刀的一击，最后被一道轮回印固定了躯体，才没有消失。

不知道过了多久，那道身影一闪而过，消失了。

这时，又一道身影出现了，它同样也是盘坐在五座宫殿之间。正是被母气缠绕的小人，即石昊头顶另一朵大道之花所孕育的生灵。

石昊疑惑不已，这两个小人先后出现在宫殿之间，是聆听经文，还是做其他的事情？

石昊觉得今日所见之事不仅诡异，而且影响重大，也许由五脏化成的宫殿有大秘密，蕴含着不可想象的力量。

随后，石昊盘坐在一堆骨头上，让自身处于一个平衡的状态。

“可惜啊！我的元神虽然很强大，但是没有相应的修炼法门，若是有功法能与之对应，如同肉身对应《不灭经》那般，那就更好了。”石昊觉得有些遗憾，自言自语道。但是，他也知道那不现实，不可能所有的经文都落在他的手中。

如今，石昊的肉身在池中经受了考验，如果不是要守护元神，他就可以无所顾忌地行动了。

“何时我自己能创造出一部经文？”石昊自语道。他知道距离自己创造闻名天下的经文还很遥远，除非能将世间诸多的法融会贯通，不然创造出来的经文也不会很出色。

石昊没有急着起身，而是继续巩固肉身。他并未汲取轮回池中的力量，只是单纯靠体内的仙门释放力量。

石昊虽然现在与轮回池处在一个平衡的状态，但是依旧有所顾忌，不敢像无畏狮子那样汲取池中的神秘力量。

在石昊看来，轮回池中的骨头一定是前辈大贤留下的，这是由他们的肉身化成的池水，因此他不敢轻易将池水引入体内，也不想炼化这种力量，总觉得不妥。

石昊觉得这毕竟是一个葬池，炼化这种力量是对古僧的不敬。

“既然我可以开启自身的潜力之门，释放无穷的力量，重塑不灭身，就没有必要汲取这种由肉身化成的液体。”石昊自语道。他只把轮回池当成了磨砺池，而不是药池，这也正好与古僧当年的教义相符。

不久前，无畏狮子说这个池子名为轮回池，也叫磨砺池，没有药池一说。

磨砺池就只有这些磨砺吗？我熬了过来，是否就算过关了？石昊觉得精气神恢复了不少，在心中暗道。

“咔嚓！”

突然，池底发出一个清脆的响声，仿佛有什么生灵要钻出来。紧接着，各种骨头被掀起，一个金色的骨架浮现出来，与其他的骨头不太一样，它只差颅骨，算是一个比较完整的骨架。

金光一闪，之前想夺取石昊元神的金色颅骨自动落在了骨架的颈椎上，重组在一起。

正当石昊大感惊讶之时，金色的骨架突然张开指骨，向着石昊拍来。

“嗯？”

石昊没想到会突然遭到攻击，对方的力量太强大了，他根本就没有办法躲避。

“噗！”

石昊大口吐血，金色骨架的这一击毫不留情，让他浑身都颤抖起来。

此时，异域的一群人已经坐不住了，觉得时间拖得太久了。

“小狮子，你的金身还没有塑造完吗？”异域一个修为在遁一境的大修士催促无畏狮子。

“快了，马上就要塑造成不灭身了！”无畏狮子充满了自信，道，“诸位前辈请放心，一会儿我便去池底将木箱捞出。”

“你可有把握？”异域的一位老者有些不放心。

“有！我觉得我的金身塑造得非常成功，一会儿便去池底接受古佛十八拍的洗礼与考验，进一步将金身塑造到完美境界，顺便将木箱带上来。”无畏狮子脸上露出志在必得的笑容，这般说道。

第1247章 古佛十八拍

WANMEI SHIJIE

无畏狮子如同一轮烈日般发出金色的光芒，脑后还弥散着佛气，形成了神秘的光环。与此同时，禅唱声也传到了众人耳中。

“这只小狮子不简单，我曾听闻，古僧一脉唯有潜力巨大的高僧才能展现佛光普照之象，它居然做到了！”异域的一位老者叹道。

无畏狮子在塑造不灭身，待达到最高层次，便会进入池底接受古佛十八拍的考验，让肉身变得完美无瑕。

池底。

波浪滚滚，光芒万道。

一切都是那个金色的骨架造成的！

金色的骨架盘坐在一堆残骨上，发出耀眼的光芒，佛音隆隆，神圣无比，如同一位仙僧再世。它是神圣的，也是祥和的，然而对于石昊来说，它可怕至极。

金色的指骨比法器厉害不知道多少倍，击在石昊的身体上，让他刚聚合的不灭身出现了裂痕。

这才第三击，石昊就已经撑不住了，身躯好像要裂开了一样。不是他不够强大，也不是不灭身虚有其名，而是金色的骨架太过强大，其生前的境界不可揣度，尽管殒命了，依旧可以轻松对付修为在虚道境的修士。

显而易见，金色的骨架并未下狠手，不然情况会更糟糕。

三击过后，金色的骨架停了下来，没有再继续攻击。

“嗯？”

石昊心中一惊，快速治疗伤势。在此过程中，他发现了一些问题，金色的骨架攻击的部位都是他的薄弱之处，仿佛是在“挑刺”。

石昊顿时明白过来，金色的骨架攻击他是别有用意吗？它是在指点他修行，让他变得更加强大吗？

“哧！”

石昊全力运转不灭经功法，伴着一声轻响，那些被金色的骨架攻击的部位发出朦胧的光芒，瞬间变得坚固了。他相信这应该不光是《不灭经》的效果，还与金色骨架的攻击有关。

“砰！”

突然，一道金光闪烁，金色的骨架抬起一条手臂，向着石昊拍去，加重了力道。

石昊再次大口吐血，受到的创伤比刚才还严重。但是，他并不恐惧，反而很期待，希冀发现自己的弱点。

接连挨了三击之后，石昊浑身剧痛，多处骨骼开裂，形成了密密麻麻的纹路，看起来有些恐怖。

石昊皱起眉头，他身上怎么有这么多不足？

经过仔细的检查之后，石昊终于明白了过来，若是靠自身寻找弱点的话，就是打开天眼也很难发现。

这个天地间有什么是无缺的？又有什么是完美的？若是仔细寻找的话，肯定能看到不足。以金色骨架的道行，它要寻找一般境界的修士的弱点，自然是轻而易举。

石昊不再苦恼，全身心地投入对自身弱点的研究，并修复肉身。

金色的骨架再次出手，又是三掌，这恰好证实了石昊的猜想。

这一次，金色的骨架没有寻出石昊的薄弱处，便直接对他体内的仙门发起攻击，成片的清光迸发出来，强大的气息从仙门弥散而出。

石昊大为震惊，金色的骨架果然是在帮他修行！

金色的骨架没有意识，是一种本能在驱使着它出手。它在干预石昊体内的仙门，欲让仙门释放出更加强大的力量。

可惜，金色的骨架虽然生前为仙僧，但也不是万能的，不可能真的干预一切。仙门并不受其影响，依旧发出朦胧的光，不紧不慢地释放着神秘的力量。

此时，金色的骨架已经不是一次拍三掌了，而是一掌一掌地拍向石昊，给他充分的痊愈时间。

“不好！”石昊感到不妙，金色的骨架将他的元神扯了出来，轻轻拍打。

石昊原本担心金色的骨架要攻击他的元神，结果发现金色的骨架只是在锤炼他的元神。元神似乎略有缩小，但是更加坚韧了，他的实力不减反增。

金色的骨架放开石昊的元神，待石昊恢复过来，又拍向他的躯体，逼出一朵大道之花，并催动它绽放，让一个小人浮现出来。

是那个疑似活在过去的小人！

这个小人的身上有一道轮回印记，自从替石昊挡下斩仙台铡刀的攻击，它便被束缚了，一直没有得到解脱。如今，金色骨架的指骨拍在它的身上，引发了惊人的变化。

隐约间，石昊听到了来自遥远之地的吼声和诵经声，成片的仙气弥散而出。

“啪！”

又是一击，金色的骨架的指骨拍在了小人的身上。小人身上的那道轮回印记居然被弹开了，重新烙印在了石昊的手上。

石昊共有五道轮回印记，最初都在手上，之前离开的那道轮回印记又从小人身上回到了他的手上。

石昊顿时觉得身子一轻，像是有一道枷锁被打开了，无比舒畅。很明显，现在的他比以往更加容易领悟大道，也更适合修行了。

“打开了一道真正的枷锁，能突破到斩我境才叫无拘无束！”石昊高兴地自言自语道。

在接下来的时间里，金色的骨架仍继续拍打石昊。

石昊数了数，金色的骨架一共拍打了他十八次才停下来。

“我要下去了，金身已经修炼成功了，该去接受古佛十八拍的洗礼了。”轮回池上方，无畏狮子睁开了眼睛，这般说道。

第1248章 不坏金身

WANMEI SHIJIE

此时，无畏狮子觉得自己无比强大，身心从来没有像现在这般舒畅，甚至有一种道心明净、超脱人间的感觉。

无畏狮子是从容的，也是自信的，因为它成功塑造出了金身。这意味着一具无敌的肉身即将诞生，若是没有意外，一会儿经历古佛十八拍后，它便可以傲视同辈人了。

“你成功了？”异域的一位老者有些难以置信，无畏狮子居然在他们眼前发生了蜕变。

“侥幸功成。”无畏狮子点点头，浑身的金色皮毛闪烁着耀眼的光芒。

异域的一些年轻人神色复杂，议论纷纷。他们目睹了这一切，见证了无畏狮子蜕变的全过程。

“如今无畏狮子能与帝族的年轻大人一争高下了吧？”

“除非它的肉身进化到无瑕的境界，不然还是没有机会，帝族的年轻大人可不是那么容易赶上的！”

“接下来你要进池底了，可有把握？”异域的一个修为在遁一境的大修士问无畏狮子。

“我有六七成的把握，通过古佛十八拍这一考验后，我便所向无敌了！”无畏狮子应道。

“并非有十成的把握？”异域的一位老者闻言，面露担忧之色。

无畏狮子的强大是有目共睹的，它如果不能保证成功的话，很有可能会一去不复返，那样未免有些可惜。更重要的是，除了它，还有谁能下去取烂木箱子呢？

“古佛十八拍是一种洗礼，更是一种残酷的考验，轻轻一拍，就等于致命一击，一般的人挨上一击，就会形神俱灭。”无畏狮子正是因为塑造金身成功才敢进入池底，信心也比之前足了不少，道，“我现在金身已成，按理来说，瑕疵可以忽略不计，但瑕疵还是有可能会被放大，所以说我只有六七成的把握。”

异域的一群人闻言，不由得倒吸了一口凉气，无畏狮子不仅皮毛、骨骼再生，而且金身已成，连这样都没有十成的把握拿回烂木箱子，还可能会殒身，这轮回池实在是太可怕了！

池底，石昊平静下来，感觉到了前所未有的舒泰，浑身暖洋洋的，如同被一个火炉烘烤着。金色的骨架已经散开了，重新归于成堆的僧骨之间。

“此行圆满，收获巨大。”石昊很是欣喜，自语道。

相对于实力的提升，石昊更满意大道之花上那个小人的“松绑”。

自从那个小人被“松绑”之后，他便觉得身体轻松了不少，像打破了枷锁一样，更适合修行了。

水波荡漾，金光闪闪，一道模糊的身影俯冲而下。

咦？难道无畏狮子下来了，要对付我？石昊满腹狐疑。

无畏狮子很激动，因为它即将进行一番惊人的磨砺，只要熬过去，便可以傲视群雄。

“我注定要崛起，谁也阻挡不了我！”无畏狮子信心满满，自言自语道，“可惜没能亲手除掉荒。”

石昊看着那道模糊的身影逐渐靠近，没有立刻出手。

“谁？”无畏狮子大吃一惊，脸色当即大变，在骨头堆中居然出现了一个有血有肉的生灵！

“是你！你怎么还活着？！”无畏狮子看到了石昊，几乎不敢相信自己的眼睛。

不久前，无畏狮子亲眼看到石昊坠入池底，以为石昊早就形神俱灭了，可是现在，一个完好无损的石昊就出现在它的面前。

“你不是一直想亲手拿下我吗？我想给你一个机会，故此一直在这里等你。”石昊面不改色，语气平和。

无畏狮子却觉得有些毛骨悚然，此前荒的肉身分明已经被毁了，现在居然恢复如初了。

难道说荒抵挡了池水的攻击，熬了下来？

这意味着什么？这意味着荒成了年轻时代的仙僧王，拥有了不灭身！

“现在，又多了一个……”无畏狮子不断倒退，震惊不已。它虽然自负，但是清楚眼前这个敌人有多么危险。

无畏狮子左右张望，似乎在池底寻找着什么。

“你在找那个金色的骨架吗？它已经散开了。你是想让它拍打你，助你修成金身吗？”石昊笑着问道。他对无畏狮子一族没有一点好感，当年它们背叛九天十地，引领异域的大军攻击九天十地，简直是不可饶恕！

“你夺了我的造化？”听到石昊的话，无畏狮子猜测对方已经接受了古佛十八拍洗礼。

在一定的时间内，这种洗礼不可能多次出现，石昊抢先了一步。

“没关系，虽然金色的骨架散开了，但是我还记得怎么拍打，我来助你！”石昊纵身一跃，冲向了无畏狮子。

“轰！”池底顿时沸腾了，响声隆隆。

“咦？怎么了？池底的动静有点大，像是发生了打斗一样！”异域的一群人深感惊讶。

轮回池很不一般，一般说来哪怕动静很大，也不会显示出来。因为池中的液体是由古代高僧的精血等化成的，可压制一切，可是现在，池水居然震荡了起来，池底一定已经搅翻天了。

“难道那只小狮子遇到了麻烦，承受不了古佛十八拍的压力？”异域的一位老者推测道。

“轰隆！”

伴着一声巨响，浪涛翻涌，仙雾弥漫，无畏狮子冲出了水面。

“咦？你怎么了？”异域一些修为在遁一境的大修士很是吃惊。

无畏狮子怒吼一声，挣扎着想逃出轮回池，结果被一只手抓住了后腿，没入池中。

异域的一群人顿时感到头皮一阵发麻，池中怎么多了一个生灵？那是谁的手？

“难道是荒？他不是早就殒身了，连血肉都化成了精气吗？！”异域的一个年轻人惊呼道。

“轰！”

无畏狮子又冲出了水面，响声震耳欲聋，身体几乎被撕裂了，掀起了巨大的波浪。

石昊随之浮出水面，再次抓住无畏狮子，要将它按入池底。

“真的是荒！”

“天啊！他居然还活着，难道他要成为第二个仙僧王？”

第1249章 出乎意料

WANMEI SHIJIE

异域的一群人当即哗然，他们万万没有想到荒还活着，这超出了所有人的预料！

按照无畏狮子透露的讯息，轮回池是古僧一脉的埋骨处，池中的液体为血肉所化，其中不乏仙僧精血与神力等。可以说，唯有修炼古僧一脉经文，自身拥有佛性的人才能在轮回池中长存。

然而，荒活了下来，这简直就是一个奇迹！

“史上只有一人走到这一步，那就是仙僧王！”

“难道荒是第二个仙僧王？”

异域的一群人议论纷纷，瞬间变了脸色。这是一个非常惊人的消息，若是传出去，一定会引起轩然大波！

仙僧王是谁？一代仙王，曾为世间最强大的存在之一，与俞陀、安澜是一个级别的。如今荒得到的机缘可与那位仙僧王媲美，这从某种程度上已经揭示了荒的潜力。

要知道，虽然这个世间从来不缺奇才，但是有几位奇才真正成了不朽者？

从古至今，这一直都是一个让人难以回答的问题，从来没有人能说清怎样的奇才能成为仙王级高手。无论是年轻一代的高手排行榜还是老一辈的实力排名，都不能当作能否成为仙王的精准参照。

历代以来，榜上各个时期的第一人都不一定能够称王。奇才辈出确实不是空话，但是一个纪元也不见得有一两人可走上仙王路，因为那实在太难了。

帝族中本就有大人物，可是也无法培养出一个后来者。俞陀、安澜的后代中，有些人虽天资过人，但就是成不了仙王。

眼前的轮回池可以对生灵的潜力进行测试，结果极具参考价值。古僧一脉曾精研此道，有大德高僧曾言，若有人在轮回池中熬下来，日后也许就是仙王。

后来，一个修成丈六金身的年轻僧人散开一身佛性，进入轮回池熬炼真身，最终活了下来。

那个年轻僧人成了一个活着的例证，他便是世间唯一的仙僧王！

轮回池的预测一般不会出错，石昊极有可能成为仙王。故此，异域的个别人有些坐不住了。

“不能让荒成长起来！”异域的一位老者大喊道。

异域的这位老者身穿银袍，威势惊人。他赶到此地后，立刻知道了眼前这个池子是轮回池。

起初，许多人都不知道轮回池是何物，都是听无畏狮子说了之后，才有了一定的了解。但是，银袍老者的身份不一般，他来自帝族，虽然是旁系，但是也修炼了漫长岁月。

银袍老者快速道出了许多隐秘。异域的一群人闻言，大吃一惊，道：“这预示着荒将来可能会成为仙王？不行，一定得铲除他！”

没有人比异域的人更清楚仙王那个级别的存在有多么可怕，一般的高手根本就没有办法与仙王匹敌。

要知道，当年异域可不是只有安澜、俞陀等几个大人物，历经了数个纪元的积淀，拥有诸多大人物。

如果石昊成为仙王，就意味着他可能会与异域的古祖对决，这对异域来说是绝不能容忍的！

异域的年轻一代视石昊为大敌，无不想除掉他。但是，老辈人物并不在意石昊，因为他们见到的奇才实在太多了，如果在意的话，各个纪元的英杰加起来，数也数不过来。现在情况完全不同了，当知道轮回池是作出准确预言的地方后，异域的一群人都不平静了。

“荒是这一纪元唯一头角峥嵘之人，很有可能成为仙王，除掉！”异域的另一位强大的老者喝道。

在异域的一些人看来，除掉荒已经比得到烂木箱子更重要了。可是，轮回池太奇特了，他们空有一身本领，却施展不了，因为他们根本就没有办法进入轮回池。

“难道我们只能这样眼睁睁地看着吗？要知道，那个木箱还在水下呢！”异域的一些年轻人感到焦躁不安。

“轰！”

池子中，浪花翻腾，响声震天，无畏狮子嘶吼一声，再次从池底冲了上来。在异域的一群人看来，无畏狮子只是在做无谓的挣扎，根本就奈何不了荒。

“啪！”这时，一双完美无瑕的手从水底伸出，猛地拍向无畏狮子的躯体，响声清脆。

“嗷——”无畏狮子大吼一声，全身发光。

这一幕让异域的一群人纷纷变了脸色，年轻一代更是惊慌不已。

无畏狮子是年轻一代中的佼佼者，除了帝族的年轻大人之外，还有谁能打败它？刚才它还得到了大造化，在众人的见证下修成了金身，现在却落到这样的地步，实在是有些凄惨。

在异域的一些人看来，无畏狮子若是顺利在池底得到洗礼，让金身变得完美无瑕，就有资格傲视年轻一代了，没想到它会变得这么惨。

无畏狮子也很气愤，它只差最后一步就能成就不灭身了，结果荒突然出现，夺了它的机缘。

无畏狮子本来很快就要登上巅峰了，结果还没来得及品尝成功的滋味便被人一脚踢到了山脚。它如同从万丈高天直坠深渊，从天堂跌到地狱，没有比这更憋屈的事情了。

“我不甘啊！”无畏狮子咆哮起来。

“你不甘又如何？当年你们这一族叛逃时，杀害了九天十地的无数生灵，你早就该想到会有今天这个下场。”石昊愤愤地说道。

第1250章 条件惊人

WANMEI SHIJIE

“你……”无畏狮子愤怒不已，却又不知道该怎么反驳。

“咔嚓！”

一个清脆的声音响起，无畏狮子感到尾部一阵剧痛，整条狮尾都已经被折断了，这简直就是奇耻大辱！

无畏狮子竭尽所能地发起攻击，可是对方根本就没有受到任何影响。这对于刚刚修炼出金身的无畏狮子来说，是一个巨大的打击。

无畏狮子在轮回池最大的造化就是成功修炼出了金身，然而，在它刚取得成就的时候，它败了，而且一败涂地。

“扑通！”

浪花溅起，石昊拎着庞大的无畏狮子，从池底来到水面，气势惊人。

异域的一群年轻人的脸色瞬间变得惨白，荒的实力又强大了不少，早已非他们所能匹敌，只有老辈的高手才能与之抗衡了。

石昊彻底露出了水面，成功修炼出不灭身后，他更加无所畏惧了。

“荒，你知道你会有什么下场吗？”异域的一位老者凝视着池中的石昊，道。

“老混账，少威胁我！”石昊直接就顶了回去，毫不客气。他一直被异域的大军追击，难道还有比这更糟糕的事吗？反正已是这样一番局面，根本没有什么退路可选，他已经不在意对方的态度了。

如今的石昊从容不迫，哪怕被异域的一群人包围，也很有底气。

“你逃不掉的！”异域的一个大修士断喝一声，准备出手。

“慢！”银袍老者抬起手，让其他人不要急躁，而后他看向石昊，笑道，“你的天赋与成就有目共睹，让人不得不敬佩。”

石昊不动声色，想看看这个老家伙到底要什么花招。

“年轻人，你这样的奇才埋没在九天十地实在太可惜了，终身都与仙道无缘，那边的大环境很恶劣，根本不允许你成仙。”银袍老者语重心长地说道。

“你想说什么？直说吧。”石昊淡淡地说道。

“以你的天资来说，身处九天十地无异于明珠暗投。你如果愿意投奔我界，从此人生将一路顺畅，还能在史上留下不朽之名。”银袍老者使出了诱降之计。

“你想多了！”石昊冷冷地应道。他才不会像无畏狮子一族一样当叛徒。

“聪敏者都会趋利避害。未来，帝关必然是会被攻破的，反抗者都要殒身，你应该知道那将会是怎样的一个结局。”银袍老者看了石昊一眼，接着游说，“你如果加入我界，发下大道血誓，前途必将不可限量。而且，我们可以明确许诺，就算你现在的实力还不足以威慑一方，但只要你肯弃暗投明，我们便立刻允许你自立为一大强族。那是属于你一个人的大族，超越一般的王族，见到帝族都无须行礼。”

异域的一群人闻言，大吃一惊，前辈开的条件也太惊人了，荒现在才什么境界，居然就许他以这等地位！

从古至今，也只有蚨族、血凰等个别族可以见帝族不拜，而现在，前辈居然答应给一个年轻人这么高的地位。

“你当自己是俞陀，还是安澜？有什么资格随意开出这种条件？”石昊语带嘲讽之意，根本没有把银袍老者的话当成一回事。

银袍老者刚开始一心想除掉石昊，现在却又主动拉拢石昊，旁人都有些看不懂了。

银袍老者神情凝重，严肃地说道：“你可以质疑我，但是我所说的这一切都是真的。我来自帝族，虽然血脉稀薄，但是可以请来古祖法旨。”

异域的一些年轻人听闻此言，皆震惊不已，原来前辈不是说说而已，而是认真的。

“我听闻帝族的血脉极其霸道，难以诞下后代，但是帝族与其他任何一族通婚，若有后人，都会传承帝族的血脉，为何你却血脉稀薄？”石昊似乎对银袍老者的血脉很感兴趣，完全忽略了重点。

银袍老者有些恼怒，道：“你这是在羞辱我吗？我可是带着诚意邀请你投奔我界，你却如此不知好歹。你若是有意的话，我可以立刻请帝族法旨，封你为一个顶级大族，见帝族不拜。”

“不必了，我根本没有兴趣。你以为所有人都像无畏狮子一族那样没有骨气吗？让我低头，不可能！未来战场上见吧，我必一一除掉你们的古祖！”石昊坚定地说道，声音铿锵有力。

异域的一群人顿时目瞪口呆，荒未免也太狂妄了，还没有长生呢，就妄想击败安澜等古祖？真是不自量力！

石昊不理会异域的一群人，一心想着怎么处置无畏狮子。

无畏狮子眼中闪过一道寒光，准备发动致命一击。它早已达到了虚道境大圆满，可以突破到斩我境，但是为了修炼金身，它一直压制着自我，想等到经过古佛十八拍的洗礼后，再进入更高的境界，然而它现在被逼到了这一步，根本顾不上那么多了。

“轰！”

响声震天，无畏狮子突然大发威势。异域的一些大修士震惊不已，这是斩我境中罕见的实力。

“你隐忍了这么久，就是为了这一刻的爆发吗？”出乎异域的一群人的预料，石昊好像对无畏狮子大发威势一点儿也不惊讶。

石昊只是抬起发光的手掌，一手压下去，无畏狮子散发出来的强大气势就立马被击散了。它大口吐血，身体满是裂痕，差点丢了性命。

“你……”无畏狮子又惊又惧，一时说不出话来。它真的已经竭尽所能了，尽管以高境界的实力攻击对方，但还是失败了。

异域的一群人胆战心惊，年轻一代更是目瞪口呆。

“我给你机会，你再试试看。”石昊淡淡地说道。

“你……”无畏狮子感到一阵羞恼，它从来没有想到过同代中会有这么一个家伙，压得它抬不起头来。

无畏狮子大吼一声，金色的皮毛闪闪发光，神力翻涌。它全力突破，再一次临时进入斩我境，欲攻击石昊。

然而，无畏狮子感觉可以发起攻击时，却又遭受了沉重的一击。

石昊轻声叹了一口气，看到无畏狮子，他想到了一位故人，一位年少时的结拜兄弟，那就是在下界的九头黄金狮子。

石昊年少时做了不少荒唐事，想起来可笑又心酸，年龄不大时便离了家，到如今离开下界已经多少年了？这一刻，他很想回去，他想念石村，想念故人。

石昊突然决定不对无畏狮子怎么样了，他并非妇人之仁，而是另有打算，想留下它，成全九头黄金狮子。随后，他看向异域的一群人，道：“耽搁太久了，我们也来做个了断吧。”

“就凭你，也敢大言不惭？”异域的一个中年人很看不惯石昊。

“来了不少人吧，追击我的大修士有七成都聚集在这里，现在如果将你们全部灭掉，也算是一个痛快的了断。”石昊说着这些话，表情没有丝毫变化，依旧很平静。

“放肆！”银袍老者沉下脸来，呵斥道。

既然劝降无用，那就只有撕破脸皮了。

“一个乳臭未干的小子而已，虽然天资过人，但终究还是嫩了一些。如果不是一直躲在轮回池中，早就没命了！”异域的一个大修士面露轻蔑之色，冷冷地说道。

“黄泉路上多幽魂，各位，一路走好。”石昊沉声道。

“不好，快退！”银袍老者大喊一声，好像意识到了什么，立马向远方逃遁。

第1251章 太狠

WANMEI SHIJIE

石昊看向那只古兽的方位，目不转睛，眼中迸发出奇异的光芒。若是凝视它，就会有一种灵魂要毁灭的感觉。

那是昔日的盖世古兽，没有一个人可以直视它，只能匆匆一瞥，不然就会惹上杀身大祸。

而现在，石昊居然张开了嘴，准备用声波天功惊醒那只古兽。这太疯狂了，超出了异域的一群人的预料。

“逃啊！不要回头，有多远逃多远！”有人大吼道，不光是提醒石山上的人，也是对躲在远处的人示警。

“荒是个疯子，他已经疯了！”

“荒不想活了吗？现在他又不是处在绝境中，为什么要跟我们同归于尽？”

异域的一群人纷纷议论起来，大为震惊，没有想到荒居然这么疯狂。

银袍老者一直很慎重，一开始都没有登上石山，直到确定石昊沉入池底后才上山，结果还是着道儿了。

其实，异域有一批人非常谨慎，之前躲得远远的，远离这片石山区域。只因山上传来消息说无畏狮子掌控了一切，荒已经沉尸池底，他们才赶到了石山附近。

石昊大吼起来，发出可怕的声波，故意惊扰沉眠的古兽。

“荒，快住手，不然你也会跟着一起没命的！”异域的一群人面色苍白，大声劝阻石昊。

然而，石昊并没有要停下来的意思，他浓密的黑色长发随风飘动，目光坚定，吼声震动天地。

“可恨啊！无畏狮子，你误了我等！”异域的一部分人对无畏狮子充满了怨恨。

异域的一些人觉得无畏狮子太自负了，它自以为已经掌控一切，荒已丧生，却导致了这么可怕的后果。

对于那些把性命看得很重，一直谨慎行事的人来说，这无疑是受到了坑骗。

石昊发出的声波中还带着闪电，他施展雷帝符文，以惊世雷霆干扰天地秩序。

虚空中，闪电一道接着一道垂落，每一道都粗大得惊人，发出的声音震耳欲聋。

与此同时，石昊动用大神通干扰石山，引得石山摇动，几欲崩裂。石碑被震得隆隆作响，但一直没有倒下，神秘的符号从石碑上浮现出来，带动着绑在石碑上的铁链哗啦啦作响，让异域一群逃亡的人吓得寒毛直竖。

“啊——我不想殒命于此！”异域的一些年轻人忍不住大叫起来。

“我恨啊！”异域的一些大修士也发出感叹。他们看到古兽被惊扰了，似乎即将苏醒。

石山上，混沌之气扩散。古兽十分庞大，遮天蔽日，一股恐怖的气息瞬间席卷了天地，仿佛要冻住人的灵魂，割裂人的肌体。

古兽才开始苏醒，异域的不少人就已经无法忍受了。

“啊——”异域的一些年轻人发出惨叫声，当场便殒命了。

“砰！”

伴着一声巨响，异域一个年轻人的元神刚挣脱出来，便化作光芒，消散在半空中。

“逃啊！”异域的一些人大吼道。

古兽才开始苏醒就如此恐怖，若是睁开眼睛会有多可怕？

异域的人也明白，他们今日多半没有逃生的机会了，古兽一旦苏醒，气息就能瞬间扩散到无穷远的地方去。何况他们根本没有办法撕开天宇，快速逃遁，因为此地有最强大的法则守护。

“无畏狮子，你误了我等！”这时，还有异域的人埋怨无畏狮子。

异域一群人的敌人本是石昊，可如今在一些人看来，导致他们落得如此下场的是无畏狮子。很多人一开始谨小慎微，不敢登上石山，只因无畏狮子自称主导了一切，他们才放心地登了山。

“能怪谁，只能怨我们自己！”异域的一个大修士悲愤地说道。

“荒疯了！”当然，也有一大部分人咬牙切齿，恨极了石昊。

“荒没疯，因为他有办法可以活下去！”银袍老者突然开口了。

与此同时，异域的一些人掉过头，冲向了那座石山。这是异域最强大的一群人，也是这次围猎大军中的头领，其中包括银袍老者等人，他们实力惊人，没有一个人的修为低于遁一境中期。

“轰！”

虚空崩裂，形成一扇又一扇黑色的空间之门，这些空间之门犹如一把又一把黑色的天刀，矗立在天地之间。

古兽真的苏醒了！

连异域的大修士都开启不了空间之门，而古兽却轻易开启了，而且它并不是有意识地开启的，是它在苏醒的过程中弥散的气息所致。

这世间仿佛没有什么可以阻挡那只古兽，这个世界，甚至这个大宇宙都容不下它的真身。

“噗！”

黑色的空间之门释放出可怕的黑色能量，刹那间就让此地九成的异域年轻人形神俱灭了。个别年轻人由于身处地平线的尽头，一直离得很远，因此侥幸活了下来，但也负了重伤。

“古代霸气盖世的龙族前辈，请你出手！”石昊大吼一声后，便带着无畏狮子一起潜入了池底。

石昊不用去看，也知道异域那些人的结局。他之所以潜入池底，是为了活命，如果再晚一秒，他就会被那股力量毁灭。

无畏狮子金色的瞳孔中写满了震惊和恐惧，彻底僵住了，如同木偶一般被石昊拖入池底，它无论如何也没有料到会是这样一个结局。

在无畏狮子看来，荒太心狠手辣了。而且，它感到很自责，如果不是它自信满满，认为荒已经殒命，后来那批人也不会登山。从某种意义上来说，它的确算是罪魁祸首，害了一大批人。

“我跟你拼了！”无畏狮子怒吼着想和石昊同归于尽。

“你暂且苟活着吧！”石昊拍了无畏狮子一掌，沉声道。

“你想怎么样？”无畏狮子的眼里闪烁着逼人的寒光。

“收你为坐骑，日后，我要在战场上驾驭你，与异域的对手大战！”石昊说出了自己的想法。

事实上，石昊并不是真心想收无畏狮子当坐骑，而是想留着它的性命，为他所用，震慑异域。谁都知道无畏狮子一族原本是九天十地的生灵，后来当了叛徒，引领异域的大军入关，反过来对付自己一方的人，现在石昊这样对它，算是以儆效尤，给所有叛徒以警诫。

无畏狮子一族在异域的地位极高，石昊若是将它收为坐骑，一同上战场作战，肯定会引发一场大风波，轰动整个战场。

“扑通！”

“扑通！”

落水的声音不断响起，浪花溅起，数十个人一头扎进了轮回池。正是异域那批最强的大修士，他们在最后关头投入池中，以避过厄难。

“呵呵，来了，饺子下锅了，我该登场了！”石昊笑道，笑容显得有些冷酷无情。

第1252章 灭世一吼

WANMEI SHIJIE

饺子？这群大修士居然被当成了饺子！

无畏狮子听得清清楚楚，它虽然遭受了重创，但听觉还是很灵敏，它知道进入池中的这群大修士的下场可能会更惨。

外界，天地混乱，黑色的大裂缝如同成千上万把黑色的天刀，欲吞噬世间的一切事物。就在异域的这群大修士跳进轮回池中后，天崩地裂，山河失色，一切都变得不同了。

曾在古代真龙争霸中威震八荒的古兽已经苏醒了，束缚它的铁链哗啦啦作响，声音响彻整片天兽森林。

随着古兽眼皮的跳动，正在逃亡的异域的人都殒身了。至于远处最先逃走的那批人，也是肌体裂开，伤势严重。

跳进轮回池的异域一群人胆识过人，实力超群，但是，他们的下场同样会非常惨。至于逃到最远处的那群人，他们虽性格相对而言比较保守，但也是道行高深之辈。

异域的这两批人都是大修士，是围猎石昊的人中最厉害的。夹在异域的这两批人中间的修士最为悲惨，修为境界不高不低，此时个个都是面无血色，遍体鳞伤。

“哗啦啦！”

这时，石山之间传来铁链的声音，这样的声音哪怕相隔再远也能听到，让人胆寒。

铁链晃动的声音如同来自地狱的催命之音，让异域的每一个人都心惊肉跳。这不是威胁，而是真的要带走他们的生命。

“轰！”

一个惊天动地的声音响起，异域的所有人都明白那只古兽彻底苏醒了，他们心中仅存的最后一丝侥幸也没有了。

石山上，铁链绷得笔直，那只头上插着仙家战矛的古兽睁开了眼睛。刹那间，混沌之气铺天盖地而来，仙道之光普照天地。

那只古兽只是苏醒而已，其他的生灵就承受不住了。那些试图逃离天兽森林的异域修士一个接着一个倒下。

“啊！不！”异域的强者怒吼道，带着不甘，但也仅止于此，而后便消亡了。

异域的一些年轻人，此时连叫都叫不出来，瞬间便在虚空中殒身，烟消云散了。

“不！”异域的一个中年人嘶吼着，面孔扭曲，猛地伸出手臂向前抓去。然而，后方冲来了一股气息，他当场便殒命了。

“它怎么会这么强？我都已经冲出那片区域了，这是天要亡我啊！”异域的一个大修士很不甘心，咆哮道。

异域的这个大修士遁术极强，早就逃离了石山所在的区域，可还是被一道光击中了，受了重伤。

这是一场灾难性的变故，随着古兽的苏醒，所有正在逃亡的异域修士都惧怕到了极点，也渐渐失去了逃生的希望……

“轰！”

随着一声巨响，混沌之气扩散了不知道多少万里，震动八荒，摇动星河，尘世间的一切都显得那么脆弱。

那些实力不强的异域生灵的生命必将失去色彩，眼中的画面永远定格在这一瞬间。

那只古兽的双目一睁开，仅一刹那，方圆几千里的异域生灵便形神俱灭了，没有一个侥幸存活。

谁都没有料到古兽苏醒会造成如此惨烈的后果，异域的人相继殒身，这是何其可怕的事！

如今，就连逃到最远处的那批异域修士都被吓得瑟瑟发抖，他们伤势颇重，眼看也快要不行了。那是非常强大的一批修士，全都是异域大军的高层，他们之所以能够逃走，一是因为没有登上石山，离那只古兽足够远，二是因为自身修为的确很高深。

逃到最远处的这批异域修士即便已经远去不知道多少万里，但依旧有十万仙山压顶之感，不敢大意。

“不！”

出乎意料的是，逃到最远处的这批异域修士竟大吼起来，生命似乎受到了严重的威胁。

“噗！”

这一刻还是来了，逃到最远处的这批异域修士也相继殒命了。

“轰”的一声，不少河流都被蒸干了。

“轰隆隆！”有的山脉瞬间化成了灰烬。

这种惨烈的景象深深震惊了异域一群修为在遁一境的大修士，他们逃到了外围区域，眼下仅剩下少数人。

异域一些修为在遁一境的大修士顿时有一种绝望的感觉，别说与这样的生灵对抗，就连面对它都做不到。他们根本仰望不到它究竟有多高大，就好像蚍蜉面对苍龙一样，两者有着云泥之别。

古兽还没有主动攻击，就造成了如此恐怖的后果！它若是发起攻击，那将是怎样的一幅画面？

“噗！”

“噗！”

少数之前幸存的异域顶级高手先后殒身，只剩下最后两人了。

“我不甘啊！为何会这样？”异域的一个高手满身裂痕，大吼道。

与此同时，天兽森林外围传来了长啸声，似乎有大人物来支援了。

“发生了什么？为何这样示警？”天兽森林外围，有人喝问道。

处于天兽森林外围的异域强者看到了天空中先后腾起的血光，那是有人在以性命发出警告。

只有个别人成功示警，因为很多人还未来得及发出警告，就已经殒命了。

“有一只古兽复活了，我们的人马已经所剩无几了！”逃出来的两个大修士大吼道。

“莫急，我们来了！”

“请不朽之血！”

“解开封印，书写无敌法旨！”

天兽森林外围，异域的一些人大喝着，解开了封印，将神秘古罐中的血液倒在发光的法旨上。刺目的光顿时迸发出来，撕裂了苍宇。

“嗷——”

这时，天兽森林的深处传来一声巨大的咆哮，一切都不复存在了！

无敌法旨当场裂开，不朽之血迅速燃烧起来，虚空变成了殷红色，天地都仿佛被血浸染了。

“轰隆！”

伴着一声巨响，天崩地裂，万物凋零，山河都倾覆了，一颗又一颗星星从空中坠落，而后碎裂。

最后，混沌之气将这片区域淹没了，天兽森林变成了白茫茫的一片。

第1253章 算账

WANMEI SHIJIE

这只苏醒的古兽发出的吼声不同于以往，瞬间便对天兽森林造成了巨大的破坏。

石山正前方的区域如同被犁过一般，山地全都被毁了，草木化为灰烬；万丈高的大山被夷为了平地，如同海滩沙丘一般；原本茂密的森林现在成了枯寂之地，当初的景象都已不复存在。

若是现在有人来这里，根本难以想象此地曾经古树参天，生机蓬勃，是一望无际的林海。

地上出现了一道又一道大裂缝，漆黑的缝隙宽度从几尺到数十丈不等，密密麻麻，恐怖至极，方圆几万里都是如此，这片古老的森林就这样被毁了大半。

古兽的吼声所过之处，大地沉陷，变成了盆地、裂谷。岩浆涌了出来，赤红一片，填满了那些深谷、地窟等，使之成为红色的汪洋。

岩浆海的出现，让这片天兽森林来了个大变样，星星从空中坠入红色的岩浆中，激起几丈高的浪花。

这种景象就像是在灭世，斩尽万灵，毁掉整个乾坤的生机。

“发生了什么？”天兽森林外，有人惊呼起来。

驻扎在天兽森林外的异域大军感觉到了从天兽森林传出剧烈的能量波动，而后看到陨星穿过长空，山林中发出耀眼的红光。

“灭世啊！这就是传说中的那只古兽的手段吗？”异域的一个修为在遁一境的大修士站在一块巨石上，震惊地看着这一幕。

这片区域还有方圆万余里的森林没化成焦土，只剩下了最后一块“隔离带”。

“若非天兽森林中有古代仙阵守护，也许我们都会有危险！”异域的一位老者严肃地说道。

最后一块“隔离带”是古代仙阵边缘最坚固的地方，若是这片区域毁坏，那外界的区域多半也会受到影响。

石山之巅，轮回池。

不久前，这里曾波涛汹涌，神液汩汩而出，现在，所有液体都从山地间倒流回了轮回池。

虽然兽吼声停止了，但池中还是汹涌澎湃。

池底，石昊震惊不已，尽管早已想到了这种可能，但依旧有些心惊肉跳。

无畏狮子更是战战兢兢，这不光是心灵上的压迫，也是实际力量的压制，它有些禁受不住。

无畏狮子曾在池底解体，不过由于它学习的是古僧一脉的法，因此经受了神液的洗礼后，它又活了过来。

至于石昊，哪怕他躲在池底，身体也几乎裂开，那股力量太强大了。在那一瞬间，他也以为自己快完了，不过，所幸池底保住了他的肉身和元神。

轮回池是古僧一脉的埋骨地，里面有历代高僧的血肉和骨骼等。先贤们曾试图在此建造一个世人无法想象的轮回地。

在最后关头，池底的僧骨迅速地拼凑在一起，重新化作人形骨架，盘坐在池中，吟诵经文。

当那股毁灭的力量攻击下来时，在金色骨架的带领下，所有僧骨发出光芒，顶住灭世之力，保住了此地，不然石昊必会随之形神俱灭。

虽然这在石昊的意料之中，但这次还是很冒险。他早就知道轮回池很不一般，毕竟轮回池可不是随便取的名字，尤其是这里诞生过仙王，这个由众多古僧血肉和骨架形成的轮回池又怎么会平凡?

同时，石昊发现这片石山区域中仅有两块石碑，一块石碑上刻着“天下第二”四个字，另一块上则刻有“轮回池”三个字。他觉得两者可能有某种联系，那只古兽很有可能是被古僧锁在石碑上的。

这样看来，“轮回池”应该不弱于“天下第二”才对。

因此，石昊才敢赌上一把。如果不赌的话，他就要永远被困在轮回池内，异域高手会源源不断地出现，到最后总会有办法打败他。与其如此，还不如主动出击。

这一次石昊赢了，可以说这一役让对方损失惨重。最起码，根据他得到的消息，异域的大修士损失了七八十人以上，如果再加上那些没有被发现的，伤亡人数就更多了。

“蛄族的高手与帝族的年轻大人没有登上石山，不知道是否在这片区域中，他们殒身了吗？”石昊自语道。

一旁的无畏狮子的心情经历了巨大的变化，由之前的毛骨悚然到现在的静若枯木，其中有落差，有沮丧，甚至还有万念俱灰。今日经历的事令它的心情很复杂，给它造成了巨大的心灵阴影，这一生可能都无法磨灭。

“我是罪人啊！”无畏狮子自责不已，满心悔恨。

石昊听到这句话，抬手就给了无畏狮子一记耳光。

无畏狮子瞪大了眼，突然挨了一巴掌，一时间忘记自己成了俘虏。在过去，谁敢随便动它？

“你们这一族背叛九天十地，害得那么多先民殒身，都不见你有负罪感。现在我只是间接除掉了一些刽子手，你就心疼了？！”石昊怒斥道。

“我打的就是你，我不仅要扇你耳光，我还要踹你！”石昊又给了无畏狮子一巴掌，这次声音更响，抽得它直接在原地转了一圈。

“砰”的一声，石昊一脚踹下，踢中了无畏狮子，疼得它哇哇大叫起来。

“害了那么多先民，你丝毫没有愧疚之意，现在不过是几个魔崽子殒命，你就心疼成这样，我不踹你踹谁？”石昊一边踹无畏狮子，一边说道。

此时，无畏狮子已经奄奄一息，话都说不出来了。

石昊看向轮回池的上方，那里有一些光团和一些残肢等，好像是异域一群修为在遁一境的大修士的元神和肉身。他没有立刻上去，而是选择继续等待，怕古兽还会发出吼声。

石昊觉察到古兽吼声的威力超越了数天前的那次大吼，一个不慎就会引发灭顶之灾，而且它的意识不清醒，可能依旧处在迷失状态，不然的话不会这么嘶吼。古兽若是有灵，记得自己身为九天十地内的一员，肯定会助他一臂之力，不过现在他不指望古兽有意识地出手。

不久前，石昊从池底冲了上去，准备将一群投入池中的修为在遁一境的异域大修士拿下。然而古兽吼出声后，释放的力量超出了他的想象，他不得不又回到池底。

一群修为在遁一境的异域大修士原本高高在上，所向无敌，然而进入池中就完全不一样了。有的人当即解体，血肉化成了精气和神力，成为池水的一部分，甚至连骨头都化成了光芒。

过半的人直接殒身于此！

一些非常出众的异域强者挡住了池水的攻击，没有立刻殒身。不过，他们虽然活下来了，但是付出了巨大的代价，身体受到了严重的创伤。

只有个别人例外，肉身保持得比较完好，在池中苦苦支撑着。但毫无疑问，长时间下去，他们必定也没有什么好下场。

“你们在池子上面太危险了，如果那只古兽再吼一声的话，你们都会没命的，还是下来吧！”石昊“热情”地提出建议，脸上露出神秘的笑容。

与此同时，石昊快速出手，强行将异域的一群大修士拉入池底。

“噗！”

一些肉身残缺的异域大修士在中途便殒命了，化成了光芒和神液。

“等一等！”突然，石昊收起了笑脸，盯着一名老者的残体，厉声道，“混账家族也来了？看来是时候跟你们算一笔总账了！”

石昊认出这名老者是帝关的人，不久前老者曾设下圈套，假意救他。

第1254章 一个不剩

WANMEI SHIJIE

“老家伙，你的命可真大啊！”石昊快速冲了上去，一把抓住了那名老者。

不久前，石昊被帝关的一伙人骗上战车，将计就计地除掉了一名修为在遁一境的老者。后来，帝关的那伙人与石昊撕破脸皮，对他展开了追击。

帝关的这伙人与异域的人走在了一起，没有一点愧疚，可见已经彻底背叛了九天十地。不过，帝关的这伙人也很倒霉，石昊惊扰古兽，引发了一场大灾难，只有老辈冲进了轮回池，结果也惨受重伤。

“可惜了那辆战车！”经过一番仔细观察后，石昊发现一辆残破的战车护在老者身边，发出朦胧的光。若非如此，老者早就没命了，不过，即便如此，老者也残废了。战车被池水侵蚀得厉害，神性最终也会消失殆尽。

在石昊看来，帝关的这伙人确实很强，但还是比不上异域的那些老者。连异域的大修士都损失了九成，这位老者本不可能活下来，一切都是因为战车。

“说吧，你来自哪一族？”这是石昊最关心的问题，他想知道自己到底被哪一族算计了。

“你……”老者原本实力极强，但是现在虚弱得不成样子，随时都有可能殒身。

“别担心，只要你听话，我自然会保护你，不会让你殒命于此。”石昊笑吟吟地说道。

帝关的老者闻言，不禁从心底生出一股寒意，身上起了一层鸡皮疙瘩。在他看来，荒就是一个乳臭未干的小子，不久前还如同丧家之犬般四处逃亡，现在却如此嚣张。

“小子，你别太过分！”老者吼道。

“还跟我摆架子是吧？”石昊一把拎住老者的衣领子，那所谓的宝衣损毁得厉害，一下就被扯碎了。

“砰！”

石昊一把将旁边的无畏狮子拎起，如同挥木棒般将它砸向了老者。

无畏狮子羞恼极了，这是将它当成了什么？一根木棒？一件工具？一根无足轻重的杂草？

石昊的动作实在是太随意了，无畏狮子气得整个身躯都在发抖。

“说吧，你来自哪一族？我可没有那么好的耐心，被你们追击了这么久，脾气更不好了。不说的话，你应该知道你会是什么下场。”石昊并没有注意无畏狮子的情绪变化，始终执着于逼问帝关的老者属于哪一族。

“你得罪过哪一族，现在跟谁势不两立，你自己还不清楚吗？”老者恨恨地说道。

听到这些话后，石昊的神情变得凝重起来，看来情况有些复杂。

是不是王家或者金家？这两个长生世家一直与他对立，早已是水火不容。可是，老者怎么这么痛快就招了？还是说，老者是想故意误导他？若有其他的长生世家参与进来，那情况就更复杂了。

石昊一句话也不说，快速出手，欲探查老者的神识海，将此事了解得一清二楚。

若是在过去，石昊肯定无法研究老者的神识海，因为老者是修为在遁一境的大修士，元神力如同太阳一般，可以直接焚毁低境界者。可是现在，石昊的境界提升了不少，而老者受伤后实力锐减，因此石昊轻而易举就得手了。

“不！”老者很抗拒，拼命地挣扎着。

突然，石昊脸色大变，如同一道闪电般回到了池底。

“砰！”

老者的周围发生了大爆炸，尽管有池水阻挡，可还是有三人带着不甘与愤懑同他一道殒身了。

“头中有可怕的印记，触之便会爆炸，这绝对是某一长生世家的手笔。”石昊自言自语道。

连修为在遁一境的大修士都被种下印记，必要时印记会自动爆炸，除了少数自古长存的世家外，还有谁敢这么做？

轮回池上方，一群修为在遁一境的异域大修士皆沉默不语，惶恐不安。

“外面怎么没有动静了？”石昊嘀咕道。他说的自然是那只古兽。

“哧！”

就在这时，有人冲向轮回池外，想要逃走。在池中，他们的身体每时每刻都遭受着巨大的痛苦，如果不是刚才情况危急，他们怎会投进池中？

轮回池中的人觉得外界的其他人应该都殒身了，他们现在虽然也很凄惨，但毕竟还活着。

异域的一群大修士现在负伤太重，随时都会殒命，根本顾不上跟石昊算账。

石昊故意提到外面，就是想让人去探路。当然，异域的那些人即使明白石昊的心思，也只能这样做，因为他们别无选择。

“噗！”

跃上水面的人没有被那只古兽的气息伤到，反而被石昊射出的一道剑气劈中了，当场殒身。

“逃！”

当喊出这个字时，异域幸存下来的大修士感到很耻辱，面对一个二十几岁的毛头小子，他们居然要狼狈地逃窜。

“别走，你们别想逃！”石昊在后面喊道。

异域的大修士们皆怒发冲冠，火冒三丈。

“噗！”

石昊毫不留情，掌心射出一股璀璨的剑气，眨眼间便击中了一个大修士的元神。

随后，石昊又施展出一道雷光，击中了一个虚弱的大修士，令他浑身焦黑，元神消散。

“嗖！”

石昊如同离弦的神箭般冲到了池面，身上的每一个毛孔都在发光，成千上万道神光迸发出来，如同璀璨骄阳普照大地。

伴着“噗噗”声，神光击中了异域的几个大修士。

到池中避险的数十个大修士，到头来没有一个能活命，那位实力非常强大的银袍老者也是一样。

石昊睁开天眼，看到古兽闭上了眸子，四面八方的精气正向它所在的位置涌去。

石昊这才看到了远处的景象——大半个天兽森林都被毁了，绿意消失了，只有红色的岩浆在翻涌，红色的血雾从残破的山地间飘起，没入古兽的躯体之中。

石昊迅速回到轮回池中，如果稍有耽搁，他可能也会化成一股精气冲进古兽的身体。

“咦？”忽然，外面传来一阵巨响，如同海浪翻涌一般。石昊大吃一惊，再次来到池面观察情况。

“这是……”石昊被眼前的景象惊呆了。

古兽发光，浑身弥散出精气，岩浆退去，巨大的山拔地而起，植物快速生长出来。

这个场景不像毁灭那样天崩地裂、山摇地动，但是更加让石昊震惊，他的肉身被一股生机滋润，得到了巨大的好处。

被毁的天兽森林奇迹般地恢复过来，重新变得郁郁葱葱、生机无限了。

“毁灭，重生，生命的演绎……”石昊如痴如醉地观看着这一切，浑身发光，喃喃道。

第1255章 初战天意

WANMEI SHIJIE

石昊自然而然地进入了斩我境，并且即将巩固这一境界。

其实，石昊随时都能迈进斩我境，尤其是经历了古僧十八拍的洗礼后，练成了不灭身。他只要愿意，就能立马迈入更高的境界。

此前，石昊之所以犹豫，是为了稳妥起见，怕在突破时会被人干扰。

此时此刻，石昊已经进入了忘我的境界，无喜无忧，眼中出现轮回之象，一切都在生死间徘徊。

斩我，是斩断束缚自己的枷锁，还是斩断执念？石昊虽有些迷惘，但还是领悟了其中的奥妙。

在毁灭的废墟上重生，于深渊中崛起万丈大山，这是一种由衰弱到繁盛的变化，其中孕育着天地间最基本、但也是最强的奥义之一。

这是断开肉身的枷锁，还是精神的牵绊，抑或是心中的执念？石昊一时难以说清，心情很是复杂。

轮回池中，无畏狮子盯着石昊，眼中凶光毕露，很想出手，但最后还是忍住了。

无畏狮子自从遇到石昊，就一直很倒霉。它担心石昊此时是故意试探它，因此没有轻举妄动。

“他不是做戏，是真的在领悟。不行，我得出手，让他尝一尝从天堂瞬间坠落地狱的滋味！”无畏狮子暗自咬牙，做出了这种疯狂的决定。

但是，无畏狮子的实力变弱了很多，它担心一击不能对石昊造成致命的伤害。

等他修炼到关键时刻，再发起致命一击！无畏狮子在心中暗道，准备暗中攻击石昊。

此时，石昊正在生死间徘徊，在枯荣间进退，领悟一种深层次的法则。

“轰！”

石昊的肌体发光，如同被佛光普照一般，一个又一个神环出现在他的体外，让他看起来犹若仙僧转世，又若真仙降凡尘。

这一刻，石昊是神圣的，不以物喜，不以己悲，眼中所见天地广阔无边，心胸可纳万里河山。他的肌体上缠绕着一层又一层秩序神链，这是某种枷锁，只有到了一定层次才会显现。

“哧！”

随着一声轻响，耀眼的光芒从石昊的肌肤中迸射而出，直接斩断了秩序神链。

“怎么会这么迅速？”无畏狮子大惊失色，难以置信。它知道石昊的元神上肯定也会出现枷锁，它决定在那个时候发起致命一击。

来了！无畏狮子心跳加快，非常紧张，生怕错过这一绝佳的反攻机会。

此时，石昊的状态非常奇妙，像是超脱了尘世一样，他在审视自身，俯视万物，仿佛成了一个旁观者。他的元神还在颅骨中，可是他能敏锐地观察万物，世间的一切尽在他的心中。

天地不仁，以万物为刍狗！而他就是天地！

这是一种奇异的心态，冷静、无情、漠然，连石昊自己都深感震惊。

甚至，石昊尽管知道无畏狮子要对他不利，也不觉得愤怒，毫不在意。因为他觉得无畏狮子和自己是平等的，他不想采取任何行动，也没有投入任何感情。

这太怪异了！

“啊——”

突然，一声怒吼从石昊的内心最深处发出来，一下子像是打破了某种禁锢一样，斩断了无情的枷锁。

原来是这样！石昊明白了，所谓超然物外的心态，其实是一种需要挣脱的枷锁。他在那一瞬间险些被天地大道同化，成为它的一部分，自身的一切近乎泯灭。

这非常可怕，如果刚才真的那样发展下去，石昊可能会抛弃自身的一切，归于天地中，俯首于大道之下。

这与石昊以身为种的道路是相悖的。

或许，正是因为石昊走的路特别，所以才发生了这种事，连天地大道都降落了，秩序神链也缠绕在他的身上。

石昊在不知不觉间出了一身冷汗，原本以为随意迈出一步就能进入斩我境，没想到居然这么凶险！

此时，石昊已经摆脱了那种无情而冷静的心境，不过他的元神上还是有诸多秩序锁链，那些秩序神链像是在磨砺他。

石昊回过神来，不再漠然地看着这一切。此时的元神枷锁只是外在的，不是内心深处的。

故此，当石昊看到无畏狮子抬起大爪子要对他不利时，他一巴掌就拍了过去。

“啪！”

“啊——”

一个清脆的响声过后，无畏狮子惨叫起来，翻滚了出去。

“你不知道吗？只要对我不利，无论是谁都要偿命！”石昊目光冷峻，俯视着无畏狮子，道，“我这一掌是为了救你！”

无畏狮子挣扎着，对抗体内的力量，以保持自身不灭，听闻此言后，羞恼不已。

“本分地当我的坐骑，日后与我一同上战场，这是你唯一的出路。”石昊淡淡地说道。

无畏狮子的心情差到了极点，但它只能忍耐，因为它不想就这么窝囊地殒身。

“哧！”

伴着一声轻响，一道清光从石昊的天灵盖内冲出来，猛地斩向苍穹。

斩天心，战天意？无畏狮子大为震惊，浑身抖个不停。这种事它在传说中听过，但是从来没有见过，今天，它居然见到了这一传说中的画面！

“以身为种，而后进入斩我境战天意？”无畏狮子自语道，感到头皮一阵发麻。它来自九天十地，自然知道以身为种的事，但古代的高手都失败了，没有一个人成功走通以身为种的道路。

“轰！”

电闪雷鸣，光芒四射，响声震耳欲聋，刀光从苍穹上射下来，剑气冲霄，气势惊人。

由天意化成的刀要劈石昊，而天意也要与石昊的意志对抗。

“斩我是一个过程，这只是开始，后面还会发生什么？”石昊自语道，想知道接下来会发生什么。

突然，以天意化成的刀和无穷的雷电都消失了。无畏狮子还以为这样的景象会持续很久，或者会发生更加可怕的事，然而，刹那间便风平浪静了。

正如石昊所说，以身为种这条路注定会有很多磨难，现在仅是开始。随着他道行的提升，他要经历的磨难会更多。

这时，石昊体内仙气弥漫，头顶的大道之花绽放开来。石昊如同一个佛陀，又若一位战仙，站在神圣光环的中央，璀璨夺目。

石昊正式进入了斩我境，并且境界得到了巩固，还可以随时更进一步。强大的力量在他的体内翻涌，如今他有信心应付一切了。

“这真是一个好地方啊！任异域的大军围困，我在轮回池中突破，丝毫不受影响。”石昊不禁感叹起来。

随后，石昊带着无畏狮子冲向池底。所有围困此地的异域大修士都被他除掉了，没有人知道他在这里，他正好可以安心闭关。

然而，石昊刚一沉入池底，就感觉到了异样，隐约间，他听到了某种声音。

“轮回之地，道门开启！”这不是错觉，真的有声音传来，像是有人在吟诵法旨。

第1256章 轮回之地

WANMEI SHIJIE

这是从哪里传来的声音？从起初的若有若无，到后来的洪亮震耳，很是突兀。难道轮回池还别有天地不成？石昊感到很惊讶，在池底仔细地寻觅着。

无畏狮子萎靡不振，因为它现在负了伤，哪怕受轮回池庇护，也很难进入池底。因此石昊撑开一片光幕，以保住它的性命。

“在地下！”石昊确定那个声音来自池底的骨堆之下。声音越发清晰了，已经可以辨清内容，不再模糊。

石昊有些迟疑，池底僧骨无数，都是古僧一脉的高僧坐化后所留，难道要扒开他们的遗骨？这里面还有金色的骨骼，疑似为仙僧所留。

最后，石昊还是动手了。经历了古佛十八拍的洗礼，他倒也没有什么心理压力。无畏狮子也被迫上前，搬开僧骨，开辟道路。

在搬开僧骨的过程中，石昊震惊地发现，挖了百丈深，里面还是僧骨。

当挖到第一百零八丈时，终于见底了。下方是一个地窟，一些大小不一的古洞连在一起，密密麻麻的如同蜂窝一般。

“嗒！嗒！嗒！”

忽然，地窟中有声音传了出来，像是脚步声。石昊的神经一下子就绷紧了，地窟中怎么会传出这种古怪的声音？

无畏狮子也大吃一惊，莫非池底的地窟内还有其他的生灵？

“哗啦！”

铁链抖动的声音从空旷的地底深处传来，地窟仿佛连通着地狱，好像有被锁住的可怕生灵一步一步向石昊和无畏狮子走来。

“前面带路！”石昊推了无畏狮子一把，让它向地窟的深处走去。

没想到轮回池底还有这样的诡异之事，这超出了石昊的想象。

很快，昏暗的地窟中，一支死气沉沉的队伍出现了，队伍中的生灵戴着枷锁，若隐若现。

石昊心中一惊，那是古尸，还是阴兵？或者说，是葬士？难道他和无畏狮子闯进了古葬区？

铁链的声音很刺耳，上面还闪烁着寒光，那支队伍犹如阴冥的过境亡灵，阴森至极，这未免也太诡异了！

石昊凝神观看的同时，也在谨慎戒备。

渐渐地，那支队伍消失在了地窟的尽头。

“追！”

短暂的沉默过后，石昊推了无畏狮子一把，让它在前面开路。

“你……疯了！”无畏狮子很不情愿。在它看来，这里太诡异了，不是连着古葬区，就是通向地狱，这样追上去无疑是自找麻烦。

石昊冷冷地瞥了无畏狮子一眼，无畏狮子叹了一口气，不得不硬着头皮继续前进。

半个时辰后，无畏狮子由一开始的惊悚变得麻木不仁。它和石昊见到了很多支队伍，队伍中的生灵都戴着枷锁缓缓行走，似乎要前往一个地方。

“这是阴兵过境？”无畏狮子忍不住发问。

石昊没有说话，一直跟在无畏狮子的后面。途中他绕过一些队伍，跑到队伍前方等待，仔细观察这些神秘的队伍。

“嗯？”

突然，石昊看到了一只古兽。古兽非常庞大，有些眼熟，之前在天兽森林出现过，它怎么跑到这里来了？

“尹拓大人？”就在此时，无畏狮子也认出了队伍中的一个人。

尹拓正是围猎石昊的异域大军中的一个大修士，现在他正站在一支队伍中，缓缓向前走去。

石昊觉得有些怪异，那个所谓的尹拓大人曾经追击过他，怎么会出现在这里？按理来说，天兽森林的那只古兽吼了一声，这片区域的所有生灵都不能存活，至于躲进轮回池中的异域大修士，也都被他送上黄泉路了。

“真是怪了！”石昊很是不解，嘀咕道。

在接下来的路上，石昊和无畏狮子又认出了几人，看到了更多的天兽。

最后，在地窟的尽头，石昊看到了几扇巨大的石门，不多不少，刚好六扇。那些队伍聚集在石门前便不动了，像是在等待着什么。

一刹那，石昊想到了不久前的洪大声音：轮回之地，道门开启！

难道这里就是那个声音所说的地方？无论是石昊还是无畏狮子，皆面露震惊之色，这些生灵是在等待轮回吗？

突然，石昊看到了一个熟悉的生灵，是天鼠！他刚进天兽森林，就遭到了天鼠的追击。他清晰地记得天鼠被一株枯树的树枝击中，后来天鼠吟诵了一段咒语，跌入了轮回池。

“它……来到了这里。”石昊恍然大悟，自语道。

这些生灵是怎么到地窟的？要知道，石昊一直在僧骨上方，这些生灵不可能避过他与无畏狮子，直接在地窟中显现。

难道说，那只古兽大吼一声后，天兽森林毁了大半，而殒命的各种天兽和异域的部分大修士则被强行送到这里轮回？

这太不可思议了！

石昊想起了天鼠说的话，若是被送进轮回池的话，就会失去自我。天兽森林中的所有生灵都迷失了，这件事应该与轮回池有关。

“这是古僧一脉建造的轮回？”石昊在怀疑的同时，也对古僧一脉极度佩服。

很多生灵都殒命了，甚至连躯体都不见了，如今却在这里出现了，还疑似在等待轮回，这简直令人难以置信！

难道说天兽森林是一个试验场？

石昊严重怀疑不久前因为古兽而殒命的那些生灵都被拘禁到了这里，可能要转世。而且他觉得所谓的转世是成为仆兵，听从号令。

“道门开启！”那个洪大的声音再次响起。

“轰！”

伴着一声巨响，六扇巨大的石门打开了，混沌之气翻涌，神秘而可怕。这些队伍分成了六队人马，分别踏进了六扇石门内，与此同时，六扇石门发出光芒，诵经声响起，似乎要送人往生。

真是怪了！石昊心想，难道这是古僧一脉的手段？

“咦？”

忽然，石昊的目光被六扇石门上的纹路吸引了。那是经文，还有一些复杂而神秘的石刻，上面竟记载着神通！

石昊大吃一惊，这绝非简单的经文，因为它散发出惊人的大道气息。无畏狮子也被吓到了，而后盯着经文，被深深地吸引了，无法自拔。

不过，这些经文都不完整。

这是八幅图，结成了神秘的法印，给人一种深不可测的道韵之感。图是完整的，但是缺少相应的运转之法。

石昊感觉这八幅图似乎包含了古佛十八拍的奥义，蕴意深远。古佛十八拍价值连城，所谓的十八拍是一种非常恐怖的攻击手段，可以无限放大一个人的弱点。

若是能将古佛十八拍悟透，将会习得一种惊人的攻击秘术。

“哧！”

突然，六扇石门一起发光，石门上的石刻、经文也发出光芒。石昊和无畏狮子刚接触到那些光芒，就被拉入了一扇石门内。

他们这是被打入了轮回吗？石昊和无畏狮子感到一阵惊慌，但是没有办法脱困，只能眼睁睁地看着自己被送向远方。

第1257章 怪树

WANMEI SHIJIE

这是要去哪里？他们真的被打入轮回了吗？

无畏狮子的大爪子胡乱地挥舞着，想要撕裂虚空，但这根本就是徒劳，它停不下来，也无法逃走。

“给我停啊！”无畏狮子大吼一声。

因为无畏狮子了解古僧一脉，所以更害怕，怕真的被送去轮回。到了那个时候，它还是原来的它吗？它曾听先祖提起丈六金身僧王的一些构想，即转世后与前生隔绝，遗忘一切。那相当于与过去彻底告别，从某种意义上来说，经过轮回之后便会成为一个新的生灵。

“不，停下！”无畏狮子咆哮起来。

若是轮回成功也就罢了，关键是所谓的轮回一直在演化中，根本还没有成功，现在被送去轮回的话，很有可能会殒命。

石昊也用尽了各种手段，但是根本没有办法扭转这种局势，光芒闪烁，包裹着他和无畏狮子快速前行。

“定！”石昊断喝一声，施展出各种神通，但是仍不管用。

“嗖！”

石昊和无畏狮子如同离弦之箭一般，远离了地窟。

“好像是从一扇石门中离开的？”石昊自言自语道。方才光芒一闪，他和无畏狮子就从原地消失了，如果不是他神觉敏锐，根本就看不清是从哪里离开的。

前行了一段时间后，石昊和无畏狮子落了地，看到一道又一道身影行走在路上。这些生灵表情木然，毫无生机，看起来就像是一些走在九幽路上的亡魂，而石昊与无畏狮子是这些“亡魂”的同路人。

很快，前方出现了一条浑浊的河，一座浮桥横在河上。

嗯？他们去了哪里？石昊惊诧万分，过河之后，“亡魂”瞬间消失在了河对岸的桥头。

与此同时，天兽森林各地出现了一只又一只天兽，还有少部分来自异域的大修士，皆意识不清。

天兽再现，还是原来的那一批！

在那只古兽咆哮过后，山林毁灭，岩浆喷涌，一些天兽便化作了飞灰。可是当岩浆退去，高山拔地而起，绿色丛林重新发光之后，那些殒命的天兽又出现了。

这是一个轮回，但是很诡异，与真正意义上的大轮回不一样，更像是牢笼内的轮回。并且这些生灵的状态很特别，有的神识残缺，有的意识丧失，成了行尸走肉。

轮回路上，石昊与无畏狮子驻足在河前，没有立刻上桥。他们犹豫要不要过河，因为不知道桥的尽头有什么。

迈出的每一步都关乎生死。

然而，石昊和无畏狮子一回头，便不由得愣住了，因为后方已经无路了，只有一个又一个要走过这座浮桥的“亡魂”。

“走吧，难道还能把活人弄没不成？”石昊推了推无畏狮子，让它在前面带路。

无畏狮子敢怒不敢言，心想：你怎么不带头？胆小鬼！

“轰！”

那些“亡魂”直接消失在桥的尽头，而轮到无畏狮子时，一团璀璨的光迸发出来，而后它便从这里离开了。

石昊见状快速跟了过去，一步迈向浮桥。刹那间，神光四射，照亮了这条浑浊的河流和这座浮桥。

“砰！”

伴着一声巨响，石昊和无畏狮子来到了一片山岭中。无畏狮子坠落时，被一株枯树的树枝钩住了，上下两难。后来石昊出现，直接砸在了无畏狮子的身上，便和它一起掉在了地上。

刚一落地，石昊的脸色就变了，这个地方太眼熟了，他瞬间就认出了这是什么地方。

是那株枯树！它曾经刺中天鼠，打败异域的一群修士，非常诡异。

当时，石昊远远地观望枯树，没有靠近，现在他居然阴差阳错地来到了枯树下。

这个地方很特别，寂静无声，枯树很高大，枝杈上没有一片叶子，光秃秃的，通体呈暗黑色。枯树的周围没有任何草木，地面为暗红色，泥土松软且潮湿，如同沼泽一般。

"血，这是无数生灵的血！"无畏狮子脸上写满了惊恐，大叫道。它刚才被石昊砸得险些背过气去，金黄色的皮毛被染成了血色。

漫长的岁月过去，此地居然都没有干涸。很难想象当年有多少生灵殒身于此，才形成了这样一片血沼泽，而扎根于沼泽中的一株枯树，怎么看都有些诡异。

无畏狮子突然站了起来，变得十分警惕，因为它生出了一种不祥的感觉。同时，它极度不满，石昊真的将它当成了坐骑，骑坐在了它的身上。

"你下来！"无畏狮子愤怒地咆哮道。

如果不是知道打不过石昊，无畏狮子早就和石昊血拼了。不过，它不想白白丢掉性命，还想找机会报仇，故此一直忍辱负重。

"能成为我的坐骑是你的福气，千万年后，这件事若是流传下去，说不定还是你这一族的荣耀呢！"石昊笑道。

无畏狮子闻言，当即大怒，浑身发光，想动用宝术。

"你不要命了吗？居然在这个地方妄用宝术！"石昊一巴掌拍在无畏狮子的头上，呵斥道。

"我警告你，我的耐心是有限的，你最好本分一些！"石昊威胁道。他收无畏狮子为坐骑，就是为了来日上战场的时候震慑异域的一些人，不然早就除掉无畏狮子了。

无畏狮子气得七窍生烟，浑身金光闪烁，如同一轮金色的太阳，而这也将它背上的石昊衬托得更加神武，如同仙佛一般。

最后，无畏狮子还是屈服了，它忍着憋屈，期待将来能报仇雪恨。

"那是什么？"石昊仔细观察这个地方，仰望这株枯树，总觉得它有些可怕。这个时候他有了新的发现，一根树杈上竟挂着一个干枯的生灵。

"蓝金貂！"无畏狮子倒吸了一口凉气，认出那个干枯的生灵曾是古僧一脉的战兽。

蓝金貂皮毛暗淡，早已失去了往日的光芒，如同一根干枯的木桩，不细看的话根本认不出来。

"还有！"石昊抬头看到更高的枝丫处吊着一具干尸，尸体上还有破烂的衣服。

"大德高僧，至少有遁一境的绝世修为！"无畏狮子惊呼出声。

虽然大德高僧的尸体已经干枯，但是他的皮肤依旧呈淡金色。他身上的袈裟是以星辰砂炼制而成的，本是一件稀世珍宝，可是在岁月的摧残下早已破烂不堪，没有了光泽。

一位大德高僧就这样殒身于这株枯树上，实在是有些诡异。

石昊和无畏狮子皆神情凝重，目不转睛地盯着这株枯树，认真观察它的枝杈。他们发现殒身于此的强者不止一两个，而是很多个！

突然，无畏狮子心头一震，认出了一个来头很大的生灵。

白玉龙象！

白玉龙象是古僧一脉的护教圣兽，极其出名，只要提到古僧一脉，就会让人想到这一圣兽。

第1258章 血菩提

WANMEI SHIJIE

古僧一脉的圣兽来头极大，是高手中的高手，不然怎么会被称作护教圣兽？它居然就这样殒命在这株枯树上了！

石昊脸色大变，仔细观察枯树。无畏狮子更是觉得此树异常危险，眼神中充满了警惕。

殒身在枯树上的生灵未免也太多了，漫长岁月逝去，尸体全都风干了，实在是恐怖至极！

这时，无畏狮子感到头皮一阵发麻，因为它又看见了一个熟悉的庞然大物，那同样是属于古僧一脉的护教圣兽，以攻击力强闻名于世。

无畏狮子看到的庞然大物是一只狮子，这只狮子与它同为一个种群。古狮的体形如同小山一般，骨架粗壮，只是相对于枯树来说，它就显得不是那么巨大了，况且它早已干瘪了。

“我的先祖？”无畏狮子立马想冲过去，将那只古狮放下来。

“别妄动，如果你不想活了，我可以直接给你个痛快，别连累我。”石昊制止了无畏狮子。

“昔日，我的一位先祖莫名其妙地消失了，当年的它强大无比，没想到居然殒命于此！”无畏狮子很激动，也很愤懑。

石昊认真观察了一番后，觉得这株高耸入云的枯树像是一个巨大的坟场，挂着很多生灵的尸体。

“这株枯树难道是……当年的菩提树？”无畏狮子经过仔细的观察后，得出了这样的结论。

古僧一脉曾有一株宝树，名曰菩提。菩提树拥有奇异的力量，生灵盘坐在树下修行，非常容易悟道。只是菩提树青翠苍绿，生机勃勃，闪烁着冲霄的光芒，神圣无比，和这株枯树完全不一样。

古僧一脉的菩提树？石昊摸着下巴，生出了不少疑问，这株枯树为何通体漆黑，难道遭受了什么大劫？

“难道菩提树发生了巨变，神性消退，沾染了黑暗属性的力量？”无畏狮子自语道。

当年，无畏狮子一族背叛九天十地，逃到异域后，一直对菩提树念念不忘。因为菩提树对修行有莫大的好处，当年的仙僧王好像就是借菩提树成道的。

后来，天地大乱，无畏狮子一族遣出一位先祖寻找菩提树，结果那位先祖一去不返。现在看来，它应该是不幸殒命于此了。

“枯树通体发黑，难道是被地上的血掩盖了神性？”无畏狮子提出了这样的假设。

在石昊看来，一定是过去发生了什么意外，才导致曾经的僧家宝树变成如今这副模样的。

“世人都说在这株枯树下修行会有意想不到的结果，你不想试一试吗？”无畏狮子撺掇石昊在枯树下修行。

“有道理。”石昊没有丝毫惧意，点了点头。

无畏狮子不太确定石昊说的是否为真，又道：“据闻，这株枯树是古僧一脉的至宝，树体中可能有烙印，留下了他们历代的宝术和大道。”

“既然如此，我便给你一个机会在枯树下悟道，替我将古佛十八拍悟出来。”石昊冷然一笑，对无畏狮子说道。

无畏狮子张了张嘴，刚想拒绝，石昊冷冷地看了它一眼，道：“如果你不悟道，我便要考虑留不留你了。想成为我的坐骑，没有一定的实力是不行的。”

面对这样一个蛮不讲理的人，无畏狮子既恼火又无奈，它何曾被同辈威胁过？实在是太憋屈了，但是它必须忍着，小不忍则乱大谋！

无畏狮子阴沉着脸，在枯树下平静下来，尝试着领悟天地至理。事实上，这也是它想做又有所忌惮的事，现在被石昊这么一威逼，它一咬牙便真的做了，因为这株枯树的确有神秘的力量，是助人悟道的至宝。

“啊——”

然而，刚开始悟道，无畏狮子就惨叫起来，用两只大爪子抱着头满地打滚，染上了很多血迹。

石昊看到这番场景，不禁皱起眉头，问道：“怎么了？”

无畏狮子脸色惨白，眉心出现一道裂痕，很长时间才平静下来，道：“这株枯树出问题了。”

石昊先是彻底封印了无畏狮子，而后盘坐在菩提树下，开始谨慎地悟道。

“轰！”

巨大的声音响起，石昊悟道没多久就受到了可怕的攻击，这还是有所准备的结果，不然会更为可怕。

紧接着，一股恐怖的气息铺天盖地地冲向石昊的头，威势惊人。

隐约间，石昊看到了一片宏大的战场，无数强者在大战，响声震天。枯树染上了带有杀伐气息的血，最后变成了赤红色。

这些画面在石昊的脑海中映现出来，他颇为吃惊，难道这就是菩提树枯死的原因？

事情绝非这么简单！

很快，石昊看到一个生灵拿着容器开始浇灌菩提树，那个容器中满是血液，发出绚烂的光。

用神血浇灌此树！

那是何人？他为何要不惜代价地培育这株树？他知道这样做到头来会让这株树化成一株魔树吗？

“嗷——”

一声大吼传来，石昊看到了一头巨大的白象，它的躯体挤满了天空。无畏狮子当场翻滚起来，石昊也险些体力不支，倒在地上。

石昊才稍微接触了一下古僧一脉的大道，树体中的烙印便显化出昔年古僧一脉的护教圣兽。

随后，枯树的魔性进一步显化。恍惚间，石昊看到一只沾染着血的手，那只手在敲打木鱼。

“本是道树，如今却显化出可怕的景象，难道它真的魔化了不成？”石昊自言自语道，努力保持清醒。他的身体一阵摇晃，重心不稳，眼看马上就要摔倒在血沼泽中。

这个时候，石昊的心中浮现出一座染血的庙宇，庙宇十分宏大，但是没有圣洁的气息，每一块瓦片和砖都被鲜血浸染了。

然而，在这样的寺庙之内，居然有人在诵经，声音响彻天地。

什么情况？石昊心中大惊，曾经的神圣庙宇中居然有人在吟诵魔性经文！

“血菩提！这株树被血浸染后，成了魔性圣树，如果再次发芽，长出叶子，将与之前完全不同！”一旁，无畏狮子震惊不已，大喊道。

这跟传说中的一样，菩提树若是被各族至强者的血浇灌，也许会展现出完全不同的一面。

毫无疑问，这株曾经的宝树如今成了一株血菩提！

“不过，这株树的烙印应该还在，记载有古僧一脉的宝术和大道。”无畏狮子目光灼灼，有些期待。

石昊没有退缩，哪怕这株树魔化了，他也无所畏惧，当作是一种磨砺也好。

这时，石昊心中浮现出昔日的情景，恍惚间，他穿过古僧一脉最高古寺庙的大殿，准备前往藏经阁。他想走进藏经阁翻阅经文，在此领悟大道，但是这样做很危险，一不小心就有可能会被魔树同化，堕入黑暗中。

第1259章 完了

WANMEI SHIJIE

菩提树本是宝树，生灵可借它悟道，如今却成了血菩提。不过，石昊还是想在血菩提下悟道，欲从中得到领悟。

石昊不仅看到了最高的古寺庙，金色的砖瓦闪烁着神圣的光芒，还听到了黄钟大吕般的声音。不过，殿宇中虽然有震耳欲聋的诵经声，但是显得很诡异，地上居然有殷红的血迹。

耀眼的金光洒落，同时也有黑雾弥漫。当石昊走到藏经阁前时，诵经声震得他的躯体一阵摇动，听起来像是一个魔人在讲经。

要推开那扇门吗？石昊一阵迟疑。他已经来到了最重要的地方，但是这里也极度危险，这是内心世界中所映现的景象，肯定是血菩提的烙印带来的，再进一步，他说不定会被同化为魔，或者进化为僧佛。

“轰！”

伴着一声巨响，石昊推开了那扇门。一切都不同了，黑色的液体从金色的瓦片上流下来，落在地面，发出可怕的声音。

天兽森林外。

为了得到烂木箱子，异域不知道出动了多少高手，各族都在被征调的范围内。

“这片森林刚才分明被毁了大半，现在怎么又生机勃勃、一片葱郁了？”异域的一个年轻人惊讶地说道。

不久前，几乎所有人都感受到了一股毁灭性的气息，看到了山林崩塌、山脉沉陷、岩浆翻涌、星辰坠落的景象，可如今一切又复原了，这实在是太诡异了！

“我们的人怎样了？”异域的一位赤发老者询问道。赤发老者是异域的一个领军人物，不过还不是至尊，只是统率各族大军的负责人之一。

异域派出了几位至尊，他们悬浮在天穹上，四周弥散着混沌之气，一动不动，宛若塑像。虽然他们很低调，收敛了气息，但还是让不少人感到一阵压抑，忍不住想对他们叩首。

“情况很不妙，山林中的一切消息传送都中断了，我们与那些人失去了联系。”负责与天兽森林中的队伍联系的人向赤发老者禀告道。

“去查，一定要查清楚！”赤发老者神情凝重，郑重地吩咐道。

异域的几十支队伍冲进天兽森林之后，很快就有了结果。

“许多人应该都殒身了，毫无声息，我们没有发现他们的踪迹。”

“是的，我们想点亮他们的魂灯，结果失败了！”

这个消息一传来，异域的人皆大为震惊，之前进去的人里面，光是大修士就有百人以上，若是全都殒身了的话，这代价未免也太大了！

“帝族的那位年轻大人呢？”有人担心帝族的后代出意外，出声询问。

“蛄族的高手是否也遭劫了？”另有人问道。

“还好，他们留下的魂灯都点亮了，应该还活着！”进去调查的人应道，确认两大年轻高手没有殒身。

又过了很长时间，异域的众人得到了确切的消息，山林曾被毁了大半，但凡在山林被毁的区域中的生灵都殒身了。而确定还活着的人都在另一片区域，但是其中也有不少高手负了重伤，如今情况很糟糕。

“和我们预料的一样，那只古兽曾短暂苏醒，发出了惊世一吼，处于声波攻击范围内的所有生灵都没能逃过一劫！”

当这样的消息公布后，天兽森林外一片哗然。异域的众人顿时觉得毛骨悚然，这片古森林太恐怖了，进去的那么多高手说没就没了。

“荒呢？他怎样了？”异域的一个年轻人迫切地问道。

这次异域的人马主要是为了石昊而来，他的情况自然牵动着每一个人的神经。

“我们没有他的魂灯，没有办法确定他的生死。不过按理来说，他如果身在山林被毁的那片区域，肯定也活不了！”

“我们曾得到情报，我们的人就是为了追击荒才去那片区域的，他应该曾在那片区域出没。”

异域的众人一阵沉默，这么说来，荒也已经殒身了。

“木箱呢？”异域的一名银发老者提醒众人，他们此行的目的是烂木箱子。

不管荒是否殒命了，烂木箱子都要找到，不然的话，这次的围捕行动就毫无意义了。

异域的众人在想，经过古兽的惊世一吼后，天兽森林还剩下什么？连修为在遁一境的大修士都尸骨无存，那个烂木箱子还能保存下来吗？

“烂木箱子埋在古坟中那么久也没有完全腐朽，现在肯定还在天兽森林中。给我展开地毯式的搜索，一定要将它找出来！”异域的一位领军人吼道。他很焦躁，因为找到烂木箱子是安澜、俞陀亲自传下的法旨，意义重大。

“一定要找到！”就连始终悬浮在天穹上沉默不语的几位至尊也开口了。

不久后，异域的众人分成了数十队人马，这些人马在进入天兽森林的途中又分散开来，展开全面的搜寻。

“找到了！”当远处的喊声传来，异域的人精神大振，既激动又欣喜。

“在哪里？将木箱带过来！”异域的许多老者第一时间想到的都是烂木箱子，根本没有其他的念头。

“不是……找到的是荒，他还活着！”送信人赶紧解释道。

“什么？！”异域的一群老者当即愣住了。

异域的其他人更是大为震惊，这个消息太惊人了！不久前天兽森林明明发生了毁灭性的灾难，荒是怎么活下来的？

“这个孽畜！”有人大叫起来，眼睛都红了。

异域的上百位大修士为了追击荒，进入了天兽森林，结果都殒命了，荒却还活着，这算是怎么回事？

那些与殒命的修士有关的家族则更为愤怒，他们觉得那些人死得太冤了，且一点也不值。为了追击荒，一群高手被天兽森林的古兽的吼声打败了，而荒却安然无恙。

“复仇，除掉荒！”

“从来没有人让我这么愤怒，我等何曾蒙受这种屈辱？上百位大修士白白殒命，这是血仇！”

此时此刻，一些人将烂木箱子暂时抛开了，只想着除掉石昊，他们愤怒至极，连头发都竖了起来。也有一些人很冷静，琢磨着石昊为何能活下来，一个年轻修士而已，怎么会胜过那些修为在遁一境的大修士？

“要小心一些，不要再发生悲剧！”异域的一位老者高声喝道，提醒所有人。

因为不久前发生的事太惨烈了，那么多修为在遁一境的大修士不幸殒命，让各方都非常震惊，也很痛心。

“放心，这次不会有意外了。我们已经寻到了荒的确切位置，这个小子居然在一株枯死的古树下修行！”

“这一次荒插翅难逃，我们先将他围住，而后一起出手！”

“他死定了，真仙来了也救不了他！”

一群人怒气冲天，气势汹汹，发誓要拿下石昊。

“我希望这一次不要有意外，如果再次损失很多强者，那简直是一场灾难！悲剧万万不可重演！”异域的一位老者郑重地说道。

“不会，这次荒完了，惹怒了我们，有他好受的！”异域的一个中年人吼道。

第1260章 异域二次悲剧

WANMEI SHIJIE

异域的这位老者闻言，眉头紧皱，总觉得那群大修士的死与荒有关系，但是他没有证据，没有人相信荒能号令那只古兽。

“总之，大家要小心！”异域的老者再次严肃地告诫道。他是统领各族大军的负责人之一，很有威信，在场的人都很重视他的意见。

“请放心，我们一围住荒，就会立刻动手，不给他逃脱的机会！”

“老大人请放心，我们一起出手，料他一个人也不能翻天！”

其他人纷纷回应，随后便带着怒火，火速冲向石昊所在的位置。

此次围捕行动不但没有取得任何可喜的成绩，反而白白损失了那么多高手，一想到这一点，异域的不少人就迫不及待地想找到荒，好出一口恶气。

“来吧，荒，我很期待，终于要抓到你了！”

“那群人不幸遇上了古兽大吼，等我们除掉荒，再祭祀亡魂。”

异域的许多人都觉得，这一次该结束天兽森林之旅了，除掉荒只是时间的问题，此行的任务即将圆满完成。

异域的一群人速度非常快，逐渐逼近了石昊所在的寂静之地，而后整个队伍将石昊包围起来。

异域的一群人看到，这片区域草木茂盛，前方的山岭更是郁郁葱葱，闪烁着耀眼的光芒。

不过，山岭深处的景象有些不同——一株黑色的古树早已干枯，没有叶片，没有生机，也不知道死了多少万年。石昊盘坐在树下，浑身散发出一种神秘的道韵，像是在参悟着什么。

“我想亲手除掉他！”异域的一个年轻人低语道。

“这个混账是在小觑我等吗？在这种境地下还敢闭关！”异域的一些人非常不忿，看不惯石昊的做法。大批的高手在追击他，他却一副毫不担心的样子，居然还在一株古树下修行！

若是往日，异域的众人肯定要好好嘲笑石昊一番，笑他不知天高地厚，自取灭亡。但现在他们没有那种心情，那么多高手都殒身了，荒却这么淡定，还在苦苦参悟大道，这让他们觉得自己受到了羞辱。

石昊真的很淡定，异域来了这么多人，他也没有作出任何反应，该说他大大咧咧，还是反应迟钝？

其实，这不能怪石昊，因为他陷入了奇异的境地中，无法立刻苏醒。不过，他早就思忖过了，只要待在这株枯树下，就是安全的，谁若是敢图谋不轨，下场必定会很惨。

“哈哈，这个家伙陷入了深层次的修道境中，想给他一个活命的机会都不行啊！”异域的一个年轻人笑道。

此时，异域的众人一起围住了山岭，或站在巨石上，或站在高山上，影影绰绰。

当然，这一次来此地的异域众人中，不全是大修士。八千人马中有数十名大修士，至于其他人，则都是为了展开地毯式的搜索而被派出来的。

“嗯？”

忽然，有人眼尖，看到了沼泽中的无畏狮子，道：“那不是无畏狮子一族的传人吗？”

异域的一些人大吃一惊，这只无畏狮子在异域的年轻一代中赫赫有名，没想到居然被生擒了，而且近乎臣服般半跪在地上。

“无畏狮子实力极强，居然被荒擒住了，若就这样回去，我们对无畏狮子一族不好交代啊！”有人担忧如何将此事告知无畏狮子一族。

“真是耻辱！无畏狮子一向自负，现在却在泥地中向人俯首称臣。”也有人大怒，认为无畏狮子没有骨气。

无畏狮子看到了异域的众人，非常焦躁，但是没有办法与他们沟通，因为它被封印了。

石昊担心自己陷入深层次的无我状态中会遭到无畏狮子的偷袭，故而先一步封印了无畏狮子的肉身与神魂。此刻，无畏狮子恨不得仰天长啸一阵，提醒众人千万不要在这里动手，不然的话将会引来一场大祸。

“荒，醒来吧，是时候赎罪了！”异域的一个中年人径直站了出来。

“退后！”异域的一位老者呵斥道。

异域的一些人恨不得直接将石昊揪过来，狠狠地折辱与暴打一顿，可是现在老者发出了警告，他们也不好再轻举妄动。

“那个木箱就在他旁边！”

“就是它，终于见到了！”

“前辈，我们不用如此谨慎，荒明显是陷入了悟道境界中，我们可以借此机会除掉他，还等什么？”

异域的一群年轻人看到烂木箱子后，更加想赶紧除掉石昊了。

“不行！”

“不得妄动！”

异域的几位头领几乎一致否决了这一提议。

异域的不少人很不理解几位头领的做法，心想，他们都已经看到荒盘坐在树下了，居然还能忍得住，这几个老头子未免谨慎过头了。

远处，无畏狮子微微松了一口气，还是老辈人物沉稳，面对这样看起来似乎必胜的局面，还能稳住心态，不急不躁，实在令人佩服。

这时，异域的一位头领缓缓开了口：“荒虽然年少，境界没有我等高，但是能活到现在，肯定有其过人之处，而且我怀疑不久前那些大修士的殒身与他有关，或许他有办法引古兽出手。”

无畏狮子闻言，不禁感叹，几位头领说到了点子上，果然姜还是老的辣啊！

然而，很快无畏狮子就焦急到了极点，脸色发白，恨不得吼出来，因为几位头领做出了与它预料中完全不一样的决定。

“所以，我等必须一起出手解决荒，不给他苏醒后召唤古兽的机会！”异域的头领们经过商量后，做出了这一决定。

“前辈，这也太谨慎了吧？一个荒而已，我一个人过去斩了他便是！”异域的一个年轻人自信满满地说道。

枯树下，无畏狮子听到这番话，只能暗暗祈祷，千万不要一起出手啊！

“万事要小心，这个荒很不简单，我怀疑他是故意引我们过去的，前方有什么危险也说不定。任何人都不准擅自过去，也暂时不要想着救那只狮子，一会儿一起出手对付他！我就不信他还能活下来！即便那里有所谓的埋伏法阵，只要我们与它的距离足够远，就不会对我们造成什么威胁。”异域的一位老者这般说道。

“好吧，便宜他了，原本我还想让他清醒地体会一下沦为阶下囚的感觉。”异域的一个壮汉不甘心地说道。

随后，异域的一群人浑身发光，准备出手。

“出手！”

异域的一位头领大喝一声，下了命令。

“轰！”伴着一声巨响，许多光束冲向前去，各种神通全部攻向石昊。很明显，异域的人恨透了石昊，恨不得立刻将他除掉。

但是，结果超出了异域所有人的预料。枯树仿佛成了一个盖世魔王，无数枝条黑得瘆人，伸展开来，瞬间刺到他们的面前。

“噗！噗！噗！”

随着一阵轻响，这个地方刹那间就成了修罗场。

“啊——”惨叫声传到了天兽森林外。

“不好！发生了什么？”天兽森林外，异域的一些重要人物脸色骤变，预感到大事不妙。

“轰！”又一声巨响传来。

天兽森林外的异域人马看到派出的人前往的那个方位红光冲天，染红了天穹。

“难道说真的发生了意外，悲剧……又一次上演了？”异域的一位头领面色惨白，这般说道。

异域的其他人也都变了脸色，胸膛剧烈地起伏着，呼吸粗重。

第1261章 散佛八式

WANMEI SHIJIE

此时此刻，异域留在天兽森林外的人冷汗直冒，通体冰凉，预感到了极大的不祥。那个方位正是荒所在的地方，毫无疑问，天兽森林里肯定出大事了！

“血光冲霄而上，这是大灾难，一般说来，很多强者同时殒身才会出现这样的场景。”一个修为在遁一境的大修士沉声道。

“去，看一看发生了什么，是不是真的出事了？”异域的一位老者焦急地吩咐道。

如果再出事，异域的人就真的不敢再冒险了，接二连三地出现变故是否预示着诡异与大凶？

早有传说天兽森林不能轻易踏足，在来之前，异域的人还心存侥幸，总觉得有至尊跟着一起来，没有什么好畏惧的。现在看来完全不是那么一回事，这个地方太恐怖了，比传说中的还要诡异！

“报！不好了，那个地方的确是出大事了！”不久后，有人惊慌地禀报。

“嗡”的一声，留在天兽森林外的异域一群人感觉脑袋像被什么东西撞了一下，这个消息太糟糕了。

异域的人从来没有遇到这么邪门的事，为了一个年轻人出动那么多大修士，结果都殒命了。

天兽森林里到底发生了什么？看样子即便没有全军覆没，应该也所剩无几了。

“你确定……出了意外？”异域的一位老者连说话都不利索了，惶恐不已，这一次的损失超出了预想。

“是的，出事了！”禀报者的语气很肯定。

“天啊！发生了什么？为何会这样？难道天兽森林真的是一片被诅咒之地吗？”有人感到非常不解，大喊道。

驻扎在天兽森林外的都是高手，他们平日很沉稳，少言寡语，现在却失态了。今日发生的事实在令他们难以接受，回去后，他们将会面临各族的责难，甚至能力也会受到质疑。

因为，那些被派入天兽森林的人都是从各族抽调来的好手，如果他们就这样不明不白地丢掉性命，那些族群是不会善罢甘休的！

“前辈，请出手！”异域的一群高手抬头望向天穹，对着至尊说道。

天穹上有几道模糊的身影，正是来自异域的几位至尊，他们负责在这里压阵，一直保持着沉默。

现在，异域的一群人不知道天兽森林中出了什么问题，想请几大至尊出面。

这时，一位至尊睁开了眼睛，轻声叹道：“这片森林我们不好踏足，你们应该知道，我们进去的话，可能会更危险。”

“可是现在出了这么大的乱子……”异域的一位老者很无奈，到现在都不明白为何会发生第二次悲剧。

天兽森林深处。

枯树附近，一根又一根干枯的树枝伸展开来，比闪电还要快，除掉了一个又一个大修士。

异域的人剧烈地挣扎，竭尽所能地抗争，动用最强大的祖术反击，结果还是殒身了。那些树枝只要轻轻一刺，就会让一名强者形神俱灭。

异域有一些人的躯体被留了下来，通过一条空间通道坠入轮回池内。

异域的其他人见状，皆惊恐不已。连那些一开始没有出手的人都出击了，但这也导致了一场悲剧的发生，更多的黑色枝条冲出，如同自地狱中探出的长矛，刺向那些出击的人。

数千人马到头来只有少部分人离得够远，吓得愣住了，没有出手，才暂时保住了性命。

无畏狮子目睹了这一切，脸色发白，嘴唇颤抖，眼前的惨状比在轮回池发生的有过之而无不及。

不知道过了多久，此地一片寂静，无畏狮子从惧怕中回过神来。它悄悄地瞥了石昊一眼，露出无比复杂的神色，因为石昊自始至终都没有醒来，依旧在闭关，根本不知道外界发生了什么事。

在这一刹那，无畏狮子为那群殒身的人感到有些可悲，他们气势汹汹而来，信誓旦旦地要对付荒，可是到头来，荒连眼睛都没有睁开，甚至不知道他们展开了第二次围攻。

异域的这支大军直至生命的尽头都没有惊醒石昊，石昊自始至终都在淡定地悟道。

无畏狮子叹了一口气，那群人如果地下有灵，知道了这个情况，估计会大哭出来，这都是些什么事啊！

事实上，石昊的处境并非无畏狮子想象中的那么好，而是十分危险。他看起来沉着、冷静，是因为内心被血菩提的烙印所吸引，徜徉在一个由法则化成的世界中。

在那个世界中，藏经阁等建筑上的瓦片闪烁着金光，黑雾笼罩，阴风怒号，菩提树魔化，染血的金色古庙早已不是净土。石昊一推开藏经阁的大门，便有一群金色僧人冲出，与他展开争斗。

片刻后，金色僧人消失了，一群浑身漆黑如墨的僧侣出现了，他们如同魔王一般，怒吼着扑向石昊。

与此同时，虚空不稳，不断被撕裂。每一道大裂缝中都有一片战场，石昊疑似看到了上一纪元的真仙决战。

石昊看到了不少经书，但是没有办法将其开启，他每一次进入藏经阁，都会引发各种异象。历经无数血战之后，他几乎殒命于自己的心灵世界中，最后终于开启了一部古经。

《散佛八式》！

《散佛八式》拥有一股奇异的神秘力量，是石昊唯一能开启的古经。

为何这部古经认可了他？石昊一开始并不知道为什么，直到他诵读了古经，才明白了原因，原来古佛十八拍就是由《散佛八式》演变出来的。

之前，石昊在轮回池下的六扇石门上看到了许多石刻，其中有八幅石刻吸引了他，可是缺少对应的运转之法。现在，他因为通过了古佛十八拍的考验，又见到了石刻上结印的手势，所以开启了这部古经。

然而，在阅读《散佛八式》这部古经时，石昊遇到了危险，险些殒命。

这部原本发黄的古经突然淌血，恐怖的黑雾从中冲出，那是菩提树魔化后释放出的力量。

“轰！”突然，巨大的声音响起。

无畏狮子大为震惊，因为它看到石昊突然身体一晃，嘴角溢血，接着八只黑色的大手从石昊背后探出，向他拍去。

魔化后的《散佛八式》在现实中映现了！为何枯树还没有除掉荒？莫非它还有佛性？

无畏狮子认为石昊通过了轮回池的考验，又悟得了经文，虽然菩提树魔化了，但还残存着佛性，故此抑制了杀机。

也不知道过了多久，石昊睁开了眼睛，背后的八只黑色大手也消失了。

他的内心颇不平静，《散佛八式》绝不是一般的古经，是古僧一脉的护道大法之一，攻击力极强。

现在，他掌握了！

第1262章 主动出击

WANMEI SHIJIE

无畏狮子神色复杂，既羡慕又嫉妒，盯着石昊，不禁叹息起来。它见石昊如同最强战佛一般，脑后浮现光环，神辉普照，立刻明白对方得到了至强宝术。

无畏狮子一族与古僧一脉的关系太密切了，自然知道古僧很多的秘密。

“啪！”

石昊拍了无畏狮子一掌，解除了部分封印，示意它可以开口说话了。

“你得到了战佛一族的神通？”无畏狮子的声音都颤抖了。

古僧分数个族群，战佛一族是极其强大的一个族群，以战力强闻名于世。

“什么战佛，我只得到了《散佛八式》。”石昊皱起眉头，说出了自己的秘密，想顺便从无畏狮子的嘴里了解这门神功的底细。

“什么？！”无畏狮子心头一震，神情越发复杂了。

所谓的《散佛八式》是战佛一族的最强古经，无畏狮子听过传闻，古佛十八拍就是由《散佛八式》衍生的。

战佛一族大多原本都不属于古僧一脉，是外来族群，因为皈依了佛门，所以变成了最高层次的生灵。他们精通佛法，还有其他古法，并将各种法糅合在一起，形成了无敌神功。

“《散佛八式》是战佛一族最强大的法。”无畏狮子道出了事实。

《散佛八式》之所以带有“散佛”二字，是因为战佛本就是外来族群，不受约束，游历天下，像散人一样，故此，有时也称他们为散佛。

石昊从无畏狮子那里了解了不少秘密，双目湛湛，心情大好。

《散佛八式》只有八页，一页一个手势以及一段心法，虽然很简单，但是威力强大。

“咦？发生了什么？远处怎么有血雾？”石昊有些惊讶。

听到石昊的话，无畏狮子更加为那些殒身的大修士感到可悲了，因为石昊并不知道他们那么拼命，殒身得那么悲壮。

“说！到底怎么回事？”石昊问无畏狮子。

无畏狮子很无奈，虽然很不情愿，但还是道出了实情。

“哈哈哈——”

石昊大笑起来，这样的结局着实出乎他的预料。他虽然知道这株枯树很诡异，在这里闭关只要不动杀念，就会非常安全，但是没想到枯树会替他除掉这么多敌人。

此时的石昊是强大的，也是自信的，他进入了斩我境，巩固了境界，接近了斩我境的中期。

“我也想在这里悟道，你能否帮我解开所有封印？”无畏狮子恳求道。它也想用血菩提磨砺自身，开启树体中的传承烙印。

“可以！”石昊很痛快地答应了。

“轰！”

伴着一声巨响，一只金色的大手出现在无畏狮子的背后，给了它狠狠的一击。

无畏狮子遭受了重创，连吐了几口血，精神不振。它想像石昊那样闭关悟道，结果刚触碰树体中的传承烙印，就被攻击了。

金色的大手虽然厉害，但是肯定比不上散佛八式，然而无畏狮子依旧承受不住，更别说散佛八式了。

“不是什么人都能在此闭关的。”石昊平静地说道。

无畏狮子没有反驳，也没有发怒，它终于认识到自己与石昊有不小的差距了。

“走，我们出去转一转。”石昊拍了拍无畏狮子的头，坐到它的身上，向外走去。

无畏狮子一族从古至今都是一个骄傲的种群，无畏狮子现在却成了别人的坐骑，但它还是忍住没有发火。暂时的低头是明智之举，它不想这个时候给自己找麻烦。

“这就对了。”石昊点头道。

接着，石昊骑着无畏狮子离开了枯树所在的区域。他不能总是待在天兽森林，得想办法离开，现在他要开始寻找机会了。

天兽森林外，异域几个幸存下来的人正一边发抖，一边讲述着方才发生的惨剧。

“那个场面……太恐怖了，几乎所有的大修士都被一株干枯的古树除掉了！”

这样的话一出，顿时引起了异域一群人的骚动，连盘坐在虚空中的至尊都相继睁开了眼睛。

“荒呢？”有人问道。

“他在闭关……一直没有苏醒。”一个幸存者应道。

异域的一群人震惊不已，那么多高手都殒身了，而荒居然从头到尾都没有醒来，这简直太荒谬了！可是，他们又能说什么呢？抱怨吗？派出去的人差不多都已经殒身了，说再多也没有用，只会让士气越发低落。

“看住他，我就不信他一直不离开古树，看他能躲到什么时候。一旦他出现，立刻围攻！”异域的一位老者火冒三丈，下了命令。

天兽森林内，石昊骑坐在无畏狮子的身上，看起来很悠闲。

“咦？那里有人，赶紧过去看看。”石昊指挥无畏狮子快速前进。

无畏狮子尽管不情愿，但还是化成了一道金色的闪电，快速向前冲去。

“呼！”

山林中狂风呼啸，无畏狮子所过之处，如有飓风过境。

“荒居然出来了！”有人惊呼起来。

“哈哈，真是天堂有路你不走，地狱无门自来投！”异域的一个壮汉狂笑不已，气势汹汹地向石昊冲去。

石昊和无畏狮子碰到的异域这队人马不是很多，只有六七人，为首者是那个壮汉，他似乎刚突破到遁一境没多久，自认为能轻易拿下石昊。

可惜，壮汉失算了，因为石昊已经达到了斩我境中期，正想找人练手呢。

“轰！”

才刚交手，石昊就动用了《散佛八式》中的第一式，响声震天，金光四射。《散佛八式》非常奇异，主要以寻找薄弱处为主，而后将对方的缺点无限放大，再给予致命一击。

果然，壮汉大意了，石昊则是严阵以待，两相对比，第一击的效果超出了所有人的预料。

石昊坐在无畏狮子的身上，身体剧烈地晃动了几下，但是没有倒下。那个壮汉怒吼一声，大口吐血，整个人横飞了出去。

壮汉带领的几个人都呆住了，修为在遁一境的修士居然被一个二十几岁的年轻人打倒了！荒怎么会如此可怕？不久以前他还被修为在遁一境的大修士追击呢，现在居然可以反击了！

“轰隆！”

山摇地动，响声震耳欲聋，壮汉不幸殒身了。

剩下的人皆变了脸色，难以置信。石昊非常满意，还有些激动，自此，他的实力进入了一个新境界！

“什么？！荒出来了，还主动攻击我界的修士？”当天兽森林外的一群强者得到禀报时，全都愣住了。

“他居然敢主动出击，围攻他！”有人怒吼起来。

第1263章 前无古人

WANMEI SHIJIE

天兽森林外，异域的一群人听到了惨叫声，一窝蜂地冲进了天兽森林的深处。

异域的人为了烂木箱子兴师动众而来，结果损失惨重。到了现在，连天穹上的几位至尊都快坐不住了。

“既然荒走出了那片诡异的区域，那就好办多了，先确定他的位置，然后派真正的高手去对付他！”异域的一位老者这般吩咐道。

异域的一些人现在只有一个念头，那就是立刻除掉荒，出一口恶气，以解心头之恨。数千人马说没就没了，想一想就心痛，那些可不是一般的人，都是各族的精英！

天兽森林很幽静，偶尔有凶猛的天兽出没。

异域的人马一路在躲避天兽，不愿与它们正面碰撞，因为天兽非常强大，与它们血拼毫无意义，得不偿失。

“不要让我看到他，否则我会让他好看！”一个银发男子愤愤地说道。

异域的许多人都对银发男子敬畏不已，深知他的实力不凡，他不仅是一般意义上的修为在遁一境的修士，还是一名强大的王族人士。

螳蜈一族在异域的王族中赫赫有名，以战力强大著称于世，该族历代皆有人跻身同代前二十大高手内。

石昊如果在这里，一定会感应到熟悉的气息，因为他与螳蜈一族的年轻高手对决过。当初在大赤天边疆，石昊一人独自对战异域的十大年轻强者时，就击败了一只螳蜈，那只螳蜈有着螳螂的双臂和蜈蚣的躯体，通体银白，还没有化成人形。

这个银发男子正是石昊击败的那只螳蜈的叔祖，是螳蜈一族很有名的一位高手，如今修为已经达到了遁一境。

“嘿嘿，有意思，这么多人都奈何不了那个小子吗？本座出马，若是能拿下他，也算是一桩美事。”一个面色苍白的中年男子笑得很诡异，自言自语道。

“地灵族的前辈！”有人惊呼出声。

地灵族是一个不喜阳光，总是待在黑暗中的种群，有人说他们是阴灵夺取人间生气而诞生的种群。地灵族常年处在黑暗中，最擅长偷袭，上一纪元大战时，该族的盖世古祖击败了多名仙道高手。

“我们的目标是那个烂木箱子，一定要抢先得到它。至于荒，见到直接除掉就是，别把他当一回事！”这是一个年轻人下的命令。说是年轻人，其实也只是相对于其他修为在遁一境的人较为年轻而已。

这个年轻人看起来只有三十岁的样子，没有人知道他的真实年龄，应该算是“年富力强”的杰出之辈。而且，他所属的种群很奇异，是一种植物，号称九幽草，生长在异域一处黑暗深渊中。

“发现荒了！”此时，远方传来一个声音，有队伍碰到石昊了。

一道金色的闪电在山林中穿行，带起阵阵狂风，所过之处，成片的古树剧烈地摇动，毫无疑问，那是无畏狮子。

无畏狮子如今已经成为石昊的坐骑，不得不听从他的命令，驮着他在林中奔走。

“我没有看错吧，无畏狮子一族的后代居然被荒当成了坐骑？”异域的一些人见状，皆震惊不已。

要知道，无畏狮子在异域赫赫有名，甚至超越了很多王族生灵，现在它居然低下了高傲的头，沦为荒的坐骑，在山林中穿行，这简直就是一个爆炸性的消息！

“轰！”

巨大的声音响起，石昊跟异域的一支队伍相遇，展开了激烈的打斗。一时间，神光冲霄，符文环绕，景象惊人。

“荒在那个方位，快去对付他！”山林中一阵大乱，各个方位都有人在行动。

可惜，等到他们靠近，战斗已经结束了，山地中只留下很多血迹，石昊也不见了踪影。

“守在这个地方的是紫英族的队伍，由一位修为在遁一境的前辈带队，他们居然被荒击败了！”

“不可能，荒怎么可能与修为在遁一境的大修士匹敌？不久前在神药山脉时，他还被修为在遁一境的大修士追击呢！”

异域的一群人不明白荒怎么会突然这么厉害，竟然连修为在遁一境的大修士都对付得了，这下谁还能制得了他？

“快将这个消息告诉其他人，让大家小心戒备，荒的实力跟我们了解的不相符，很危险！”异域的一位头领焦急地说道，让手下的人将消息散布出去。

“轰！”又一处山地发出了巨大的响声。

石昊骑坐在无畏狮子身上，手持一把骨刀，与异域的大修士对决。

“噗”的一声，异域大修士的元神被击中了！

石昊的实力与异域的众人所了解的完全不相符，这让异域很多人的神情变得凝重起来。天兽森林内的气氛不再轻松，异域众人眼中的毛头小子如今成了一个危险的人物。

实际上，石昊虽然实力提升至斩我境中期了，但是并不能轻易地跨境界打败大修士。因为修行到了后面，每提升一个境界都非常艰难，非天资卓越之辈不能做到。

能达到遁一境的人，有几个是庸才？都是自千军万马中脱颖而出的，是天才中的天才。故此，面对这样的高手，使用跨境界攻击的招数，就没有那么容易成功了。

“荒怎么这么厉害？才斩我境中期而已，就能对付修为在遁一境的大修士了！”了解情况之后，异域的许多人都大为震惊。

此时，石昊遇到了一些麻烦，被人围堵了。

一个银发男子站在石昊的对面，手持两把雪亮的银刀，眼中寒光四射，浑身散发着恐怖的气息，毫不掩饰对石昊的敌意。

“螳螟族的人！”石昊盯着银发男子，认出了他的本体。

“纳命来！”

银发男子大吼一声，挥动双刀，向石昊劈去。

刹那间，天地直接被撕开，大道法则隆隆作响。

银刀之威不可想象！

“螳螟族的前辈果然厉害，不愧为王族中赫赫有名的种群！”远处，有人夸赞螳螟族的银发男子。

石昊动用大神通，通过散佛八式寻找银发男子的弱点，接连发出攻击。

“轰！”

伴着一声巨响，银发男子直接殒身了，形神俱灭。

幽羽族的人正好看到这一幕，震惊不已。

“荒才二十几岁就可以对付修为在遁一境的大修士了，若是到了我们这样的年纪，会有多高的修为？”幽羽族强者叹道。

二十几岁就能达到斩我境的修士自古以来就很罕见，荒居然能跨境界对付大修士。在异域的一些人看来，这十分不正常，若是给荒几百年甚至数万年时间，他会有多强大?

“二十几岁就达到斩我境中期，好像是前无古人吧？”有人说道。

异域的人不知道上一纪元是否有这样的人，但起码这一纪元极其罕见，就算有的话，达到这一境界也接近三十岁了。

“我们得迅速除掉荒！”幽羽族的强者发出奇异的信号，呼唤其他高手前来攻击石昊。

幽羽族的强者自以为躲得够远，藏得很隐秘，其实早已被石昊发现了。

“轰！”

无畏狮子咆哮着，踩踏得山地隆隆作响，如同闪电般迅速，又犹如山洪般气势惊人。

“冲啊！”幽羽族的强者硬着头皮与石昊对决。

经过一番对决，幽羽族的强者被石昊发出的一道雷光击中了身体，浑身焦黑，不幸殒命。

“不好了，连修为在遁一境的大修士都败在了荒的手中！”消息全面传开，传到了天兽森林外。

异域的一群领军人闻言，心头一震，面色铁青，这么多人居然都拿不下区区一个荒，实在是令人恼火！

与此同时，异域的每一个人心中都生出了一股寒意，二十几岁的后辈，实力却如此强大，可谓是罕见！

“他真的不足三十岁吗？”异域的一位老者提出了质疑，实在有些不能接受石昊还这么年轻。

“已经确定了，他最多二十五岁。”一个人禀告道。

“太可怕了，必须除掉，不然以后肯定是一个大祸患！在这个年龄就有这等修为，已经算得上是前无古人了！”异域的一位领军人沉声道。

就在此时，又有人禀报天兽森林中接连有大修士遇袭。

“轰！”

伴着一声巨响，天穹上一直盘坐不动的几位至尊中有人动了，他带着混沌之气，落在了大地上。

“前辈！”

异域的许多人大吃一惊，没想到竟然连至尊都被惊动了。

“你确定他才二十几岁，就能击败修为在遁一境的大修士了？”这位至尊看向异域的众人，严肃地问道。

“是的！”异域的一位老者点了点头。

当得到肯定的回答后，至尊一闪身，径直没入了天兽森林。

第1264章 至尊出动

WANMEI SHIJIE

异域的一群人深感振奋，至尊终于出动了！

这等人物一出手，荒哪里还有活路？连天地都要失色，日月都会战栗，谁能阻拦得住？

对于至尊来说，修为在遁一境的修士就如同蝼蚁一般，两者根本无法相比，差距太大了，至尊所达到的境界是人道领域中的巅峰。

不过，异域的一群人也有些担忧，这里是天兽森林，有很多解释不清的现象。据闻，至尊进入天兽森林可能会招来劫难，这也是几位至尊一直保持沉默，静静盘坐在苍穹上的原因。

传言，天兽森林为“至尊的牢笼”，至尊若是进去的话，可能会被囚禁在里面，再也无法脱困。当然，如果足够小心谨慎，没有触动古代的法阵，就可以安然无恙。

“希望大人不要出意外。”有人小声地为至尊祈祷。

异域的不少人都知道，至尊之所以要进入天兽森林，是因为荒的不俗表现威胁到了整个异域，至尊为了立刻除掉他，不得不冒险。

“我明白了，前辈是担心荒会窥到仙王路！”有人叹道。

不然的话，何以至此？荒的表现太惊人了，二十几岁便可斩灭修为在遁一境的大修士，古往今来有几人能做到？

“希望前辈平安！”

“请先祖显灵，护佑我族天运！”

异域的一些人口中念念有词。

天兽森林深处。

石昊骑着无畏狮子刚冲进一座山谷，一道剑光便冲向了他的后脑，有人暗中袭击他！

是地灵族的大修士！

地灵族常年待在不见阳光的地方，脸色苍白，性格乖僻，是异域天生的刺客种群之一。

石昊被剑光斩掉了几缕头发，地灵族的剑光是由符文构成的，威力十分强大。

“看招！”

石昊大吼一声，锁定了地灵族的大修士，与他展开激战。

“噗！”

不出意料，地灵族的大修士最终殒身了，只留下斑斑点点的血迹。

“走！”

远处，异域的一个相对年轻的大修士看到这一幕，转身就逃。

跟随这个年轻的大修士的人十分愕然，不久前他还称荒什么都不是，见到后除掉就是了，他们的主要目标是烂木箱子，可是现在，他居然……逃了！

“哪里走！”石昊发现了异域这个年轻的大修士，在其后面穷追不舍。

“噗！”

最终，异域这个年轻的大修士还是被追上了，石昊三下五除二便将他解决了。

“不好！”

突然，石昊觉得头皮发麻，浑身紧绷，像是被一只恐怖的史前巨兽盯上了一样。他转身就跑，一刻也没有停留，快速朝着枯树所在的地方遁去。

这是石昊的一种直觉，冥冥中像是有什么对他不利的事情要发生，他若不避开的话，多半会殒身。

这就是天纵奇才与一般人的区别，跟石昊相仿的生灵都会有这种神觉，在危险到来之前，会有一定的感应。

原本，石昊计划继续除掉一些敌人，然后再躲到轮回池或者枯树下面，没想到危险竟提前到来了。

还好，石昊很有分寸，一直都在枯树的外围转悠。故此，他第一时间逃了回来，盘坐在枯树下，谨慎地观察着周围的动静。

石昊觉得有一只可怕的古兽在接近，它仿佛来自开天辟地前的混沌中，拥有强大的力量。

四周一片寂静，什么声音都没有，石昊仿佛一下子来到了天地的尽头，很压抑。他一动不动，就这么等着。

事实上，的确有一个生灵在接近石昊。此人迈步时伴着星河，有时光碎片缠绕在脚下，如同真仙一般。

这个人便是异域的那位至尊！

渐渐地，异域的至尊放缓了脚步，不再是一步数十万里，而是如同常人一般走路。他有所忌惮，这片古森林对他这等人物有着极大的限制。

不然的话，异域的至尊迈出一步，就能到达目的地，何需这么谨慎？要知道，他一念之间就能毁灭天兽森林中的各种生机。

可惜，异域的至尊不能动用那种力量，只能仔细观察，找出设下法阵的区域，否则就会遭到劫难。

终于，异域的至尊靠近了这片森林中的一处寂静山岭。

寂静山岭的中央有一株枯树，枯树通体漆黑如墨，没有一片叶子，高耸入云，被神秘的雾霭笼罩着。石昊盘坐在树下，看起来很小心，也很谨慎，似乎在戒备着什么。

异域的至尊越发严肃，没有轻举妄动，一直盯着枯树。

“当年，这里没有这样一株树，它是后来从血泥中生长出来的。”至尊自语道。

染血的菩提树曾被埋在沼泽下，如今冲了出来，是要生根发芽了吗？它再获生机，会长成什么样子？至尊一动不动地看着枯树。

石昊身上的鸡皮疙瘩不见了，他觉得很奇怪，难道那个强大的生灵走了，没有来这里？

然而，当石昊抬头看向远方时，却心头一震，一道身影静静地站立在山岭入口，如同化石一般。

那个人来了多长时间？他居然毫无感觉，没有发现！而且，为何不祥的感觉反而消失了？难道说那个人的实力极其强大，不是他所能感知的？这太恐怖了！

“至尊！”最后，石昊作出了这样的判断。

那个人的实力无法揣度，深不可测，一定是至尊！

那道身影周围弥漫着混沌之气，石昊根本看不到那个人的真容，只看到一双眼睛如同烈日般耀眼。突然，那道身影消失了，原地只留下了些许混沌之气，眼看也要散尽。

那个人像是从来没有出现一样，太神秘了，同时也非常恐怖，让石昊感到一阵担忧。

四野茫茫，寂静无声。

那个人消失之后，就再也没有出现，但是石昊知道那个人如果是冲着他来的，不可能就这么离开。

这时，石昊听到了一个熟悉的声音：“走吧，回帝关。”

石昊心中一惊，险些叫出声来，这是大长老的声音。

“大长老，真的是你吗？这里有一位至尊，你要小心！”石昊赶忙暗中回应。

“无妨，他若动手，我便出手！”“大长老”的话语很简洁。

第1265章\大长老

WANMEI SHIJIE

石昊一阵激动，大长老的到来让他瞬间放下心来，此时他坚信无论敌人多么强大，他都可以平安回到帝关。

“你不要立刻起身，等待时机佯装离去。若是那个人出手的话，我便顺势除掉一位至尊！”“大长老”的声音传到石昊耳中，既坚定，又自信，更有一种震慑人心的力量。

石昊感到越发放松了，底气又足了不少。他猜测大长老是想以他为饵，引那个人靠近，而后突然出手。

一想到要见到至尊殒身的画面，石昊就有些紧张，不过，他表面看起来很平静。

石昊在树下坐了很久，直到外界越发宁静，他才起身离开这片区域。

真的能除掉一位至尊吗？石昊有些难以抑制心中的兴奋，至尊号称人界无敌，屹立在世间巅峰。

石昊一步一步远离枯树，向着外面走去。无畏狮子早已被他封印在了空间法器中，以免因为它发生什么变故。

石昊走得越来越远，很快要离开这片区域了。枯树庞大，枝丫伸展得格外远，铺天盖地，闪烁着乌光。

然而，就在石昊即将踏出这片区域时，心中突然升起了一股寒意，连神魂都微微颤抖起来。

这是为何？石昊有些不解，难道连大长老来了都不能打败敌人吗？莫非还有别的危险？

石昊相信这种直觉，这不是因为修为，也并非因为道行，只是一种本能。

神觉不是每一个强者都拥有的，有些人的神觉格外敏锐，石昊就是其中的佼佼者。

“大长老，你要小心啊！那个至尊不简单，我们需要谨慎地防备。”石昊依旧朝着不久前“大长老”所在的方位传音。

“无妨，我已做好了准备，占据了有利地势，他若靠近的话，正好可以袭击他。”“大长老”回应道。

石昊暗中点头，大长老是一个稳重的人，若无十足的把握的话，不会这样说。他再次前进，可是迈出了几步后，内心深处越发感到不安，总觉得有不好的事要发生，仿佛世界末日要来临了！

为什么会这样？石昊想不明白。

与此同时，石昊的五脏化成的几座宫殿里隐约响起了诵经声，一个小人倏地睁开了双眼。

是三朵大道之花绽放后盘坐在其中一朵上的小人！

这一次，小人没有盘坐在大道之花中，而是在石昊的体内徘徊。

“这是示警吗？”石昊自问道。

那个小人也算是他自己，这是在警示他吗？

石昊面不改色，向外传音：“大长老，我想到一个稳妥的办法，保证可以除掉那个至尊。”

“哦？你说说看。”“大长老”的声音很冷静。

“我先且退回，一会儿再说。”石昊回到枯树近前，又盘坐了下来。

“说吧。”“大长老”的声音响起。

然而，石昊如同化石般一动不动，任“大长老”几次开口，都没有给予任何回应。

“呵呵，不错。”远处，一道身影浮现出来。

那道身影站在混沌中，看向石昊。

石昊寒毛直竖，那正是他之前见到的身影，异域的至尊！

“虽说菩提树屏蔽了外界的诸多神通、术法，但你能在我的乱神诀下警醒，还是很难得的，至尊之下没有几人可以达到这种程度。”异域的至尊对石昊的神觉给予了肯定。

石昊听到这番话，不禁从头凉到脚，感到一阵后怕。那道身影是异域的至尊，大长老自始至终都没有出现，所谓的传音都是假的！他如果醒悟得稍晚一些，就会彻底走出枯树笼罩的范围。

“不是大长老，可是刚才真的很像。”石昊擦去额头的冷汗，自语道。那种气息太像了，异域的至尊居然连别人的气息都能模仿。

不过，想到对方提到的神功名字——乱神诀，石昊又释然了，那肯定是一种乱人心神的大法。他方才险些陷进去，也是情有可原的，毕竟那是一位至尊，一个站在人世中难求一败的存在。

“你堂堂一代至尊，号称人界无敌，却对我一个后辈施展这种手段，未免也太不光明磊落了吧？”哪怕面对一位至尊，石昊也敢提出质疑，并不惧怕。

“我都决定除掉你了，还在乎这些吗？”异域的至尊并不在意石昊的态度。

“唉，要是大长老在此就好了。”石昊叹了一口气，道。

“孟天正他敢来吗？即使来了又如何？多半也会殒身。”异域的至尊冷冷地说道。

这时，一幅奇异的画面浮现出来，星辰转动，隆隆作响，甘泉汩汩涌出，虚空中长满了金莲，伴着法则之力。

这是至尊一念之间产生的异象，随着他的开口，就会浮现出这种奇异的景象。

“是吗？”

伴着一声冷哼，一柄雪亮的神剑出现在空中，迅速刺向异域的至尊。

一个年轻人从远处而至，满头黑色长发披散，气势惊人，震动了整片天兽森林。毫无疑问，这是一位至尊，而且是一位强大无比的至尊。

“噗！”

异域的至尊负伤了，几滴血从其肋部喷出，瞬间毁了山林，让大地崩开，岩浆翻涌。至尊的血随便一滴都可以压碎星辰。

“孟天正，你还真敢来！”异域的至尊很不客气地说道。

不得不说，异域的至尊确实很厉害，分明遭受了神剑的一击，却依旧很镇定，没有慌乱。

“大长老？！”石昊欣喜不已，大长老真的来了！

让石昊感到震惊的是，现在的大长老与过去完全不同了，他朝气蓬勃，不过二十余岁，处在人生的黄金岁月，身穿金色战衣，通体闪闪发光。

这不是幻象，而是真实的！

大长老一头黑色长发披散，躯体修长且强健，如同一位战仙。他的气息影响了整片天地，甚至连域外的日月星辰都在抖动，若非有枯树阻挡，石昊相信自己将会承受极大的压迫之力。

“最强状态的大长老？”石昊惊呼出声。

年轻状态的大长老，石昊从未见过。如今，大长老不仅拥有强大的力量，还拥有旺盛的生命朝气。

当初，大长老与王长生激战时都没有显现这种姿态。而今，面对异域的至尊，大长老终于解开封印，动用了自己黄金年代的力量！

“这就是至尊级的力量吗？漫长岁月以来，应该没有几人真正见识过这样的力量吧！”石昊震惊不已，不吝赞美之词。

第1266章 至尊战

WANMEI SHIJIE

“孟天正，你居然敢来！你这是在自取灭亡！”异域的至尊喝道。

“我灭不灭亡难说，但我知道，你怕是性命不保了。”大长老淡淡地开了口，英姿勃发，气势惊人。接着，大长老眨了眨眼睛，虚空便被撕裂了，电闪雷鸣，诸多星辰都抖动起来。

“来！”大长老冲石昊招了招手，要带他离开此地。

石昊见状，没有丝毫犹豫，主动离开了枯树所在的区域。

这一次，石昊感受到的是平和、亲切的气息，而非刚才的寒意与惊悸，他知道这个人是真正的大长老，绝不是冒牌的！

“若是带上他，你将自身难保！”异域的至尊一抬手，璀璨的光芒迸发而出，瞬间照亮了乾坤。

“轰！”

巨大的声音传来，一些星辰炸开，神光冲霄，景象恐怖。

“锵！”

大长老捏剑诀，横扫乾坤，剑光绚烂得让人睁不开眼，不仅劈中了河山，更是斩向了域外。

“这是什么人？”天兽森林外，异域的一群人大为震惊，那道剑光未免太可怕了，居然冲到了域外，连星辰都被斩落了。

“哧！”

随着一声轻响，天兽森林外剩下的几位异域至尊都出动了。

“他来了！”

“冲啊！”

其中一位至尊冲进了天兽森林，其他三位至尊则守在天兽森林外的其他方位。他们不敢全部进入天兽森林，因为里面极度危险，先后进去两位至尊已经算是冒险了。

“哧！”

石昊冲出血色沼泽，来到了外面。大长老脚下立马浮现出一条金光大道，伸手将石昊拉了上去，以护他平安。

“想保他，你自己就活不长了！”异域的至尊大吼一声，引得山摇地动。

随后，异域的至尊伸出一只巨手，猛地向石昊拍去。一时间，毁灭的气息席卷了整片天地。

异域至尊的攻击目标是石昊，大长老若是救石昊的话，必然会分心。

“哧！”

大长老将石昊收进自己的洞天内，以便庇护他。

“没用的，你应该知道，我们就等着你来呢！”异域的至尊冷冷地说道。

“锵”的一声，异域至尊的手中出现了一杆红色的战戟，战戟直接压塌了虚空，向大长老劈去。

“铮！”

大长老手指一弹，剑光迸射，迎上了异域至尊的红色战戟。

“噗！”

异域的至尊忍不住吐了一口血，他之前就挨了大长老一剑，虽然只洒落了几滴血，但是剑气早已渗透到他的骨子里。

此时，只见一滴血冲入域外，击穿了多颗星星，景象恐怖至极。

天兽森林外，异域的一群人震惊不已，这就是传说中的至尊对决啊！

然而，大长老却主动退出了对决，朝着天兽森林外冲去。异域的几位至尊早已设下了圈套，就等着他往里钻呢。

只是，大长老的速度有些慢，不够迅速，在后面追赶大长老和石昊的异域至尊也是如此，移动脚步时很有讲究。甚至，他们在经过一些区域时还收敛了气息，怕虚空崩裂。

因为这片古森林设有仙道法阵，一旦触动法阵，就会引发厄难，这里就会成为至尊的囚牢。

“孟天正，既然来了，为何不谈一谈？”后方，异域的另一位至尊喊道。

“轰！”

大长老催动剑气，向着山林斩去，顿时引出了无数道光芒。

异域的两位至尊当即脸色大变，快速后退，道：“你疯了，是想一同被囚禁于此吗？”

大长老一言不发，继续前行。

“当心，他的法阵造诣格外高，已经迈过了前方的险地！”负伤的异域至尊提醒同伴。

“轰！”

突然，一股恐怖的气息铺天盖地而来。石昊看到后方一个人手持一杆黑色的战矛，转眼间就到了近前。

“轰隆”一声，黑色的战矛将天穹划为了两半，矛锋洞穿了苍宇，连域外的星空都暗淡了一片。混沌之气缠裹着黑色的战矛，很难推测它有多么强大的力量。

石昊发现，即使大长老捏法印，击在黑色的战矛上，依旧有一股力量攻向大长老。原本大长老一个人完全可以承受这样的攻击，这只是至尊级的正常力量，但被封在洞天内的石昊肯定是无法承受的。

“哧！”

石昊感觉一团朦胧的光包裹了他，随后他离开了大长老的洞天，与大长老一同进退，向远方遁走。

“孟天正，纳命来！”后方，异域的至尊追了过来。

与此同时，古兽的眼睛即将睁开。

“不好，古兽苏醒了！”大长老身为至尊，神觉何其敏锐，自然在第一时间就觉察到了这一点。

“走！”大长老断喝一声，脚下金光闪耀，一条大道穿过天兽森林，向着外界延展而去。

“咦？孟天正竟精进到了这一步，对这里的法阵都有所了解。”负伤的异域至尊大吃一惊。

“那只古兽属于九天十地，肯定与他们有关联。”手持黑色战矛的异域至尊皱起眉头，这般说道。

大长老成功突围，冲出了天兽森林。

异域的两位至尊的脸色很是难看，他们不敢快速行进，如果稍有不慎，就会惹出大麻烦。

“锵！”

天兽森林外，等待大长老的是一把冰冷的长刀，长刀闪烁着蓝色的光芒，散发出恐怖的气息。

同一时间，守在其他方向的两位异域至尊也出现了，一起攻向大长老。

这一次异域共来了五位至尊，有两位至尊进入了天兽森林，其余三位在外面进行围攻。

“当！”大长老用手将长刀震开，响声清脆。

“孟天正，你走不了！”

后方突然传来一声大吼，天兽森林中的两位至尊也逃了出来。

“嗷——”

天兽森林中传出一声兽吼，四野八荒瞬间被震动了。虚空中的碎片重新凝聚在一起，形成了一轮太阳。

这番景象惊呆了众人，这一次古兽的吼声没有毁灭什么，而是复原了被打碎的太阳。

大长老无心观赏惊人之景，一步迈出，星斗转动，山河失色，一下子就在数十万里外了。然而，同为至尊，异域至尊的速度也不会慢，很快就追上了大长老。

大长老不断迈步，终于见到了一片大漠，正是边荒战场。

“此处正是你的埋骨地！”异域的一位至尊面露凶狠之色，厉声道。

“远离了天兽森林，正好可以放开手脚了！”手持黑色战矛的异域至尊冷冷地说道。

这时，大长老也停下了脚步，朗声道：“我也正想领教一下异域至尊的实力！”

第1267章 至尊殒身

WANMEI SHIJIE

“锵！”

异域的一位至尊手持黑色大矛，直指大长老。一时间，恐怖气息扑面而来，大道法则四处飘散。

一人一矛立在那里，竟有一种开天辟地的气势，令浩瀚的大漠都为之战栗。到了至尊这个级别，的确不能说谁更厉害，因为都是走到了人界巅峰的生灵，他们都站在同一高度，俯视着世间。

大长老面无惧色，依旧是一副平静如水的模样，他的黄金战衣发出光芒，如同烈焰冲霄一般。

至尊之战的恐怖程度已经超出了常人的想象，动辄击落域外的星辰，毁掉无穷的疆土。

“哧！”

手持黑色战矛的异域至尊长啸一声，战矛瞬间乌光大盛，向着前方刺去。这一击蕴含着绝世力量，猛地冲向大长老的胸口，使得虚空爆碎，日月无光，混沌之气不断翻涌。

“轰！”

大长老将烂木箱子径直砸在黑色的战矛上，发出一声惊天动地的巨响。

这里到处都是金色的沙粒，漫长岁月以来，不知道有多少至尊在此对决。现在沙粒扬起，如同海浪一般，淹没高天，更有沙粒冲向域外，一些小行星和陨石被击中，一下子就暗淡了！

一击过后，这里又快速恢复了平静。

大漠中，大长老站在中央，异域的五位至尊则盯着他手中的烂木箱子。

“就是这东西吗？果然不一般！”手持红色战戟，最先与大长老交手的异域至尊开口了。

烂木箱子被一层朦胧的光芒笼罩着，看起来并不起眼，却能与至尊的法器抗衡，且没有一点破损，这足以说明它的不凡。

就连大长老也无法将烂木箱子收起来，只能提在手中，不过此时它没有成为大长老的累赘，反而成了一件武器，至少当盾牌很不错。

石昊为大长老感到担忧，怕他出现什么意外。正如异域的至尊所说，同为至尊，谁也不会比谁弱，况且异域的至尊在人数上占优势。

“夺箱！”对面，异域的一位至尊厉声道。

刚才的一击算是试探，到了这个时候，彼此心中都有数了，再次出手必将会血拼一番。

一瞬间，像是有无数混沌猛兽复活了一样，吼声震天。

“轰隆！”

伴着一声巨响，大漠裂开，裂缝蔓延至视线的尽头。一时间，飞沙走石，狂风大作，星辰不断坠落，地下数不尽的枯骨浮现出来，有的碎裂了，有的悬在半空中。

“轰”的一声，一杆红色战戟向大长老劈去，出手的正是曾在天兽森林被大长老击伤的那位异域至尊。

“当！”

大长老徒手迎向红色战戟，大片的火星迸溅开来，响声清脆。

“轰！”

巨大的声音响起，一位身穿黑色甲胄的异域至尊以拳为兵器，向大长老冲去。

大长老用拳头迎了过去，两人之间大道之音轰鸣，各种法则碎片翻涌，虚空中像是打了数百道惊雷一样，响声震耳欲聋。

“发生了什么？”

异域的一群人看到了一幅奇特的画面，神光冲霄，域外的星体相继被击落。

“那是什么法器？”异域的一个年轻人提出了疑问。

“不是法器，是一个人的拳头冲上了苍宇，击穿了一些星辰。”异域的一位老者解释道。

异域的其他人闻言，皆面色惨白，那是何等可怕的力量！

大漠中，神光四射，身影交错。仅一刹那，大长老就和异域的一位至尊过了千百招。

“哧！”

当那杆红色战戟劈向大长老时，大长老再次将烂木箱子当成了盾牌。

“当”的一声，大长老先将烂木箱子砸在战戟上，然后腾跃而起，右手结法印，向前拍去。

这时，异域的另外几位至尊也出手了，或施展祖术，或动用兵器，向大长老攻去。他们的目标是烂木箱子，大长老的处境很危险。

就在此时，天空中出现了一股惊人的威势。

大长老顿时变了脸色，感受到了一股巨大的压力。紧接着，一个神秘的袋子出现了，袋口松开，迸发出成千上万道光芒，欲将大长老收进去。

是乾坤袋，它曾经属于九天十地！

异域竟然连这等法器都祭出来了，看来他们很急迫，想在短时间内拿下大长老，夺走烂木箱子。

“轰！”

随着一声巨响，大长老的身前出现了一张古图，古图散发出惊人的气势，正是十界图。

大长老以十界图与乾坤袋对抗，两者之间不断碰撞，释放出强大的力量。

“锵！”异域的一位至尊祭出一把紫色的小锤，它虽已残缺，但依旧散发着可怕的威势。

异域的另一位至尊祭出了一个小火炉，火炉虽然只有拳头大，且满是裂痕，但是威力不减。

又是一件残破的仙器！

因为边荒有天渊阻挡，所以异域的不朽者难以越过边荒，连他们的无缺法器也是一样，唯有九天十地的法器和昔日残破的仙器等才能通过天渊。

火炉一出现，虚空立即燃烧起来，火势向着域外扩散，一些星辰也被点燃了，场景极其恐怖。

“天啊！那是什么？一颗又一颗星星被点燃了，向着沙漠坠落而去。”

“这是何等惊人的气势！”

天兽森林附近，成群的异域高手惊呼起来。

“大长老接剑！”石昊大喊道。

此时，石昊被包裹在一团朦胧的光中，与外界隔绝，不然的话，至尊对决产生的力量早就让他殒身了。

石昊见大长老陷入了绝境，内心十分焦急，想到大罗剑胎的不凡之处，便将它递给了大长老，希冀能助大长老一臂之力。

大长老接过了大罗剑胎，现在他一只手持大罗剑胎，一只手持烂木箱子，气势瞬间又增强了不少。

异域的几位至尊催动仙器，直逼大长老。

“去！”大长老断喝一声，十界图冲天而起，猛地撞向乾坤袋、紫色的小锤，以及火炉。

“哗啦”一声，大长老身上出现了一块裹尸布，这块裹尸布染有仙王的血，此时也冲向了高空，与异域至尊的仙器抗衡。

各种仙器在半空中对峙、激战，形成了一片光幕，笼罩了一方天地。

“很好，仙器发威，无意间形成了一片虚空战场，开启了一个小世界。”异域的一位至尊冷笑起来。

“看招！”异域的其他几位至尊大喝一声。

异域的五大至尊联手催动仙器，攻击大长老，大长老不断反击，烂木箱子被打得砰砰作响。

突然，大长老浑身发光，弥散出仙雾。石昊心头一震，大长老释放出的气息跟他有些相近。

“好一个孟天正，不愧为当年走上那条路且只差一点就成功的人！”

“以身为种，你居然掌握了部分的力量！”

“难怪你会来救荒，因为你们一脉相承，都走上了那条路！”

异域的五大至尊议论纷纷，虽有些忌惮，但还是信心不减，毕竟他们在人数上占优势。

在以身为种的路上，大长老虽然发生了意外，险些殒命，但终究是开启了一些仙门，塑造了极其强大的肉身。

“轰！”

谁都没有想到大长老竟直接挨了异域的一位至尊一掌，响声震天。大长老借助这股力量，突然加速，与正前方的异域至尊展开了对决。

“轰！”

天地抖动，发出震耳欲聋的响声。

“你……”与大长老正面对决的异域至尊大吃一惊，发现大长老的手臂等变成了金黄色的，“这是……与鹤无双修炼的功法相近！”

鹤无双曾得到《不灭经》，实力极其恐怖，号称肉身不灭，强大至极。

“轰！”

伴着一声巨响，大长老又挨了一掌，他赶紧动用最强力量，发起反攻。

“咔嚓！”

异域一位至尊的红色战戟竟硬生生被折断了，他立即将双拳当成武器，结果遭到了大长老猛烈的攻击。

“与鹤无双展现的力量极其相似！”异域的另一位至尊惊呼道。

大长老硬挨了几击，不顾自身安危，依旧坚持与正面的对手血拼。

“轰！”

巨大的声音响起，苍穹一片赤红。

“那是……至尊殒身了？”

“这是……我界寒淏至尊的气息，天啊！怎么会这样？”

天兽森林，异域的一些人纷纷大喊，难以置信。

第1268章 天缺道损

WANMEI SHIJIE

至尊殒身？这是大事！

天兽森林外，异域的一群人全都愣住了，感到身体一阵发冷。那可是寒溟至尊啊！他屹立于世间百万载，傲视人界，结果就这么逝去了！

许多人都不敢相信寒溟至尊真的殒身了，已经不知道有多少年没有发生这种事情了，至尊殒身绝对是惊天动地的大事！

短暂的沉寂过后，异域的一群人皆放声恸哭起来。

“我不信！寒溟至尊所向无敌，怎么可能会殒命？！”一个年轻人仍不相信至尊已经殒身了。

“至尊血已经横穿日月，即便我们不相信也没有用，事实就摆在眼前。”一位老者哀叹道。

“不对，既然至尊血漫天，怎么没有星辰坠落？那种血一滴就可击穿星辰。”一个年轻人提出了疑问。

“至尊所在的位置有仙器对峙，他们开启了一个小世界，与大天地隔绝。”那位老者解释道。

空中悬浮着几件仙器，即十界图、乾坤袋等，将那片区域完全禁锢了。故此，哪怕是至尊血，也难以冲出天际，不然整片大漠就会如同末世来临一般，异常恐怖。

异域的其他人闻言，纷纷叹息。如果没有意外的话，寒溟至尊就能再向上迈一步，与天地长存。

在异域，大环境没有变化，允许出现不朽的生灵。

“寒溟至尊也许还活着！”突然，一个中年人开口了。其他人闻言，心中一惊，面露希冀之色。

“我曾听闻，若是至尊殒命的话，会出现诸多异象，比如天哭、地泣等，现在没有出现那种景象！”中年人继续说道。

众人皆是一怔。

刚才，许多人都很神伤，一时间忽略了一些传闻。无穷岁月过去，这一纪元以来有几位至尊殒身？因为大多数人没有见过至尊殒身，所以遗忘了这则传闻。

大漠中，战场内。

大长老黑发披散，眸子射出的金光和他身上的黄金战衣一样，璀璨夺目，摄人心魄。

大长老挺拔的身躯显得越发高大了，此时的他宛若最强大的战神，气势高昂，长啸间，似乎要将这片天地都撕碎。

只见大长老没入一片红光之中，不断用拳头攻击，打得虚空冒出黑色的大裂缝。如果不是空中有几件仙器压制，形成了奇异的场域，将此处化作一个小世界，简直不敢想象会发生怎样可怕的事情。

大长老的力量太可怕了，撕裂了一切，这里的任何一道光冲到域外去，都会击穿日月。

“嗷——”

在艳艳红光中，像是有一只史前古兽在咆哮，声音震耳欲聋，惊天动地。

正是那位被击中躯体的异域至尊！他的红色战戟早已被折断，浑身精血散落一地。

大长老一直在挥拳，击散异域至尊的精血。

正如那个在天兽森林观战的中年人所说，还没有出现天哭等异常景象，说明事情还有转机。

寒溟虽然被击中了躯体，但是没有殒身，他努力凝聚血气，复苏元神，想立刻再生。

然而，大长老的拳头太可怕了，每挥动一次，就能形成莫大的压力，影响寒溟的复苏进程。

异域的其他几位至尊都变了脸色，尽管他们出手击伤了大长老，但是没有办法在第一时间帮助寒溟摆脱危机。

大长老盯上了寒溟，誓要将他除掉，正所谓伤其十指，不如断其一指！

“孟天正修炼了《不灭经》，体魄强大，能坚持很长的时间。”异域的一位至尊低语道。

四位至尊一起营救，居然都不能令寒溟逃离险境，这若是说出去，恐怕没有人敢相信。

寒溟怒吼起来，其元神早已出现了很多裂缝，他想要再塑体魄，但总是以失败告终。

至尊只要一滴血就能再生，迅速复原，让无敌的肉身再现。

然而，寒溟却遇到了最大的困局——他不仅再生不了，而且元神仿佛都要裂开了，这是从未有过之事。

同为至尊，孟天正怎么会如此强大?

异域的人一直有些小觑九天十地的生灵，因为从后代的征战中可以看出九天十地的年轻人不如异域的强大。除了一个石昊外，没有几个人被他们视作威胁，自然而然的，他们也轻视了九天十地的老一辈人。

“你们以为自己高人一等吗？！”大长老怒不可遏，大吼道。他剑眉星目，黑发披散，肌肤闪烁着淡淡的光芒，一身黄金战衣绚烂至极。

“九天十地有缺，我们修行不易，年轻一辈稍有些落后，不是我们本身不如你们，而是天地使然。”大长老的语气有些遗憾。

异域的几位至尊闻言，没有什么太大的表示，他们自然知道这个“病根”所在。同时，他们想到了一个问题：在这种情况下，修行很多时候都不能达到圆满境界，除非突破极限，但是，世间又有多少人能够突破极限，超越每一个境界的巅峰呢?

显然，达到至尊境的人应该都做到了这一点，所以他们不会比异域同等级的人弱。

九天十地本是一体的，经过上一纪元的惨烈大战后，便变成了一块又一块超级古大陆。故此，乾坤是残缺的，宇宙有损，天地大道亦有缺。

也正是因为如此，修士在修行时会遇到各种问题，有些境界修炼到最后看似圆满了，但还是有少许瑕疵，这就是九天十地的年轻人落后于异域年轻人的主要原因。

如果想摆脱这种困局，唯有在每一个境界超越极限，打破天地的限制。能够打破限制的人十分可怕，实力不可想象，在异域可以算得上是精英和翘楚。

异域的一些人猜测荒肯定是这样的人，不然的话他不可能击败同辈强者。此时，异域的几位至尊目不转睛地盯着大长老，觉得眼前的这个人也是一样。

“都是至尊，我们也不弱，自然也做到了。”异域的一位至尊淡淡地说道。

大长老一句话也没说，直接将拳头一挥，如同推动着成百上千轮天日出行一般，隆隆作响，震动天地。

“不好！”寒溟大叫起来。他是败者，没有人比他更清楚这一击有多么可怕，孟天正看起来就像是一位出巡的帝王，气势惊人。

可惜，寒溟所在的区域上方有几件仙器，它们锁住了天地，哪怕寒溟再强，也无法冲出去。原本他是想瓮中捉鳖，在此除掉孟天正，没想到反而困住了自己。

“轰！”

在大长老挥拳、寒溟大吼之时，异域的其他几位至尊纷纷出手相助。

“以身为种，果然可怕！”异域的一位至尊眸子中的光如同天刀般雪亮。

虽然大长老在以身为种这条路上没有走到底，但是差一点就成功了，故此拥有非同一般的力量。

在过去，没有一个人知道这个消息，直到今日，大长老才动用了以身为种的力量，震惊了异域的几大至尊。

“噗！”

随着一声轻响，寒溟的元神寸寸碎裂，化成了光雨，随后又迅速暗淡下来。在这个过程中，大长老又挨了三次重击，但是他依旧坚持攻击寒溟。

“轰！”

响声震耳欲聋，一切都化为了灰烬。

“啊——”伴着一声惨叫，寒溟殒身了。

第1269章 天哭奇景

WANMEI SHIJIE

异域的一位至尊咆哮起来，使得此地虚空轰鸣，景象恐怖。

四大至尊的神情变得凝重起来，没想到竟眼睁睁看着同伴殒命，他们下定决心要拿下孟天正。

“天呐，寒溟至尊真的殒身了！”

天兽森林外，异域的一群人皆震惊不已，因为传说中的景象出现了。

天哭奇景呈现在异域的一群人眼前，天空原本万里无云，碧蓝如洗，现在却下起了红色的雨。密密麻麻的雨点落下，打在树梢上，溅在岩石间。

这是天哭，是天地为至尊逝去而表达的惋惜和悲伤。

红雨飘洒，茫茫无边，雨水染红了地面，形成了红色的水洼。地面裂开，许多像眼睛一样的裂缝浮现出来，涌出红色的泉水，这是地泣！

这些景象震惊了每一个人，异域的众人不禁悲从心起，黯然落泪。

至尊殒身，天地同泣。

“咔嚓！”

虚空中出现了一道又一道黑色的闪电，雷鸣声之大超乎想象，如同一条又一条黑龙咆哮，震惊了整个边荒古地。

大漠中，大长老依旧在与异域的四位至尊大战，方才他为了尽快除掉寒溟，硬挨了四大至尊几击，不然寒溟不可能这么快就殒身。

身为至尊，一般而言不会轻易殒身，尽管如此，大长老还是除掉了一位至尊。这绝对是大事件，会引发一场巨大的风波。

“尽快除掉他，省得再生出什么事端！”手持黑色战矛的异域至尊说道。他一抖手，祭出一道黑色的法旨，奇怪的是，法旨上没有一个字，只有血迹。

“黑法旨？”大长老大吃一惊，听说来自异域的这种东西有着神秘莫测的力量。

异域的其余三大至尊见状也一同发力，黑雾从黑色法旨上弥散开来，让法旨看起来如同黑色的洞一般，更加恐怖了。而且，法旨上的血迹像是被激活了一样，宛若一片汪洋在翻涌，隆隆作响。

一位至尊大喝一声，催动法旨，猛地向大长老攻去。

“哧！”

大长老手握大罗剑胎，笔直地向前刺去，煌煌剑光遮蔽了天日。

“噗！”

伴着一声轻响，绚烂至极的大罗剑胎刺透了黑色的法旨，让血迹变得鲜活起来。一片红色的汪洋从黑色法旨中冲出，欲将大长老吞没。

就在这时，大罗剑胎发光，隐约间好像响起了葬地之歌，歌声古老而深沉。

异域的四位至尊诧异万分，这柄剑太奇异了，怎么还响起了葬歌?

“呼！”

突然，黑色的法旨燃烧起来，化成了灰烬，所有的血迹也被蒸干，就此消失不见。葬歌消失，大罗剑胎恢复了平静，像是什么都没有发生一样。

“冲啊！”

异域的四位至尊断喝一声，再次对大长老发起了攻击，看样子是不达目的绝不罢休。寒溟的殒身对于他们来说是一种耻辱，五大至尊齐至，居然损失了一大至尊。

“孟天正，你确实很强，但是我们也不弱，看你能坚持到几时！”异域的一位至尊怒吼道。

大长老身上的黄金战衣有了几处破损，他几次遭到重击，身上染血，就连头发也染上了血，但他并不惧怕。

石昊被一团光包裹着，一直处于被保护的状态。他很担心，大长老终究只是一个人，而对方有四个人。同为至尊，谁也不会比谁弱多少，再这样下去大长老多半会有生命危险。

“大长老，我们能突围吗？”石昊不想大长老冒险。

大长老没有回应，而是长啸了一声。随后，他一招手，天空中的十界图等仙器便轰鸣起来。

大长老准备将仙器收回来，而后离去。

“想走？没那么容易！仙器形成的场域岂是那么容易散开的！”异域的一位至尊冷冷地说道。

异域至尊说的是实情，现在的情况很特殊，几件仙器针锋相对，发出的光连在了一起，场域短时间内不容易散开。

“轰！”巨大的声音响起，大长老的周围突然浮现出很多奇异的符文，绚烂至极，就连黄金战衣也是一样闪耀夺目，这让大长老显得越发神圣。

“轰隆”一声，血气滚滚，如同巨大的柱子撑开苍宇，冲向域外。

大长老一只手持大罗剑胎，一只手持烂木箱子，冲霄而上，竟然冲出了由仙器形成的场域。

这怎么可能？异域的四大至尊都惊呆了。

“《不灭经》果然厉害，竟让孟天正强大到了如此地步，他的力量影响了十界图，打开了一个豁口！”异域的一位至尊感叹道。

“他不要十界图和仙王裹尸布了吗？也好，我将它们一并收走！”异域的另一位至尊盯上了十界图等仙器。

“不行，那几件仙器还在对峙，一时间难以对付。我们先冲出去，不然会被困在这里面！”手持黑色战矛的异域至尊主张先脱离险境。

“嗖！”

四道身影冲霄而上，也从豁口离开了这个小世界。

“哪里走！”异域的四位至尊大喝一声，继续追击大长老。

手持黑色战矛的异域至尊率先出了手，只见黑色战矛发出熠熠光辉，变得粗大无比，威力惊人。

大长老一剑挥出，“锵”的一声震开了黑色战矛，黑色战矛撞上了一颗星星，星星当场崩裂。紧接着，黑色战矛再次向大长老刺去，不出所料地遭到了大罗剑胎的反击。

“轰！”

异域的另一位至尊突然祭出一面大印，大印瞬间放大，先是击碎了附近的一些星体，而后砸向了大长老。

“砰”的一声，大长老挥动手中的烂木箱子，与大印碰撞在一起，发出刺目的光芒。

异域的其他几位至尊见状，皆将目光聚集在烂木箱子上，心想，这东西果然超凡，居然能抵挡至尊法器。

“收！”异域的一位至尊大喝一声，祭出一个火炉，炽热的火焰从火炉里冒了出来，要将大长老卷进火炉内。

这时，一些星体开始摇动起来，有个别星体被炉子收了进去，巨大的声音响彻天地。大长老一脚踢向火炉，令它横飞起来。

“噗”的一声，黑色的战矛刺中了大长老的胸膛，就连黄金战衣都没能为他阻挡攻击。

要知道，黑色的战矛可是至尊的法器，如果其他人被刺中的话，当场就会殒命，甚至灰飞烟灭。

大长老长啸一声，没有挣脱黑色战矛，反而沿着矛杆向那位手持黑色战矛的异域至尊扑去。

大长老以被战矛刺中换取攻击的时机，挥动大罗剑胎，向前刺去。只听见“噗”的一声，那位至尊瞬间就被大长老刺中了。

这一切发生得太快了，异域的其他几位至尊还以为大长老要殒身了，结果却发现是同伴受了重伤。

大长老这样做是不得已而为之，想要突破几位至尊的包围，必须得付出代价。他担心异域还有别的至尊赶来，故此希望在最短的时间内打败敌人，结束这场对决。

大长老被黑色的战矛刺中后，行动并没有受阻，而是继续奋力出击。

手持黑色战矛的异域至尊受到了严重的创伤，一下子变了脸色，不得不快速后退，松开了手中的战矛。

异域其他的几位至尊见状，纷纷出手。一时间，至尊术交织，都向大长老攻去。

“噗！”

大长老将大罗剑胎一挥，剑光瞬间照亮了天宇，让群星都暗淡了。手持黑色战矛的异域至尊被大罗剑胎刺中了眉心。

手持黑色战矛的异域至尊很想催动战矛，攻击大长老。令他没有想到的是，大长老的肉身如仙金般坚硬，毫不费力便将他击败了。

第1270章 闯回帝关

WANMEI SHIJIE

手持黑色战矛的异域至尊被刺中了眉心，情况极其危险，哪怕他是至尊，也可能会殒身。所幸他的眉心发光，大道法则浮现出来，阻止大罗剑胎继续攻击。

然而，手持黑色战矛的异域至尊的元神还是受损了，出现了裂痕。元神受伤可比不得肉身，需要认真对待，不然会出大问题。

“轰隆！”

大印迸发出混沌光，光芒仿佛要覆盖域外一样，大道神威释放出来，攻向大长老。接着，火炉也冲向大长老，帮助受到重创的异域至尊化解危难。

异域的一位至尊将一根粗大而沉重的狼牙棒抡动起来，发出如同惊世雷霆般的声音，狠狠地拍向大长老。

然而，大长老像是铁了心一样，连身上的黑色战矛都没有拔出，依旧向前冲去，要攻击那位受创的异域至尊。

“亦谷，小心！”异域的一位至尊大喊道，提醒身负重伤的异域至尊。

亦谷没想到自己丢掉了黑色战矛，还是难以摆脱被追击的命运，对方像是锁定了他一样。

目前亦谷还是处在危险之中，这个时候，他心想：这个孟天正未免太执着了，以剑直指我的额骨，不肯善罢甘休。

异域剩下的三位至尊也很担忧，损失一个寒溟也就罢了，现在连亦谷也遇到了危机，若是再发生意外，后果简直不堪设想。

五大至尊出手，若是损失两人的话，绝对是一大耻辱，也是一个天大的事件。但是，他们不得不承认孟天正很厉害，而且意志很顽强，即使被黑色战矛击中了，依旧拼命战斗。

亦谷大喝一声，准备催动黑色战矛攻击大长老。然而，大长老的体外腾起了一片神光，形成了一个保护罩，黑色战矛竟纹丝未动。

“看招！”大长老大吼一声。他用力将大罗剑胎向前劈去，只见一道又一道神光撕裂了天宇，景象恐怖至极。

“轰！”大印、火炉以及狼牙棒一齐向大长老攻去，响声震天。

大长老或躲避攻击，或催动宝术对抗，而后向亦谷冲去。

“这一次你还想得逞？是时候付出代价了！”异域的三位至尊吼道。

寒溟殒身就是大长老血拼的结果，大长老不惜自己负伤，也要除掉寒溟。现在异域的几大至尊见大长老这样拼命，觉得他肯定又想除掉亦谷，于是全力阻拦。

这是一幅奇异的画面，大长老追击亦谷，异域的三位至尊追击他。天地之间，兵器当当作响，一些星体随着他们的移动而碎裂，骇人至极。

大长老被黑色战矛刺中，渗出的鲜血染红了黄金战衣，一头黑色长发随风飘舞，看起来有些悲壮的意味。

就在异域的几位至尊以为大长老将要体力不支之时，大长老身上插着的战矛突然发光，从他背后飞了出去。

黑色的战矛发光，撕裂了天宇，周围的星体跟着摇动，整个域外仿佛都要崩塌了。

黑色战矛带着大长老的精血，快如闪电，刺透后方的一片光幕，“噗”的一声刺中了异域一位至尊的胸口。

异域的那位至尊当即目瞪口呆，这一切发生得太快了，黑色的战矛凝聚着强大的符文，闪耀着不灭的符号，绚烂至极。

异域的几位至尊一直认为大长老在全力追击亦谷，没有想到他会突然转移目标，因此都没有设防。

“啊——”

负伤的异域至尊孔拓怒吼一声，将黑色战矛逼了出来，胸口渗出血，而后迅速修复伤口。

“你以为伤了我就能改变什么吗？我是至尊，想要取我的性命得拿出点真本事来！”孔拓虽负了伤，但气势不减。

“你说得不错，至尊战需要真本领。”大长老的回应很平淡。

随后，大长老化成一道光冲了过去，开始与孔拓激战。

之前被大长老追击的亦谷早已停了下来，快速修复伤口，受损的元神也愈合了。

“啊——”孔拓突然大叫起来。虽然他被黑色战矛击中的部位复原了，但是仍有一团光在他的体内四处冲撞。

“这是什么？你的元神进入了我的体内？！”孔拓大叫道。他简直不敢相信这个事实。孟天正分明在与他激战，他的体内居然出现了一团光，像是一个元神要争夺他肉身的控制权。

“你们只看到我修炼《不灭经》，却不知道我有更擅长的神通。”大长老冷冷地说道。

“阴阳诀！”异域的一位至尊立即变了脸色。

阴阳诀是一种奇异的古天功，天地由阴阳而生，大道可以以阴阳阐述。敢以阴阳为名的古天功，自然强大无比。

阴阳诀不光能修炼阴阳二气，还能将元神暂时分成两个部分。此外，血气也可分成两个部分，让修炼者暂时拥有另一个真我体魄。

方才黑色战矛刺入孔拓的体内，战矛上不仅带着大长老的精血，还有大长老的部分元神，现在元神开始发威了。

“啊——”

在孔拓的体内，一团血发出璀璨的光芒，包裹着元神，快速放大，发出长啸声。孔拓觉得好像有一位战神要从自己的身体中挣脱出来一样，感觉很奇异。

“区区一半元神也敢进入我体内，今日我便炼化你！”孔拓冷静下来，浑身发光，欲炼化大长老的部分元神。

孔拓如同一个盖世魔王般大吼起来，极力压制大长老的部分元神，让那团血气和元神不断变小。

“开天斧！”大长老断喝一声。

孔拓的体内，那团精血化成了一把战斧，被元神小人提在手中，挥舞起来。

“不好！”异域的其他几位至尊顿时脸色大变。

所谓的开天斧是昔日顶级的仙道秘术之一，据说修炼者将自身的精血凝聚起来，便能化成一把战斧。开天斧号称可以开天辟地，异域的几位至尊没想到大长老分出去的元神带着精血，竟是为了在孔拓体内施展这一秘术。

“噗！”

孔拓的躯体被击中了，元神也被分成了两半。

这时，大长老的真身到了。他手持大罗剑胎疯狂攻击，不时斩落远方的星辰，景象恐怖。

一位至尊居然就这样没命了，至尊殒身后的异象再次出现。

剩下三位异域至尊的脸色变得很难看，一个孟天正而已，居然让他们损失了两大至尊，这简直忍无可忍！

难道孟天正还想将他们都除掉不成？

大长老咆哮一声，分出去的元神和血气便回归本体，重新融合为一个整体，而他手中也多了一把巨大的战斧。

“孟天正，你真的以为你可以彻底除掉我们吗？”异域的一位至尊面露不屑之色，这般说道。

“砰！”

大长老没有说话，默默收起了大罗剑胎，用开天斧击中了亦谷，这一击是真正的重创!

“嗯？”

大长老心中一惊，生出警觉，望向一个方位。随后，他收起开天斧，以闪电般的速度逃离了此地。

天兽森林突然出现了几道身影，像是从异域赶来的，恐怖的强援到了。

大长老没有停留一分一秒，快速朝帝关的方向行去。与此同时，十界图、乾坤袋等仙器经过一段时间的对峙后也分开了。

“哧哧哧！”

几件仙器飞向不同的方位，分别被祭出它们的人收走了。

帝关巍峨，矗立于天地之间。

大长老带着石昊一路飞奔，成功回到了帝关。

石昊震惊不已，大长老居然除掉了异域的两位至尊，如果不是异域有恐怖强援出现，大长老的战绩或许会更辉煌。

第1271章 归来

WANMEI SHIJIE

帝关雄伟大气，尽显岁月的沧桑，城体是以数不尽的陨星堆砌而成的，虽然陈旧，但是气势磅礴。

大长老笔直地伫立在帝关前，身穿破碎的黄金战衣，战衣上还留有暗红色的血迹，浓密的黑发披散到腰际，一双眸子十分深邃。此时的他，依然是黄金岁月时的样子。

“大长老，你无恙吧？”石昊一直很担心大长老的安危，但是刚才一直没有机会询问情况。

大长老为了除掉异域的至尊，受了不少创伤，如果不是发生了变故，或许能除掉第三位异域至尊。

这样辉煌的战绩若是传出去的话，肯定会震惊整个天下。或许，这场至尊战可以算是本纪元最惊人的战斗，是人界的绝巅之战！

大长老摇了摇头，掌心瞬间出现了一座祭坛，祭坛不过拳头大，闪闪发光。而后，大长老利用这座祭坛打开了一条通道。

“唰！”

石昊和大长老迈步走入通道，即将进入帝关。

与此同时，大漠中传来一阵大吼声，声音震动了天地。整片金色的大漠都被翻了过来，沙漠之下，尸骨无尽，都是昔日战死的生灵，尸骨在沙浪中起伏，景象惊人。

几道身影站在帝关前，皆脸色不善，带着强烈的怒意。在更远处，还有几道身影，个个都十分恐怖，散发出的血气遮蔽了日月。

异域的至尊追击至此，只能止步，因为他们没有办法进入帝关。

“不会太久了，我界将叩关，彻底攻占这座古城！”有人冷冷地说道。

这时，城门内发光，这是一片广场，占地非常广阔，平日间许多大军都从这里出城。

“咦？有人经过通道入城了。”

“唉，肯定又是一支寻找荒的队伍回归了。真是可惜了，天兽森林被包围，谁都没有办法进去。”

“荒被困在绝地，却无人能救他。”

一些人小声议论着，很明显，这几天来，边荒外发生的事情早已传至帝关，引起了城中各方的关注。

异域大军驻守在天兽森林外，兴师动众围攻石昊的事早就被帝关中的人得知了，所有人一直都在关注此事。

很多人都想救石昊，还准备了数十支队伍，结果大部分队伍都被大长老劝了回来。有一些人坚持要去，看到异域的大军包围了天兽森林之后，只能无功而返。

“孟前辈能成功吗？”不少人希望大长老能成功带石昊归来。

现在帝关的很多人都知道石昊在边荒外得到了一个烂木箱子，异域也正是因为木箱而主动发起攻击。

“听闻荒接连除掉了异域的强敌，一个人在绝地血战！”一些密报传了回来，引发了不小的风波。

异域在追击石昊时损失了不少高手，这个消息让帝关中的热血青年们激动不已，并为此欢呼。

“来了，出现了！”帝关的众人望向广场，那里有一座巨大的祭坛。

无论是出城还是进城，每一个人都要被带到祭坛上认真观察一番，有的还会被探查生命印记，而这一切都是为了保证帝关的安全。故此，无论是一次通过很多人还是一两个人，都要耗费一定的时间。

“是孟前辈！”

“我没有眼花吧，我看到了谁，荒……回来了！”

广场上的祭坛周围，一群人惊呼起来，不敢相信自己看到的。

一道伟岸的身影穿着残破的黄金战衣，连头发上都沾染着血，带着荒回到了帝城，此时正站在祭坛上。

不少人揉了揉眼睛，确定自己没有看错，大声欢呼着。

“孟前辈神威盖世，居然带着荒回来了！”

“天啊！真的是神勇无敌！”

“异域的大军包围天兽森林，派出了多位至尊坐镇，都没能阻挡住孟前辈的脚步！”

众人都知道，孟前辈肯定经历了异常激烈的战斗，不然怎能突出重围，将荒安全地带回帝关？

孟前辈身上残破的战衣，染血的头发就足以说明一切，那可是至尊之间的大战啊！

与至尊对决还能活着回来，这就是最大的胜利！

“去报信！”很快，消息就传了出去。

大长老的脚下浮现出一条金光大道，带着石昊离开了此地，径直没入帝关深处。

“真是奇迹！荒回来了，没有殒身在边荒绝地！”

这个消息震动了帝关，引发各方的关注，因为此前所有人都认为石昊不可能回来了。

这是一件大事，整个帝关都沸腾了！

要知道，石昊可是得到了一件至宝啊！这件至宝极受异域的重视，所以为石昊惹了不少麻烦，而他居然成功熬了下来。

“烂木箱子是否带回来了？”许多人都很关心这个问题。

同时，不少人对大长老的实力感到震惊不已，一个人对抗异域的大军，将弟子带了回来，这得要有多大的神通？

“孟前辈果然是无敌的，若非大环境变了，他一定早已成仙！”

“荒在哪里？我们要见他，更要见孟前辈！”

许多人大喊大叫着，非常激动，都想知道荒和大长老在边荒外到底遇到了什么事。

一条金光大道横穿帝关，也不知道延伸了多少万里。在中途，大长老突然带着石昊降落了。

“啊！是孟前辈！”一看到大长老和石昊，一群人立马冲了过去，行大礼参拜。

此时的大长老如同战仙再生一般，让很多人都无比崇敬。

“暂时不要打扰大长老，他与异域的数位至尊激战，负伤了。”石昊很担心大长老的身体状况，对众人说道。

“什么？！”其他人大吃一惊，一个人与数位至尊对决？这是何等大的气魄！

“结果如何？”一个年轻人迫不及待地想知道对决的结果。

“大长老接连除掉了异域两大至尊，还重创了一位至尊。若非异域有更多高手出现，大长老说不定能取得更为辉煌的战果。”石昊面露骄傲之色，这般说道。

“扬我帝关神威，孟前辈天纵人杰！”一群人大喊起来，难掩激动之情。

“你随我来。”大长老对石昊说道。

前方是一片山地，弥漫着混沌之气，大长老带着石昊走进山林中，山林里有一座古老的宫殿。

这里是大长老平日的闭关地之一。

“大长老，你究竟怎么样了？”石昊说完，快速取出一个玉瓶。

大长老摇了摇头，没有接过玉瓶，他的体表出现了许多裂痕，很是吓人，仿佛随时都会散架。

“可惜啊！差了一步。”大长老摇头叹息。

石昊的心猛地一沉。

“你不要担心，我没事。我只是觉得可惜，如果遭受的术法攻击更重一些，或许就是一场机缘。”大长老微微一笑，向石昊解释道，“我曾经走上以身为种的道路，结果发生意外，险些殒命，之后于劫灰中重生。这次，我想趁机锤炼己身，但是对手的实力不够……”

大长老的一番话让石昊目瞪口呆，原来大长老在与异域几位至尊的对决中有意硬拼，放弃了很多技巧性的术法，是想借异域的至尊之手熬炼自身，让自己完成一次关键性的蜕变。

这自然极其危险，因为敌人的每一次出手都是致命的，石昊觉得大长老或许比在战斗中表现的还要强。

“锤炼有些不尽如人意，我要闭关。”说到这里，大长老的掌心发光，烂木箱子显现出来。

之前，大长老以大法力遮掩了烂木箱子的气息，现在准备仔细观察一番。最后，他叹了一口气，似乎也没有研究出什么。

大长老将烂木箱子还给石昊，叮嘱道：“你让异域损失惨重，不要隐瞒，告诉他人。这一次，你立下了不小的功劳，帝关的石族应该可以免罪了。”

石昊对大长老行了一个大礼，生出一股发自内心的尊敬，如果没有大长老出手，他肯定无法活着回来。

“去吧。”大长老闭上双眸，准备闭关。

第1272章 相聚

WANMEI SHIJIE

石昊走出宫殿，提着烂木箱子，来到了外界。

帝关的一些人看到石昊手中的烂木箱子，立刻知道了那是什么。

正是因为这个烂木箱子，异域的大军才不惜涉险进入天兽森林、神药山脉等地，可见它有多么重要。

“这就是那个烂木箱子？”一些人连声音都颤抖了，而有些人更是围了上去，都想看一看烂木箱子到底有何特别之处。

石昊没有表现出抵触情绪，反而很大方地让众人观看。因为他和大长老都没有办法窥透其中的奥秘，若有人能想出办法打开它，就最好不过了。

“石昊在哪里？”

与此同时，远处赶来了一大群年轻人，他们都是石昊的熟人，比如曹雨生、长弓衍、卫家四凰等。得知石昊活着归来的消息后，他们立马四处寻找石昊。

“你回来了！”太阴玉兔哇哇地叫着，像是永远长不大的孩子一样。自石昊认识她，她就是十几岁的样子，粉雕玉琢，银发齐腰，一双大眼宛若红宝石般。

谪仙、十冠王、石毅、六冠王宁川、戚顾、大须陀等人也来了，听闻石昊活着回来的消息后，这些人都出动了。

此外，王家与金家的人也来了，他们没有料到石昊能活下来。

“荒简直就是一个怪物，这么多天过去了还活着，还等到了孟天正的救援。”王家的人嘀咕道。

石昊带回来的烂木箱子非同小可，各大势力都很心动，想了解更为详细的情况。

小蚂蚁大叫着，化成一道金光冲向石昊，与它比肩而行的还有一只皇蝶。

“石昊，你……真是不容易，居然挺了过来！”曹雨生兴奋地大叫道。

石昊一看到曹雨生，就心头一震，他不会遗忘在古葬区的圣地见到的人与事。那个胖道士是漫长岁月之后的曹雨生，是被埋葬了不知多少年后，独自从地下走出来的故人。

多年后会发生什么？石昊现在也无从得知。

眼前的曹雨生和那个胖道士的身影逐渐重合，石昊一阵出神，有很多话都难以说出口。他又看向太阴玉兔，想到那个无穷岁月后的曹雨生曾认真叮嘱自己，要照顾好小兔子，因为未来的她不见了。

“傻了吧，怎么不说话？看到我们只知道发愣啊！”太阴玉兔故意取笑石昊。

其实，曹雨生等人都很激动，庆幸石昊能活着归来，也很担心石昊，不过他们不想把担忧表现出来。

“我们曾想去天兽森林救你，大长老大袖子一甩，把我们给送回来了！”曹雨生对石昊说道。

长弓衍在一旁点头，当时一群年轻人争着抢着要去救石昊，结果被大长老阻止了。

“荒兄能安然归来，实在是一件喜事！”五灵战车的主人齐宏大笑道。

平日与石昊没有密切往来的十冠王也走了过来，道：“我也想去救你，但被劝了回来。”

“石昊，你无恙吧？”这时，清漪的声音传来。

进入帝关后，清漪便一直在闭关，受大人物指点，得知自己疑似与上一纪元的青月仙子有关，身边常伴一枚神秘的火种。她出关没多久，便听闻了石昊的事，非常焦虑，今日终于迎来了好消息。

一大群人都赶来了，真是太热闹了。

石昊回过神来，一一回应大家的关心，尤其是清漪。进入帝关后，石昊和清漪便很久未见了，经历了这么多事情，再次相逢，石昊竟有一种别样的情绪。

“你究竟干了什么啊？难道只是发现了这个破箱子，便引得异域的大军围攻你？”太阴玉兔很是不解。

石昊哈哈大笑起来，道：“对，就是这个箱子，给你们研究一番。”

石昊将烂木箱子递了出去，引得一群人争相抢夺，每一个人都想第一时间观看烂木箱子。

“轰！”

伴着一声巨响，十冠王与谪仙居然打了起来，都想第一个拿到烂木箱子。片刻后，拓古驭龙与齐宏也加入了争夺烂木箱子的队伍。

“这是我的，你们没看到是我第一个拿到手中的吗？先让我看！”小蚂蚁大叫起来。

众人仔细一看，顿时不知道说什么好，说什么拿到手中，这家伙不过指腹那么大，此时正趴在烂木箱子上面呢。

“原来个子小也有好处。”曹雨生嘀咕道。

“不服？我打得你满地找牙！”小蚂蚁用金色的拳头猛地砸向曹雨生，让他当场横飞了出去。

“豆丁，蚂蚁！”曹雨生被偷袭后，愤怒地大叫道。

“哈哈——”一群人大笑起来。

远处，王曦看到这一幕，什么都没有说，也没有向石昊靠拢。因为王家与石昊的关系不好，王家的人也来了不少，都是为了烂木箱子而来，但此时都在一旁看着，没有靠近。

金家的一代天纵人物金展也在这里，他被誉为年轻一代最强者之一，一直看不惯石昊。不过，在这个节骨眼上他不会招惹石昊，那样会引起其他人的反感，自找不痛快。

邀月公主笑盈盈地看了王曦一眼，向石昊走去。她一向与王曦不和，她的家族很支持大长老，当初就是她建议自己的父亲徐皇朝将仙王裹尸布借给大长老的。

“说一说你的经历，在外边都遇到了什么。”太阴玉兔最不见外，开始询问石昊在边荒外遇到的奇异之事。

“能见到的我都见到了，蛄族的高手、帝族的年轻大人，以及鹤无双的后代，还有数不清的老怪物。”石昊感叹道。

“你究竟是怎么活下来的？跟他们对决了吗？除掉了多少人？”卫家四凰中的一个少女好奇地问石昊。

“如果算上间接除掉的，最少也有几千人马吧。”石昊皱着眉头思索了一下。

“什么？！”许多人惊呼出声，有些难以置信。

众人知道异域此次派去围攻石昊的都是高手，这个数字实在有些吓人，他们若是知道石昊除掉了不少修为在遁一境的大修士，肯定更为震惊。

石昊并没有打算隐瞒真相，他还要为帝关中的石族“赎罪”呢，必须让人知道他立下的战功。故此，他开始讲述自己在边荒外的经历。

“你还见到了传说中的葬士？好神奇！”一群人惊诧万分，因为他们对葬士根本不了解。

当听到石昊除掉了无畏狮子一族的几只狮子时，一群人拍手称快，激动不已。因为无畏狮子一族太可恨了，它们在上一纪元引敌入关，间接造成了九天十地生灵涂炭的景象。

“不是说有一只无畏狮子返祖了，比殒命的几只狮子都强大吗？它最后怎么样了？”齐宏问石昊。

“在这里。”石昊放出无畏狮子，让它出现在众人面前。

无畏狮子有点发蒙，而后怒视众人，一群人居然在对它评头论足！

“老实点，你是我的坐骑，他们都是我的朋友。”石昊敲了无畏狮子的额头一记。

众人惊讶不已，骑这样一只强大的灵兽去战场，绝对会吸引全场的眼光。

“你除掉了很多强者，还与帝族的人交过手？”不少人都很吃惊。

远处，金展冷笑道：“谁知道荒说的是真是假，说不定被人俘虏过呢！”

金家的老辈人物暗中劝阻金展，让他不要妄动。

就在此时，金家的一位身份高贵的老者走向石昊，道：“这个木箱是你从外面带回来的吗？”

“是。”石昊回头看了这位老者一眼，虽然对金家的人心存不满，但还是回答了。

“那好，这个木箱意义重大，请你将它交出来，留给城中德高望重的前辈研究。”金家的老者像是下命令一样。

第1273章 打压

WANMEI SHIJIE

金家老者的话一说出口，原本热闹的场面顿时安静了不少，一群人纷纷望向石昊和金家老者。一时间，气氛有些尴尬，谁都没想到金家的人居然会在这个时候提出这种要求。

一部分人认为金家老者的说法是合理的，于公来说石昊确实要上交烂木箱子，让各族长者研究。不过，大部分人都意识到金家的这位老者是故意的，话里有针对石昊的意思。

因为石昊这次闹出的动静太大了，他不仅引得异域统率大军包围天兽森林，还惹出了至尊大战，最后他还活着回来了，可谓出尽了风头。

之前，几乎九成的人都认为石昊会殒身于关外，现在却发现完全不是那么一回事。不说其他，单是石昊这种将边荒搅得天翻地覆的劲头，就已经引起了各方的关注，更不要说他成功带回这个烂木箱子了！

连异域都万分想得到的东西被石昊夺得，带回了帝关，这是大事件，也是一件极大的功劳。金家的人在这个时候出头，很明显是有针对性地打压石昊，再进一步说，这是要摘下他的光环。

金家的这种做法引起了一些人的不满，比如曹雨生、长弓衍等人。

清漪在一旁开了口：“石昊带回这么重要的东西，功劳极大，理应被尊重，你摆出这副姿态是什么意思？”

这些话听着虽平和，但分量不轻，金家的老者瞬间变了脸色。

“石昊舍生忘死，好不容易从边荒外带回一件至宝，你却这样居高临下，目中无人，是有心挑起事端吗？”曹雨生也逼问起金家老者来。

来到这个地方的不仅有一群年轻人，还有各族的一些老辈人物。此时看到这番景象，许多人都不由得面露异色。

当然，也有不少人偏向金家，皆是金家的追随者。

“金前辈并无恶意，是你们太敏感，想多了。”金家的一个追随者赶紧打圆场。

一位老妪咳嗽了一声，道：“还是将木箱交上来吧，让我们请高人研究。”

金家的人虽然表面上承认石昊有功，但是依旧坚持索要烂木箱子，并以大义要挟石昊。

长弓衍郑重地说："如果都是你们这样的人，以后还有谁愿意冒险争夺机缘？石昊分明是有功而归，你们却像对待有罪之人一样，将自己的姿态摆得这么高，是谁给你们的权力？"

"年轻人你想多了，我并无私心，只是时间紧迫，需要立刻请帝关中的各族高手一起解开这个木箱的秘密。"最早说话的那位金家老者再次开口了。他名为金逸，是一位大修士，进入遁一境有一些年头了，到了这个层次，自然可以俯视群雄，最起码在帝关中绝对算是大高手。

"还说没有私心，你就不能客气一些吗？还不是嫉妒石昊，想要打压他？可耻啊！真是气死人了！"太阴玉兔大声吵嚷道。

"哼！我承认荒这一次立下了不小的功劳。"金逸看向一群年轻人，冷冷地道，"但是，他惹的麻烦也不小！"

"你分明就是想打压石昊，还说什么惹的麻烦不小。你给我说说他到底惹了什么麻烦？！"太阴玉兔顿时就发飙了。

谁都没有想到太阴玉兔这个小女娃说话这么冲，居然敢顶撞修为在遁一境的大修士。

石昊没有说话，一直在旁边看着，因为他有底气，想看一看金家到底想做什么。

"前辈，你这样说未免有失公允，石昊究竟惹了什么麻烦？"清漪淡淡地问金逸。

"你们知道孟前辈为了救他付出了怎样的代价吗？他一个小小的修为在虚道境的修士险些令一位至尊陷于绝地，这样的麻烦还不大吗？"金逸朗声道。

听到这些话，一些人心中不忿，觉得金逸是专门挑刺。

小蚂蚁立马就炸毛了，怒斥道："你们金家的至尊出城了吗？有想过营救荒吗？现在摆出一副大义凛然的样子，说什么荒影响了至尊的安危，你也好意思说出口！"

"大长老与石昊有师徒之情，他营救石昊成功归来，而石昊还带回了异域想得到的烂木箱子。这本是皆大欢喜之事，值得庆贺，你却鸡蛋里挑骨头，没事找事，什么意思？！"曹雨生也喝问起来。

"你的眼睛有问题吗？"太阴玉兔胆子最大，毫不避讳，"异域为了这个木箱，出动大批人马，甚至让多位至尊坐镇，足以说明木箱事关重大，而我帝关理应派出精锐，争夺木箱。大长老怕各族损失惨重，自己冒险出关，独自对付各路至尊。这本是一桩美谈，怎么到了你的嘴里就完全变味了？你们金家的金太君不出关也就罢了，如今你们却责问起别人来了，还讲理吗？”

听完太阴玉兔的一席话，别说一群年轻人皆面露异色，就连其他各族的老辈人物也向金逸投去复杂的目光。

“呵呵，年轻人都很热血、正直，这是好事啊！”王家的一位老者开了口，为金逸解围，“金兄也是一时性急，说话的语气可能有些重了，实际上，他只是过于担心孟前辈的安危。一位至尊负了重伤，造成的影响是巨大的，毕竟至尊是守护帝关最重要的力量。”

“对啊！金兄也是一番好意，他为人一向正派，今日太担心孟前辈的伤势，因此说话有些不妥。”金家的追随者中有人附和道。

这时，金家的嫡系子弟金焜看向石昊，道：“在场的人生出了误会，你若早些解释，也不至于如此。你是否觉得自己立下了不小的功劳，自恃不凡，不屑与我们说话？”

石昊闻言，冷冷地扫了金家的人一眼，不再沉默：“恬不知耻！我有必要向你们解释吗？自以为是！”

“别以为立下了大功，就能这样藐视我等了！”金焜喝道。他也是一位大修士，修为在遁一境。

金逸沉下脸来，道：“无论在哪里，不管有多么大的功绩，任何人都必须尊重前辈。”

很明显，金焜和金逸都是超级高手，也是金家来人中最强的两人，他们在针对石昊。

石昊怀疑在天兽森林遇到的阻击他的叛徒就来自金家。他刚一回来，金家就以这么恶劣的态度对待他，这不得不令他产生了诸多猜疑。

“人贵有自知之明，自己都不要脸面了，还要别人给他留吗？”石昊冷冷地说道。

众人皆是一惊，连曹雨生等人都没有想到石昊竟如此强硬，面对修为在遁一境的大修士都毫不退让。

就在这时，一些年轻人从远处赶来，带来了一个消息。

“不太妙！”曹雨生上前，拉了一下石昊的袖子，暗中传音，“大长老闭关的宫殿外悬挂的魂灯暗淡了不少，我想金家之所以敢明目张胆地找你的麻烦，正是因为如此。”

石昊心头一震，那盏魂灯代表着大长老的安危。不过，很快石昊又平静下来，因为大长老曾明确表示自己不会有事。

石昊顶撞了金家之后，导致金家的许多人面露怒色。

“荒，你知道刚才在跟谁说话吗？”金展目光冷厉，盯着石昊。

石昊看向这个号称金家天赋过人的奇才，冷冷地道：“你知道自己在跟谁说话吗？”

第1274章 一招压天骄

WANMEI SHIJIE

在场的所有人闻言，皆面露震惊之色，气氛一下子变得紧张起来。石昊与金展针锋相对，你不让我，我不让你。

“荒，你太过分了，面对前辈不懂得尊重吗？”金家的一个追随者对石昊说道。

金展更是勃然大怒，他被誉为金家的天纵人物，天赋过人，谁敢小觑他？可现在荒不仅没有将他放在眼中，言语中还带着威胁之意。

“放肆！”

金展一说出这两个字，现场立马充满了火药味。

“凭你也敢对我说这两个字？”石昊站在原地，注视着金展，目光冷峻。

“辱我长辈，不懂得尊重前辈，我说放肆有何不可？”话音刚落，金展便向石昊走去，沉重的脚步让这片大地都颤抖起来。

所有人都感觉到了，金展的力量极其强大，最起码在年轻一代中，罕有人可及，超出了众人的预料。

“你也配在我面前招摇？”石昊面露轻蔑之色，并没有将金展放在心上。

“放肆！”金展真的怒了，虽然还是那两个字，但是意义完全不同了。他这次说放肆是针对石昊对他的不敬，而非替长辈出头。

“怎么回事，难道金展突破了？”一个年轻人悄声道。他感应到金展散发的不像是修为在虚道境的修士应该有的气息，强大得令人难以置信。

与此同时，金家的一群人的脸上都露出了笑容，金逸与金焜也不例外。他们知道金展迈出了关键性的一步，如今击败年轻一辈的高手是没有什么问题的，故此，他们丝毫不担心金展会吃亏。若是金展借此机会与荒对决一番，肯定会引发巨大的风波，他们很乐意见到那样的场面。

事实上，当金家知道荒活着回来，并立下大功的消息后，便有了这样的打算。他们一直想将金展培养成年轻一代的领军人，可是一直以来，荒都很强大，罕有人可与之匹敌。而现在便是一个大好机会，金展若是在荒最辉煌的时候成功打败他，便会奠定在年轻一代中的无敌地位。

金家人早就有这种计划了，准备让金展踏着石昊上位。不过，他们本来没有想现在就实施这个计划，只因刚才正好引发了金展与石昊之间的矛盾，便将计划提前实施了。

“对我说放肆，你还不够格！”石昊厉声道。

紧接着，石昊将大袖一挥，“轰隆”一声，如同天崩地裂般，骇人至极。

金展一个不注意，竟站立不稳，险些摔倒。随后，他接连倒退，到最后更是差点横飞而起，在地上留下了一行深深的脚印。

王曦非常吃惊，急忙上前扶住金展。她看了金展一眼，又望向场中如同魔神般岿然不动的石昊。

其他人不禁大惊失色，金展那么强大，居然被荒一袖子就击退了？这未免也太不可思议了！

金家的人心中大惊，死死地盯着石昊，石昊的实力之强大出乎了他们的预料。

“砰！”

金展让王曦松手，他站稳了身体，浑身突然散发出恐怖的气息，战衣璀璨夺目，如同一轮坠落的天日。

“果然，这是斩我境的道行！”有人惊呼出声。

金展刚才还有所保留，现在则是彻底显出了自己的实力。在他这个年龄段，达到斩我境的人虽然不是前无古人，但是也很难得。

“荒，我早就想与你对决了，择日不如撞日，就今天吧！”金展大喊道。他的头发飞扬起来，整个人都在发光，如同一位强大的神祇。

金展正式向石昊发起了挑战！

金展在虚道境时便要与石昊对决，但当时被族人拦住了，如今他已经进入了斩我境，无惧一切，终于等到与石昊对决的机会了。

在场的不少人皆面露担忧之色，唯恐石昊会失利，比如长弓衍等，他们曾听石昊讲述了他在边荒外的经历，知道他除掉了不少敌人。可是，他们仅仅听到了石昊讲述对付异域的年轻强者的事，比如除掉无畏狮子一族的几位强者，降伏了一只无畏狮子，还没有听到他后来在天兽森林突破到斩我境并除掉修为在遁一境大修士的经过。

故此，清漪等人都变了脸色，想要阻止石昊迎战。然而，清漪等人还没说话，石昊就抬手阻止了他们，依旧是一副非常放松的样子，看不出有丝毫的紧张。

“就凭你也配向我发起挑战？”石昊说了这样一句话。

这样的话一出，全场当即鸦雀无声。所有人都吃惊地看着石昊，王曦也有些难以置信，心想，难道荒真的有打败金展的实力？

身为发起挑战的当事人，金展面不改色，目光冷峻，盯着石昊。

片刻后，金展浑身发光，气势提升到了极点，达到了他目前境界的最高层次。接着，他厉声道："荒，你张狂得过分，今日我便给你一个教训！"

金展虽然还在斩我境的初期阶段，但是爆发出了惊人的力量。修为在斩我境中后期的修士皆大为震惊，自叹不见得是金展的对手。

"小心！"曹雨生等人齐声提醒石昊。因为石昊太随意了，全身上下没有一丝警戒，依旧愣愣地站在那里，根本不像是要对决的人。

"轰！"

伴着一声巨响，金展右手捏剑诀，一道剑光径直向石昊刺去，仿佛要刺透苍穹。

然而，面对足以威慑年轻一代的绝世剑气，石昊却是一副泰然自若的模样，只是缓缓抬手向前压去。

散佛八式，第一式！

这一击很普通，起初只有一股大道气息，之后才爆发出神威。

当金展的剑光靠近时，石昊的脑后浮现出绚烂的神环，这让他看起来如同一位战佛，气息恐怖至极。

"轰隆！"

石昊以散佛八式中的第一式直接压制了剑光，随后将之击散，响声震耳欲聋。散佛八式专门攻击人的弱点，效果极为显著。

"砰"的一声，金展横飞而起，灿烂的战衣全部碎裂。最后，他摔倒在血泊中，遭受了重创。

仅仅一招，石昊就打败了金展！

在场的所有人都愣住了，此地无比安静，没有一个人说话。

金家的人难以接受这个结果，这怎么可能？荒居然一招就击败了金展！

"怎么会这样？"金家的人大叫起来。

"太强了，石昊居然一招就击飞了天纵人物金展，不可思议！"曹雨生惊呼道。清漪等人更是惊喜不已，万万没有想到石昊会赢得这么容易。

"斩我境……中期！"金展吐了一口血，说出这样一句话。

众人震惊不已，荒这么年轻，修为就已经达到了斩我境吗？难怪他一招就击败了金展，这不仅是因为他的手段高明，还是因为他在境界上占据了绝对的优势。

荒比金展还要小几岁，境界居然超过了金展！在这个年龄段，荒算得上是前无古人了，最起码已经超越了这一纪元的所有前贤。

王曦看着石昊，脸上露出复杂的表情，怎么也没有想到他会这么强大。

第1275章 举世无双

WANMEI SHIJIE

斩我境中期！

在场的人无不睁大了眼睛，不敢相信听到的这一事实。

荒才多大，不过二十几岁而已，居然就已经是修为在斩我境的高手了，而且还是斩我境中期，这种成就应该算得上前无古人了。

按照骨书上的记载，这一纪元的生灵达到斩我境最年轻的也接近三十岁了，荒竟然把这个纪录提前了数年！前不久，他还在虚道境，如今一下子就突破到了斩我境中期，速度未免太快了！

到目前为止，年轻一代中有几人能做到？

在场的许多人都惊呆了，久久说不出话来，像是看怪物一样看着石昊，这简直就是一个神话般的存在！

很快，有些人冷静下来，清醒地意识到，自今日起，年轻一代中无人再是荒的对手。荒的对手将是老一辈的人物，同辈之人已经无法与他匹敌了。

想到这里，老一辈的人物不禁感到一阵心惊。而对于其他年轻人来说，荒将不再视他们为对手，他们不知道是该觉得庆幸还是悲哀。

“有史以来从未有人在二十几岁达到斩我境，更别说步入中期了！”一位老者看向石昊，双眼放光，恨不得将石昊拉入自己的家族。

“前无古人，举世无双！”帝关的长生世家的人也不吝赞美之词。

在这个年纪取得这样的成就已经超出了常理，影响深远，他们见证了一位绝代奇才的崛起。在过去，任何一项纪录都很难被打破，荒这一次竟直接将达到斩我境中期年纪的纪录提前了数年，让人想不心惊都很难。

此时此刻，王家的人的心情十分复杂，荒的成长速度实在是太快了！所幸王家有王长生坐镇。

至于金家，则对石昊怨恨不已。他们原本想将族中的天纵人物金展打造为年轻一代的领军人，结果石昊轻而易举地就击败了金展。

这一次输了，金展将会失去很多！

邀月公主看向金展和王曦，勾起嘴角，笑得十分开心。

“哈哈，真是惊喜啊！你在边荒外得到了什么大造化吗？怎么一下子变得这么厉害？”太阴玉兔笑嘻嘻地对石昊说道。

清漪、长弓衍等人也感到很开心，这个结果让他们都有些难以置信。刚才他们还十分担心石昊，没想到他竟然赢得这么轻松。

“那个家伙一副盛气凌人的样子，怎么这样不经揍？”小蚂蚁嘀咕道。

金展的实力绝对不弱，若是换作其他人与他对决，谁能保证可以打败他？他之所以会败，是因为遇到了一个更为强大的对手。

这个地方不再宁静，许多人都热议起来，看向石昊的眼神也和之前不一样了。

曹雨生在一旁摇着头，表现出一副若有所思的样子，叹道：“其实这是一条孤独的路，你们不懂。”

“你在乱说什么？”太阴玉兔叫道。

“我想起了我师父清醒时说的一些话。”曹雨生脸上浮现出忧愁的神情。

“你师父不靠谱，说什么有人会把你活埋，你还真信啊？”太阴玉兔睁大眼睛看着曹雨生，这般说道。

曹雨生神情恍惚，自语道：“在孤独中前进，在寂寞中崛起，征战！”

“你在说些什么乱七八糟的！”小蚂蚁看了曹雨生一眼，很是不解。

“你们就当我胡说八道吧。或许对于一些人来说，或者一个纪元来说，从今日起便揭开了序幕。”

就在此时，金展站了起来，擦去嘴角的血，目不转睛地盯着石昊。他难以接受这样的结果，在他这个年纪，达到斩我境已经达到了史上的最高纪录，结果却这么被人击败了。

“我不甘心，我还要向你挑战！”金展的双目中射出两道耀眼的光芒，浑身发光，看着好像是熊熊神焰在燃烧一样。

金展想与石昊再对决一次，甚至想焚烧道源，与石昊决一死战。

“不可！”金家的一群人纷纷喝阻金展，担心他会丢掉性命。他们知道荒原本就对金家没有什么好感，此时更不会手下留情。

“我说了，你不是我的对手，没资格向我挑战。”石昊毫不客气地说道。

金展的脸色青一阵白一阵，不久前他还呵斥对方“放肆”，结果到头来对方这么轻视他，还说他没有资格发起挑战，他恨不得仰天长啸一番。

“我就是要对决！”金展的态度很强硬。

石昊拍了拍无畏狮子，道：“去，帮我收拾他，别看热闹了。”

“你！”金展大怒，觉得自己受到了侮辱。

荒居然让坐骑出手，简直是欺人太甚！

同一时间，无畏狮子大吼一声，眼中流露出一股怒意。它的血统何其高贵，如今却被人这样役使。

“叫什么？跟着我就好好听话！”石昊大声呵斥无畏狮子。

其他人看得眼睛发直，想说些什么，张了张嘴又不知道说什么好。在他们看来，金展太倒霉了，居然遇上了比他还要霸道的荒，令他们更惊讶的是，荒竟然派出自己的坐骑与金展对决。

当然，也有很多人心中一惊，荒派出的可是无畏狮子的后裔，而且还是一个返祖者，这证明了它的高贵与强大。连这样的生灵都被荒当成了坐骑，可见荒有多么强大！

“欺人太甚！”金家的人吼道。金逸与金焜两位大修士也都脸色铁青，冷冷地看着石昊。

“看什么看？还不是你们趾高气昂，挑衅在先！尤其是那个金展，还真以为自己是一代天骄了，到头来不过是自取其辱！”太阴玉兔直言不讳。

“你敢再与我对决一场吗？”金展目光冷峻，盯着石昊。

“去吧。”石昊拍了拍无畏狮子的头，让它出战。

无畏狮子浑身发光，像是烈焰在燃烧一样，径直扑向金展，将一腔怒火都发泄到了他的身上。

金展只能被动迎战！

“不愧为追随仙僧王的那只狮子的后裔！”

“这只狮子返祖了，体内有与其先祖相近的血。”

一些人在一旁议论起来。无畏狮子与金展打得相当激烈，吼声不断，异象频生，气势惊人。

金展愤怒至极，难道他连荒的坐骑都打不赢吗？

无畏狮子的脸色变得很难看，它没想到面对被荒迅速击败的对手，自己居然需要使出全力。要知道，不久前它可是进入轮回池经受了一番洗礼。经过这几日的锤炼之后，它道行激增，肉身变得更加坚韧，实力也比以前强了不少。可是，现在它居然不能立刻打败对手，这让它生出了一种焦躁感。

无畏狮子已经进入斩我境，一直憋着一股火气，准备找机会与石昊对决。可现在看来，它与金展差不多，还没有资格挑战石昊。

“轰！”响声震天，金展和无畏狮子接连大战了上百回合，战况非常激烈。

“够了！”金焜出手将他们分开。他实在看不下去了，这场战斗已经失去了意义，无论金展是否胜出，金家都没有什么光彩可言。

原本无畏狮子一族中的返祖者算是极其厉害的生灵，如果它不是石昊的坐骑，金展与它交手，哪怕以平局收场，也没有什么，但现在情形完全不同。

“你欺人太甚！”金焜对石昊呵斥道。

“这些话应该我对你们金家人说吧？”石昊即便面对遁一境的大修士也毫不慌神，底气十足。

金焜上前几步，脚步声铿锵有力，在场的所有人当即变了脸色，这是要以大欺小吗？

石昊在心里冷笑，金家这是要做什么？这么迫不及待地跳出来，未免也太心急了，就这么想得到烂木箱子吗？

石昊有些怀疑，难道金家真的与异域有勾结？在天兽森林阻击他的那些人真的是金家的吗？如果是这样的话，或许可以理解他们为什么急着让他交出烂木箱子，他们该不会是想第一时间抢到烂木箱子，然后带着它冲出帝关吧？

当然，这只是石昊的一种猜测。

就在这时，一声冷哼让金焜的身体瞬间变得僵硬了，动弹不得，显然是有大人物降临。

“金太君就这么想得到烂木箱子吗？传说终究是传说，这东西可不见得真能让人成为仙王。”暗中传来一个苍老的声音。

众人心中大惊，是至尊在说话吗？

同时，众人也得知金太君来到了帝关，而且她对烂木箱子非常感兴趣。看来金家的人敢如此出头，也与她在背后撑腰有关。

“只是有些好奇，还是一起研究吧。”一位老妪的声音响起。

众人当即明白过来，金太君显然是与几位至尊在一起，不好走开，不然她可能直接就过来了。

“小道友，来祖坛吧，我们这群老骨头已经等候多时了。”一个苍老的声音响起，像是在对石昊说话。

众人心中一惊，果然至尊都早已出关了，此时不知道在多少万里外对荒传音。就在这时，一群老者走向石昊，王家的人微笑着向石昊伸手，让他献出烂木箱子。

石昊原本没有什么抵触心理，本就是要请众人一同研究烂木箱子的，但当他看到王家人过来直接索要烂木箱子时，顿时脸色一沉，看来王长生多半也到了，不然王家的人不会突然变得这么自信。

“不得无礼！这个木箱是小道友浴血搏命所得，请小道友来祖坛！”苍老的声音再次响起。

“轰”的一声，王家人横飞了出去，大口吐血。

众人心头一震，意识到这个烂木箱子让至尊都不能平静了。一条金光大道铺展到了近前，待所有人都踏上去，而后径直通向帝关最中心的净土内。

石昊希冀这一次可以解开烂木箱子的秘密。

第1276章 祖坛

WANMEI SHIJIE

祖坛。

这里到处都矗立着古老的石刻，目光所及之处，皆是历史的残迹，很多都是上一纪元大战后所留。

祖坛位于帝关的最中心，是最神圣之地，有先辈的遗骨，有仙之碑文，有亘古长存之祭地，还有密闭的石室等。

传闻有人在此坐关了一个纪元，帝关的几位无敌者也常年在此坐关，一般不会露面，除非遇到大战。

据闻，几位无敌者比大长老、王长生、金太君的岁数可能都大。

金光大道穿过了不知道多少万里的虚空，将石昊等人引到这片区域的最外围，一群人落在了地面上。

远远望去，雾霭迷蒙，瓦砾、断墙等尽显岁月的沧桑，仿佛一部活着的古史再现在众人眼前。

此地虽荒芜，但不缺少人气，因为今日来了很多生灵，气氛比平日热闹不少。这些生灵没有进入祖坛的深处，而是在最外围热烈地议论着。

来者是各族的名宿，人数很多，他们早已得到消息，听闻石昊带回来一个烂木箱子。事关重大，每个人都想看看烂木箱子，因此聚集到了这里。

远处，矗立着一座残破的古殿，它靠近祖坛的外围。平日古殿内不可能有人居住，今日几道古老的身影盘坐在古殿内，一动不动，如同化石般，虽然他们收敛了气息，但是依旧让人忍不住对其顶礼膜拜。

无需多想，那一定是至尊，且已经苏醒。几道身影里有金太君，有王长生，还有帝关中的无敌者。

“你在这里等着吧，我将木箱送进古殿。”一个中年女子对石昊说道，准备接过烂木箱子。

“不差这几步。”石昊大步前行，向古殿走去，要亲手送上烂木箱子。

“这个女子是谁？又是金家的人？！金家人还真是无处不在啊！还想拦石昊入祖坛，这可能吗？”曹雨生冷然一笑，忍不住嘲讽了几句。

这个地方聚集了各族高手，石昊能够在此露面，自然有极大的好处，各族都会知道他的战功。眼看只差最后几步他就要见到至尊了，竟还有人阻拦他，想遮盖他的光辉。

此时，各族的名宿一同回头，看向石昊，只见他骑坐在一只金色的狮子上，身姿挺拔矫健，英气十足。

“这就是荒吗？第一次见到，果然是英雄出少年啊！”

“刚才得到消息，他已经突破至斩我境中期，打破了这一纪元的纪录，史上之最！”

一些人纷纷赞叹，对石昊生出了好感。

在许多人看来，石昊敢于与异域的敌人大战，生生将这个木箱夺到手，绝对算是虎口拔牙。这在过去，众人连想都不敢想，有几人可以在异域高手的围攻下活着回帝关？

石昊独自在边荒外闯荡，还除掉了异域不少年轻高手，震慑了整个异域的年轻一代，如此辉煌的战绩为九天十地长了不少威风，让众人倍感自豪。

此前在与异域的战斗中，九天十地的修士在大多数情况下都是憋屈的，现在石昊压得异域的年轻一代抬不起头来，算是替九天十地的修士出了一口恶气。

石昊先是对众人致意，然后将烂木箱子呈献给古殿中的几位至尊。

“坐！”一道如同雕像般的身影开口了。

这是一种殊荣，石昊被至尊另眼相看，其他人都没有资格接近众多高手聚集的区域。

石昊并不怯场，径自坐了下来。刚一坐下，他便感受到了一股强大的力量，哪怕几位至尊收敛了气息，但是偶有目光扫过，也会让他的血液不自觉地翻涌。

石昊瞥见了一个人的身影，是金太君！其他人的目光都很平和，没有对石昊造成什么压力，只有金太君的目光有些冷厉。

虽然金太君并未出手，也没有特别针对石昊，但是依旧给石昊造成了一种压迫感。

王长生也来了，他看起来很年轻，像一个十六七岁的少年，坐在混沌中，并无任何表示。

“我家主人想借木箱观看一番。”不远处，一位老者请求观看烂木箱子。

老者坐在一块大青石上，旁边还有一只脱毛的大公鸡，貌似是他的坐骑。此人之前出现过，是九天上的禁区使者。当日，他之所以来帝关就是因为得知帝关有一张残破的兽皮图，图中指出了天兽森林与神药山脉之间的神秘区域。

石昊开启了那片神秘区域的大坟，带回来一个烂木箱子，这个消息惊动了九天上的禁区之主，于是他再次派遣使者来到了帝关。

值得一提的是，禁区使者这次还带来了一个惊人的消息，即烂木箱子也许能造就仙王级高手。

得知这个消息后，就连祖坛的无敌者都坐不住了，金太君和王长生也赶来了。

禁区使者自称这样做是为了表示自己的诚意，并告知帝关中的修士禁区不会强取烂木箱子，只想在帝关的群雄将之参悟后借走一用，并保证一定会归还。

故此，现在的情况很复杂，如果这个烂木箱子真的那么重要，怎可轻易借出？

众人不明白禁区使者为何如此坦诚，他就不怕帝关的至尊们知道烂木箱子是至宝后不愿外借吗？

“请各位道友先行参悟。”禁区使者说道。

金太君睁开眸子，向殿宇的中心望去，地上的烂木箱子瞬间出现在她的手中，她第一个开始研究。

“请讲出木箱出土的全部经过。”金太君扫了石昊几眼，目光有些不善。

石昊对金太君没有什么好感，不愿与她打交道，但现在也只能将情况一一道出，因为他希冀在场的人能打开烂木箱子。

金太君闭上眸子，很久都没有说话，足足半个时辰，始终手持木箱，仔细感应。

金太君欲通过神识强行打开木箱，但是没有用，最终她放下了木箱。

接着，几位无敌者先后试探，结果还是一样，谁都打不开木箱。

轮到王长生时，他取出一杆巴掌大的战戟，准备划开木箱，在场的所有人都变了脸色，那是王家的镇族仙器！

“道友三思！”一位至尊提醒道，怕王长生不小心毁掉烂木箱子。

出乎人们预料的是，战戟划在烂木箱子上，烂木箱子不仅无损，还发出了柔和的光。

“既然禁区之主想要这个木箱，为何不亲自来取？”王长生询问那位禁区使者。

“我家主人不愿招惹一桩大因果。”禁区使者从容地答道。

“何意？”金太君不解。

“这个木箱有一桩大因果，我家主人不想陷入其中，避免来日被牵连。”禁区使者淡淡地说道。

哪怕身为至尊，金太君也忍不住倒吸了一口凉气，脸色变得惨白。

其他人也震惊不已，那是怎样的因果？连禁区之人都怕被牵连！要知道，禁区之主号称与世同存，当年异域攻打九天十地都没敢招惹禁区。

“他回来了……”禁区使者告知众人，这是他的主人看到一角未来后说的话。

和石昊一起从金光大道走下来的一群年轻人皆身躯一颤，因为上一次禁区使者来时就对他们讲过此事，没想到这次又提及了。

“请上座！”金太君亲自祭出一个蒲团，请禁区使者到近前细谈。

第1277章 纪元黄昏

WANMEI SHIJIE

禁区使者不禁苦笑，自嘲道：“我一介仆从，你觉得我能知道多少？”

虽然在别人看来，禁区使者的身份很不一般，但他也只是一个仆从，不是禁区的嫡系传人。不过，他还是讲述了一些东西，只让几位至尊听见，石昊也有幸听到了。

“或许，这是纪元的黄昏，黑暗即将到来，谁也逃脱不了。”禁区使者神情凝重，沉声道。

这些话让人感到一阵压抑，哪怕是至尊，心情也无法平静。

“这是我主人看到的一角未来，各位珍重，好自为之。”禁区使者叹了一口气。按照主人见到的景象，听到的主人的喃喃自语，恐怕连禁区都会被波及，没有人能逃脱。

“怎么会这样？能具体谈一谈吗？”金太君眼中有光芒闪动，体外弥漫着混沌之气。

“天日染血，西坠之后或许永远都升不起来了。”禁区使者想起了主人推演后说的一些话。

这预示了什么？古殿中的几位至尊都沉默了，脑海中浮现出了各种各样的景象。他们在猜测，在推演。

所谓黄昏，所谓染血，所谓天日永不出现，都是说在黑暗来临前会有一场可怕的变故，而后大地便永陷黑暗。

很长时间，古殿中都无人说话。他们在默默地思忖，越往后揣测，未来便越艰难，这说明牵扯得越来越多，因果越来越大。

“你们也看一看吧。”烂木箱子被送到古殿外，以供那些名宿研究。

与此同时，帝关的城墙外，几道身影冷漠地站着，如同盖世魔尊一般。此外，地平线的尽头还有一些身影并排站立着，散发出恐怖的气息。

这是异域的至尊，他们一路追击大长老到了帝关外。

“可惜只有一个孟天正出关。”异域的一位至尊遗憾地说道。他们分开埋伏在一些关键的道路上，准备伏击帝关的另外几位至尊，但是，他们的希望落空了。

令人万万没有想到的是，异域负责牵制与除掉大长老的五大至尊居然失败了，还损失了两大至尊！

“这也说明他们缺少勇气，不足为惧。”异域的一位至尊选择从另一个角度看待这个问题。

“反正要不了多久这座城就要被攻破了，不急于一时。”异域的另一位至尊这般说道。

“或许他们不是缺少勇气，而是对孟天正有信心，料到我们会分散兵力。”异域一位年纪稍长的至尊说道。

“走吧，这里已经快变成一座废城了！”一个威严的声音响起。

“唰！”

几乎是同一时间，无论是帝关前还是地平线上，那些恐怖的身影都消失了。

帝关内，祖坛前。

各族的名宿都皱着眉头，对解开木箱之谜一筹莫展，既无法开启木箱，也揣摩不出什么奥秘。

渐渐地，一些议论声响起，众人显得有些浮躁。尽管烂木箱子是至宝，但是没有办法获取其中的奥秘又有什么用呢?

“烂木箱子真的能造就仙王吗?”金太君询问禁区使者。

“我的主人曾说，烂木箱子藏有天大的秘密，或许真的可以造就仙王。”禁区使者回应道。

显而易见，所谓天大的秘密，并不一定是指能造就仙王，那只是预料的结果之一。

烂木箱子又被送回了古殿中，一位无敌者主动询问禁区使者其主人是否知道如何打开这个木箱。

“我的主人没有见过木箱，只是在仙古纪元中期听说了关于木箱的消息。”禁区使者解释道。

禁区之主也只是听闻关于烂木箱子的只字片语，并从古史中发现了些许线索，但从来没有见过烂木箱子，更不知道如何打开它。

事实上，禁区之主早就预料到木箱不会轻易被打开，因为那些线索中隐约提到过。

“连禁区之主都如此忌惮，这是什么意思?就不能明示吗?到底会惹出什么麻烦?”金太君有些不满意禁区使者的回答。

"不知道。"这一次禁区使者的回答很简洁。

"好了，木箱先放在这里，你先退下吧。"金太君对石昊说道，语气平淡，说不上是命令还是告知。

石昊很不乐意，根本不希望这个木箱成全金太君和王长生。他遇难时不见两人出关，这个时候他们倒是积极起来了。不过，大义在前，石昊也不好多说，还是希望有人能破解木箱的秘密。

石昊倒也不担心金太君和王长生会有大收获，因为这个木箱没那么容易被打开，若是他们一无所获的话，木箱终究是要还给他的。

到底是哪一族背叛了帝关？石昊起身时，突然想到了这个问题。到现在依旧没有任何确切的证据证明是哪个家族做了背叛之事，他不知道大长老和几位无敌者是否察觉到了此事，这次回来后，也没有听到关于调查投敌者的消息。

难道此事就这么翻篇了？还是说大长老等正潜伏在暗处，等待着时机除掉叛变的那一族？

或许，这件事牵扯甚广，涉及过多，需要慎重处理。万一长生世家被牵扯的话，那就很有可能涉及一位活着的至尊！

石昊看了金太君和王长生一眼，而后从古殿退了出去。金家和王家与他势同水火，平日一直对他怀着敌意，如果背叛者是他们的话，未免也太好猜测了，会不会另有他人呢？

"等我们再研究一番，两日后你再来此取木箱。"这时，一位至尊对石昊传音。

事实上，几位至尊还想从石昊身上详细了解他此次边荒外之行的经过。不过，因为他们太在意烂木箱子，想尽快打开它，所以只了解了关于木箱的一些事，便匆匆闭关了。

在离开古殿的路上，一群人将石昊拥簇在中心，热情得过分。石昊不由得感到头皮一阵发麻，起了一身的鸡皮疙瘩。

"小道友，可有道侣？我有一小孙女，国色天香，正是良配。"一个秃顶的老头子一把抓住了石昊的手臂。

"小道友，别听他乱语，他那小孙女都快三万岁了。"一旁的中年人赶忙揭秃顶老头子的底。

一个三万岁的老婆婆，还国色天香，要嫁给他？光是想想那个画面，石昊便觉得心里发毛。

“不要胡说八道，我的小孙女生得花容月貌，你们那是嫉妒！”秃顶老头严肃地道。

“谢谢前辈的好意！”石昊擦了擦额头的汗，委婉地拒绝了。

“我族有一明珠，年方二八，可谓绝代佳人，与你同辈，正好有共同语言。”一位老者见状，赶紧上前说道。

石昊这次从边荒外归来，带回了至宝，各族都极力拉拢他。尤其是当众人知道他二十几岁的年纪就达到了斩我境中期，打破了这一纪元的纪录后，就对他更加热情了。

如果没有意外，石昊必定是未来的领军者。

“石昊，还不快回去，你家娃都要生了！”远处，太阴玉兔大喊道。

这句话不仅吓了石昊一跳，也让一群老者大吃了一惊。

“他家的娃？谁给他生娃儿？”一位老者没有回过神来，不由自主地把疑问说了出来。

太阴玉兔鼓着腮帮子，道：“补天道的月婵。”

远处，月婵仙子闻言，差点吐出一口血来，这简直就是胡说八道！与此同时，清漪也感到有些尴尬，因为她与月婵是一人两体。

“说错了，可能是截天道的魔女。”太阴玉兔一心帮助石昊逃离尴尬之地，顺嘴胡诌。

大须陀、十冠王、戚顾、蓝仙，以及石毅等人皆在远处看热闹，一副很悠闲的样子。

“告诉你们一个秘密吧，其实是王家的王曦仙子。”太阴玉兔见石昊脱了困，忍不住开了个玩笑。

石昊闻言，吓得站都站不稳了，王曦则险些咳出一口血来。

这个地方顿时一片嘈杂，出现了大乱的迹象。

“走！”石昊大喝一声，率先离开了。

一群年轻人在后方跟着，快速远去，瞬间便不见了踪影。

“年轻真好，犹记得老夫当年也是翩翩美少年，被各方丽人环绕。”

“你这老不正经的，也好意思说出口。对了，补天道的圣女，截天道的魔女，还有王家的女娃，到底是谁要生了？”

“你才是个老不正经啊！”

两位老者望着一群年轻人离去的背影，不禁又议论起来。

月婵、魔女，以及王曦皆火冒三丈，心想，这群老东西是唯恐天下不乱吗？紧接着，她们也离开了此地。

“别乱说话，当心王家、金家跟你们急眼，估计补天道也会有老东西跳出来！”一位老者提醒正在热议的两人。

“来就来呗，我只是议论了一下，难道这也不允许？”其中一位老者撇了撇嘴，道。

“你这是要去哪里？”在途中，太阴玉兔问石昊。

“我想去领战功，为石族洗刷罪名，让他们像正常人一样生活。”石昊信心满满，相信这一次的战功足以抵消石族的罪。

石昊来到一片开阔之地，这里有一个巨大的演武场，平日间经常有人在此比试。不远处便是帝关中一座特殊的宫阙，在那里便可以领取战功。

“荒？”远处，一些人站在演武场的边缘，看向石昊，目光不善。

“出去了一趟，除掉了几个小辈而已，就迫不及待地来领战功，真是沉不住气。”

“这是急于证明自己啊！你自以为立下了些功劳，就想向帝关各族展示自己的不凡吗？”

说话的几人看着都在壮年期，气血旺盛，都是修为在遁一境的大修士。

“瞎嚷嚷什么？”石昊看了他们一眼，道。

“除掉了几个人就这么急着来此领功，未免也太想表现自己了吧？年轻人应当谦逊。”那几个人中又有人开口了。

“少说风凉话，我立下的功劳足以让你们目瞪口呆。金家的滚回金家，王家的滚回王家，别在这里碍事！”石昊呵斥道。

“我倒要看看你到底立下了怎样的战功，竟敢如此大言不惭！”一个修为在遁一境的大修士喝道，引来了演武场中的一大群人。

第1278章 挑衅

WANMEI SHIJIE

这时，一大群人围了上来，什么族群的都有，修为从天神境到遁一境，各个境界的都有。石昊归来的消息轰动了整个帝关，他此时与人这样争执，怎么可能不引人注目？

石昊看到有一群人明显站在一起，颇有些同仇敌忾之感，似乎与他对立。方才呵斥他的几人也站在其中，对着他冷笑。

“这些都是什么人？真讨厌！”太阴玉兔皱起眉头，道。

之前跟着石昊的一群年轻人也来到了此地，看到对面黑压压的一大群人，他们不禁有些疑惑，那些人是想挑事吗？

平日间在演武场修行、闭关的人不多，因为一般人修行、闭关都会选择安静之地，况且各族都有极佳的修炼净土。故此，经常待在演武场的人大多都是刺头，非常喜欢挑事。

“看热闹的人来自各族，至于那些怀有敌意的修士则多为金家和王家的追随者，不然就是那些大族的人。”一个年轻人认出了演武场的一群人的身份，好心提醒石昊和太阴玉兔。

“还犹豫什么？将你的战功牌亮出来吧，我们想看看你究竟除掉了几人，竟值得你这么得意张狂。”一个年轻人对石昊说道。

所谓战功牌，是一种骨牌，可以记录杀敌的数量。石昊还清楚地记得，第一次上战场时，在大漠战场中一位老修士赠予了他一块战功牌，当时他还不知道战功牌究竟有什么用，直到后来才知晓。

“太肤浅了！除掉了几个敌人便自以为是，当自己立了大功，这么急匆匆地赶来领取战功。”另一个人讽刺道。

当得知这些是敌视自己家族的人马后，石昊的目光变得冷厉起来，不复之前的平和。这些所谓的追随者还真是锲而不舍，是执意跟他过不去吗？

不过，这群人真的很强大，他们之中有修为在斩我境的修士，更有修为在遁一境的大修士。大修士没有冲在最前面，而是在后方静观事态的发展。

石昊若是出手，这些金家和王家的追随者坚信，修为在遁一境的大修士会借故出手。

“你们太过分了！”长弓衍喝道。

“滚回金家和王家，去找你们的主子！”小蚂蚁是个暴脾气，虽然身体很小，但是声音极大。

金家和王家的一群人闻言，不由自主地向小蚂蚁望去。

“怎么？还想对我动手？”小蚂蚁毫不示弱，瞪着那一群人说道。

石昊阻止了小蚂蚁，道：“我领我的战功，他们吐他们的唾沫星子，随他们好了，事实胜于雄辩。”

说完，石昊准备向不远处的一座宫阙走去，那里可以检验战功牌，验证战功的多少与真假。

听到这些话，对面的一群人心头一震，暗自思忖这次荒可能真的收获不小。

“一个年轻修士能除掉多少敌人？我等除掉修为在遁一境的大修士都没有这么急匆匆地来领功，年轻人……真是沉不住气。”一个中年大修士淡淡地说道。他名为罗翰，长发披散，不怒自威。

在演武场的一群人看来，石昊即便有天纵之资，战功也不可能太惊人。当然，罗翰这样说也是一种试探，想观察石昊的反应，从而推测他究竟立下了多大的战功。

“你是你，我是我，你喜欢虚伪便虚伪好了。”石昊停下脚步，这般说道。

罗翰当即面露怒色，他身为修为在遁一境的大修士，一向高高在上，年轻一代之中有几人敢这么对他说话？

“我看有些人的尾巴都翘上天了，连修为在遁一境的大修士都敢顶撞。你是不是觉得这一次立下的功劳能与前辈比高下了？”另一个中年人冷笑道。他头戴紫金冠，身穿锁子甲，看着很是威猛。他也是一位大修士，名为戚林，是金家的追随者，早已步入遁一境。

演武场的一群人越发觉得荒不可能立下绝世战功，毕竟他还这么年轻。当然，他们有意识地将烂木箱子这个战绩忽略不计了，不然就没法评价了。

“现在的年轻人太浮躁了，一点也不稳重，有点功劳就自以为是。”罗翰点了点头，附和戚林。

“你们不觉得很过分吗？”连清漪都看不下去了，平日间她的脾气绝对不坏。

“是不是想欺负人？大不了对决一场！”小蚂蚁大叫道。

“有本事就上至尊擂台，那里可以在相同境界进行对决，我一个打你们八个！”曹雨生虽然不忿，但也不想被轻易打败，故此吵嚷着要在同境界对决。

罗翰与戚林嗤笑起来，摇了摇头，越发坚信荒不可能在战场上立下大功劳了。

“你们以为到了战场上，会是同境界的敌人与你对决吗？太天真了！”罗翰道。

“你们是不是觉得自己身为大修士很了不起？”石昊觉得有必要教训这群人一顿，冷冷地说道。

就在这时，几个人从远处向石昊走来。为首者是金焜与金逸，两人同为修为在遁一境的大修士，都是金家的嫡系。此外，还有几个人陪同，其中不乏王家的人。

“出手教训他，重创他也无妨。据可靠消息，孟天正闭关的宫殿外悬挂的魂灯要熄灭了，应该是撑不住了！”这几个人还没有接近石昊，就已经有人暗中传音，示意罗翰与戚林等人可以趁机收拾石昊。

罗翰、戚林等人闻言，底气顿时足了不少。

金焜、金逸等人之所以来到演武场，是因为始终不甘心，仍然想对付石昊。而且他们觉得石昊说不定真的立下了不小的功劳，可能会引发各方惊叹，如果他们在石昊领取战功前制造出一些事端，也许会让他的形象大打折扣。

金家的人一直没有放弃对付石昊，尤其是不久前金展大败之后，金家人打压石昊的心情更迫切了。

“年轻人，既然你看不起大修士，那我就指点你几招，如何？”罗翰等人得到授意后，准备出手。

“当长生世家的狗很有面子吗？”石昊真的怒了，自从他回来后，不少人就一直针对他，击败一个金展还不够吗？

石昊的一番话说得相当不客气，罗翰、戚林等人的脸色顿时变得很难看。

戚林的眼中闪烁着逼人的冷光，他冷冷地说道：“我等曾除掉修为在遁一境的大修士，也没有像你这样高调地领战功，今日我便考校一下你这个小辈。”

戚林故意没有说对决，而是说考校，以便明目张胆地拾掇石昊。

“你、你、你，还有你，都给我过来！”石昊面无表情，指向罗翰、戚林、金焜、金逸四人。

“年轻人，一个人考校你就足够了，你还没资格选老师。”戚林的声音很冷漠。

石昊冷然一笑，道：“既然说到考校，我一个人也可以考校你们。我想看一看你们这些大修士是否有资格被人尊敬，还是说虚有其表，名不副实。我怀疑你们取得的战功都有水分，也许并不是靠自己获取的。”

第1279章 求打

WANMEI SHIJIE

刹那间，气氛紧张到了极点。谁都没有想到石昊敢直接针对大修士，而且是同时针对数位大修士。

这令在场的众人震惊不已，万一金焜、金逸、罗翰等人故意下重手，伤及石昊的性命怎么办?

“石昊，你疯了？这帮浑蛋虽然可恨，但是你也用不着如此意气用事啊！”太阴玉兔焦急地阻止石昊。

“别急眼，没有必要跟他们较真，回头让大长老收拾他们！”曹雨生也劝石昊不要冲动。

清漪更是上前拉住石昊的衣角，摇了摇头，示意他要隐忍，不能跟他们硬碰硬，否则会吃大亏。

大须陀、蓝仙等人也纷纷暗中对石昊传音，让他忍住，不要冲动。他们同为年轻一代，虽然过去有竞争，但是现在也不计较那么多了。

只有金色的小蚂蚁吵嚷着支持石昊，并说要去请人将这几个所谓的大修士狠狠地修理一番。

“你们这么做就不怕孟前辈发怒吗？”十冠王将大长老的名号搬了出来，希望可以震慑对手。

“呵呵，年轻人，你们想多了。哦，对了，忘记告诉你们了，我们刚得到消息，孟天正坐关之地悬挂的魂灯马上就要熄灭了。”金逸提到大长老时毫无敬意。

什么？大长老要殒身了？太突然了，这是真的吗？石昊闻言，顿时心中一阵绞痛，担忧至极。

不过，很快石昊就冷静了下来，想到了大长老与他分别时说的话，他相信大长老不会有事。

“不知道天高地厚，得罪一些不该得罪的人，实在是很可悲。”罗翰摇了摇头，一步一步走向石昊。

此时，很多人的心中都颇不宁静，思绪起伏。身为石昊坐骑的无畏狮子却相当平静，没有人比它更清楚石昊的实力。它听到罗翰的话，眼中不经意地流露出戏谑，静静地观看着这一切，如同看戏一般。

“荒，你天资不错，如果足够努力，很快就可以与我们比肩。年轻人还需谦逊啊！我来指点你一番。”金焜分明是想打压石昊，却偏要说一些冠冕堂皇的话，还丝毫没有惭愧之意。

这在无畏狮子看来可笑至极，还想指点荒？到时候不被荒拍得直接晕过去就不错了。

戚林没有说话，笑了几声，根本没有将石昊放在眼里。

“你不是想考校我们吗？老朽来也，好好考校吧，就看你的本领了！”金逸也是一位老者，与其他三人相比，年岁较长。

“好，你说的，让我打我便打。”石昊骑着无畏狮子，向前奔去，而后径直出手。

石昊心想，既然对方都提出要求了，他又怎么好拒绝呢？

“嗯？”

金逸突然觉得有点不对劲，对方的速度怎么会如此之快？他抬起一只手，进行阻挡。

然而，石昊的手发光，“啪”的一声，响声清脆。

金逸大叫一声，脸上出现了一个通红的手掌印，整个人踉跄着倒退了好几步。

所有人都愣住了，金逸才上去没多久就被人甩了一巴掌，还被打在了脸上，这也太丢人了吧？

无畏狮子也很吃惊，不过，它是觉得这一掌也太轻了，居然没有打飞对手，这不像是荒的风格。

“你怎么能如此大意？”金焜在远处说道。同为金家人，金逸的落败让他觉得颜面无光。

“这像是传说中的秘术——仙人缠丝手，速度极快，手法奥妙无穷，很难躲避。”戚林推测道。

直到此时，还没有一个人认为石昊实力强大，不弱于修为在遁一境的大修士。当然，这也不能怪他们，因为一个二十几岁的年轻人的实力直追修为在遁一境的大修士是难以想象的事。

要知道，境界越高，就越难在跨境界的对决中获胜。

石昊微微一笑，道：“打了一个，你们就这么考校我吗？”

金逸气坏了，他的面子都丢光了，居然被一个后辈甩了一巴掌，估计很长时间他都会被人耻笑。

“你还要让我打？”石昊笑问金逸。

“小辈，有什么手段你尽管施展出来！”金逸全力以赴，谨慎无比，再也不敢大意了。

金逸的体外弥漫着混沌之气，神光四射，他做好了最佳的防御措施。

同一时间，罗翰、戚林以及金焜也一步一步地逼向石昊。

“你怎么这么倔强？就是不听人劝！”太阴玉兔等一些年轻人担心石昊会发生不测，气得直跺脚。

“太不厚道了，太不是东西了，这不是欺负人吗？”无畏狮子在暗中嘀咕道。

无畏狮子心想，荒真不厚道，分明比对方厉害，还故意隐藏实力，引得那几个人主动凑过来挨打。

一时间，无畏狮子想到了自己，颇有些与罗翰等人同病相怜的感觉。

“你们……也想让我打？”石昊看向罗翰、戚林、金焜三人，眉头微皱，这般说道。

“休得张狂！小子，你若是能打败我们四人，那也是一个奇迹了。”罗翰大笑道。

戚林冷冷地瞥了石昊一眼，道：“在我面前也敢放肆！”

“得知孟天正处于将死之际，还敢与我金家较劲，真是胆大妄为！”金焜冷然一笑，眼中射出两道寒光，“过来受罚吧！”

“一个个都求着我打，那我便成全你们！”石昊朗声道。

“哧！”

随着一声轻响，石昊化成了一道金光，同时催动鲲鹏法与雷帝宝术，让速度达到最快，继而施展散佛八式，分别攻向金逸等人。

金逸、金焜、戚林、罗翰四人的躯体皆剧烈地颤动了一阵，紧接着仿佛成了泥塑木雕。

金逸脸上再次被石昊拍了一巴掌，这一次他不是踉跄着倒退，而是直接横飞出去，大叫着吐了一口血，险些殒命；金焜也十分凄惨，被石昊一脚蹬在鼻子上，整个人硬生生摔在了地上；罗翰则被石昊一巴掌狠狠地抽在脸上，响声清脆，这一巴掌给他的头造成了巨大的创伤。

之前态度冷漠，自视甚高的戚林见到这一幕，寒毛竖立，快速后退，但他还是被石昊一掌拍中，横飞了出去。

这一切发生得太快了，说到底这些人还是小觑了石昊，认为他一个后辈不可能翻起什么浪花。

事实上，石昊不仅比他们实力更强，而且速度更快。

第1280章 战功惊人

WANMEI SHIJIE

四大高手皆狼狈不堪，十分憋屈。

这个结果别说四大高手不能接受，就连在场的其他人也都目瞪口呆，难以置信。这可是四位修为在遁一境的高手，居然就这么被荒给撂倒了？

成名多年的四位大修士，个个都拥有极大的威名，结果却不敌一个二十几岁的毛头小子！

四大高手愤怒不已，这简直就是一种奇耻大辱，居然被一个小辈揍成这个样子，看来这次的经历是终身难忘了。

“你……好大的胆子！”罗翰大吼起来，怒容满面。

罗翰人在中年，原本很雄武，但现在这个样子未免过于凄惨，他的牙齿被打掉了几颗，看起来很滑稽。

“大叔，你才到中年，牙齿就都没了，要多多保重身体啊！还这么大的火气，多喝点苦菊茶，去火！”太阴玉兔故意揶揄罗翰。

罗翰的脸色变得更加难看了，他伸出一只大手就向太阴玉兔抓去。他愤怒至极，觉得这一次丢人丢到家了，现在还被一个女娃嘲笑！

然而，还没等罗翰的手接近太阴玉兔，石昊就从无畏狮子的身上飞起，用拳头迎上了他的手。

罗翰“哇”的一声吐出一口血，身子横飞而出。他被石昊的拳头打得胸口发闷，神魂不稳。

“我来会你！”金焜大喝着冲向石昊。

可惜，金焜还是高估了自己，只以为自己之前是疏忽大意，仍然没有充分认识到自己和对手之间的差距。

石昊捏雷帝印，接连几道雷光击中了金焜。此时的金焜浑身焦黑，冒起阵阵青烟，甚至还散发出一股焦臭味。

在场的众人不禁倒吸了一口凉气，一位大修士居然就这么被荒击败了，如果不是荒忌惮帝关的规则，金焜肯定活不了。

令人感到震惊的是，荒太随意了，那种灵活的身法和强大的实力就像与生俱来的一样。

这就是荒真正的实力吗？

荒如此年轻竟然就击败了修为在遁一境的大修士，实在有些不可思议，他到底是一个怎样的存在？

此时，别说是一群年轻人，就连一群修为在遁一境后期的大修士都被吓到了。因为石昊的实力太强大了，他都还没有达到遁一境，就击败了修为在遁一境的大修士，这是何等恐怖！

戚林、金逸等人彻底沉默了，荒能当众打败他们并不是侥幸，而是的确有那样的实力。要知道，他们可不是一般的人，而是修为在遁一境的修士，遁一境是仅次于至尊境的一个大境界。

所有人都意识到荒比他们想象的还要厉害，可以说是一个独一无二的人物。

金逸、罗翰、金焜、戚林这会儿感到有些无地自容。他们为了找荒的麻烦而出手，结果却落到这步田地。

同一时间，许多人将此地的消息传了出去，告知各族的高层。

在许多人看来，这一纪元还从未出现这么强大的年轻人，荒日后必定会有大成就。

消息传开之后，整个帝关都沸腾了。相较于石昊活着回来引起的轰动，这一次的轰动也毫不逊色。

“你确定他以斩我境中期之身击败了四位修为在遁一境的大修士？”

“不可能，境界越高，越难以进行跨境界的对决，他是怎么做到的？”

如今，石昊想不成为焦点都不可能。也不知道有多少人亲自赶向战功领取处，想看看石昊到底有多厉害。

石昊转身，没有再看金逸等人一眼，径直向一座恢宏的建筑物走去。

当石昊路过演武场时，一些人都不由自主地给他让路。

“害我们白担心了，这个家伙强得不像话，一会儿得好好问问他是怎么做到的。”太阴玉兔怪叫道。

清漪、长弓衍、曹雨生等人都长舒了一口气，放松下来，刚才他们还真为石昊捏了一把汗。

“快去看一看，荒究竟立下了怎样的战功。”一些人回过神来后，皆向前蜂拥而去，想看个究竟。

如今，石昊已经展露了真正的实力，连修为在遁一境的大修士都能击败，他的战功岂会一般?

所有人都觉得荒在边荒外肯定除掉过修为在遁一境的大修士，不然的话，他绝对不会有这么足的底气。

那些来到此地打探石昊与金焜等人对决结果的人也第一时间冲到了石昊周围，迫切地想看一看石昊的战功。

宫阙坐落在演武场旁边，肃穆庄严，气势磅礴。

石昊刚进入宫阙，几位老者便看向他，皆面露奇异之色，因为从来没有一个来领战功的人会像他这样引发巨大的风波。

“拿来吧，我们将会认真察验。”一位老者伸出一只手，对石昊说道。

石昊将战功牌递了上去，在一旁静静地等候着。

宫阙外，也不知道有多少人在向里面张望，他们都在猜测石昊的战功如何，议论纷纷。

“我猜荒最少也除掉了两个大修士！”

“我想就是除掉五个修为在遁一境的大修士也有可能。”

“你们错了，边荒外那么多大军，他们会给荒出手的机会吗？再说，他当时的主要对手是异域的年轻一代。”

“呵呵，不管怎样，荒有那样的实力，除掉几个大修士肯定是没问题的！”

“别把大话说过头了，万一他没有除掉几个大修士，甚至连一个大修士都没有除掉呢。”

宫阙内的几位老者开始催动那块骨牌，也就是会自行记录战功的战功牌。

“快看，战功牌亮起了！”

“这证明他除掉了修为在斩我境的修士，人数还不算少，真的很厉害啊！”

“那他有没有除掉修为在遁一境的修士？”

“轰！”

伴着一声巨响，战功牌发光，一道又一道光芒迸发出来，刺穿宫阙，冲上云霄。

“这是……战功压顶的异象，绝世功劳啊！”有人忍不住大叫道。

“一道、两道……”

一些人想数清冲霄的光芒到底有几道，一道光便代表一个大修士的性命。很快，众人傻眼了，数出来的不是个位数，也不是十位数，光芒都过百了，意味着最起码有百名大修士殒命于石昊之手。

“不可能！就算他是仙王转世，也不可能在斩我境中期一下子除掉这么多高手，这不现实！”有人大声提出质疑。

然而，事实胜于雄辩，战功牌不会有假。

许多人觉得头皮一阵发麻，荒到底是如何做到的？实在是太不可思议了！

“轰！”

巨大的声音响起，战功牌继续发光，光芒更加耀眼了。

“天啊！怎么出现了数千道光芒？太吓人了，从天神境到虚道境，再到斩我境、遁一境，应有尽有啊！”

“这段日子以来，荒竟除掉了异域数以千计的人马，天呐！”

一群人不顾形象地大叫起来，惊诧万分。

金焜、戚林、金逸、罗翰等人也跟了过来，就是想看一看石昊到底有多厉害，可以领多大的战功。此时此刻，他们彻底愣住了，荒简直就是一个盖世魔王！

同一时间，帝关外的大漠深处传来一股强大的能量波动，天渊晃动了几下，像是要崩裂了。随后，帝关史无前例地发生了小规模的地震，这片天地都颤抖起来。

“不好了！异域的不朽者出世了，这是要强行闯过天渊吗？”

“末日真的要来临了，不朽者可以跨过天渊了吗？若是那样的话，帝关肯定不保了！”

众人惊慌失措，议论纷纷。

大漠中，天渊如同一处海眼，又若一个巨大的漏斗，只不过是倒过来的。此时，它正剧烈地摇动着，大漠深处传来洪大的诵经声，一道又一道神秘法旨燃烧着，在虚空中构建出符号，欲穿过天渊，在天地的尽头还盘坐着一些生灵。

毫无疑问，异域的不朽者要冲破阻挡，闯入帝关了。

第1281章 大兵压境

WANMEI SHIJIE

帝关外，一道又一道法旨腾空，在虚空中燃烧着，像是在举行一种古老的祭祀仪式。

金色的大漠中响起了号角声，似有千万雄兵欲攻向帝关。

天渊如同一个巨大的漏斗，不断地转动，隆隆作响，黑色的闪电在虚空中交织，哭泣声和低吼声隐约从狂风暴雨中传出，就好像有很多古老的生灵苏醒了一样。

山摇地动，天崩地裂。

帝关古老的城墙都是以陨星堆砌而成的，但如今也在颤动，仿佛要坍塌了。与此同时，一股恐怖的气息席卷了天地。

“不朽者终于全面苏醒了吗？他们要动手了！”帝关内，一位老者倏地睁开了眼睛。他盘坐了也不知道多少万年，身上满是尘埃，甚至连脸上都布满了灰尘，整个人如同泥塑的一般。

这位老者是祖坛中的无敌者，连烂木箱子被带回帝关他都没有出世，直到现在才感受到外界的变化。

“不朽者的力量……”其他各地也有人在轻叹。

金太君站在一座古山上，遥望天际尽头，哪怕有帝关守护，也生出了一种恐惧感。

不朽者的气息弥散而来，就算有帝关的防御，那种神秘的气息依旧可以抵达帝关。不过，那种气息不具备破坏性，只是让至尊的内心产生一种压抑感。

一般人只知道边荒外要发生巨变了，难以察觉到这股属于不朽者的独特气息。只有达到至尊境界及以上的人能够感知到这股气息，就如同麋鹿闻狮吼会感到战栗，而蚂蚁无感一般，蚂蚁无疑就是修为在遁一境及以下境界的修士。

当然，这也并非绝对，低境界的修士也有个别人能感受到这股独特的气息，比如石昊。他感到一阵压抑，像是有一座磅礴的仙山迎面压向他一样。

帝关是封闭的，外界无法进入，只有通过传送阵才能入城。但是，现在一面城墙被开启了，一个人登上了那座古老的城楼，遥望异域的方向。

城墙上的每一块砖石都是一颗陨星，站在城墙上，宛若屹立在星空之中。

遥望异域的人是王长生，他站着一动不动，仿佛被定住了。

很快，金太君也来了，她默默地站在一旁，没有出声。

“这一次，他们若是过来，抵抗者恐怕都要殒身。”一个苍老的声音响起，是王长生。他看起来是十六七岁的模样，面孔稚嫩，但是声音很老，目光也尽显沧桑。

“大势压来，无法抵挡。”金太君淡淡地回应道。

很快，又有三道身影出现在城楼上，他们是帝关中的无敌者，平日坐关于祖坛中。此时，他们也在遥望异域方向。

金色的大漠中，足有上百道法旨腾空，每一道都璀璨至极。当法旨飞到一定高度，就会燃烧起来，构建出繁奥的符文。

紧接着，祭祀音响起，如同千万生灵在哭泣、祷告，在与冥冥中的力量沟通，要开启一条可怕的通道。

“这一次危矣！”一位无敌者叹道。他是齐宏的师尊，也是五灵战车原本的主人。

怎么渡过这场劫难？不朽者苏醒了，看样子他要施展盖世手段，不惜代价硬闯天渊。

连至尊都感到一阵心悸，他们都感应到了不朽者带来的变化，那是他苏醒后释放出的恐怖力量。

很快，王长生看到了地平线上的黑色洪流，那是异域的大军，他们来了！

异域的大军挤满了大漠，黑压压的一大片，随之而来的是一股铺天盖地的煞气。

“轰！”

伴着一声巨响，帝关的城墙一阵晃动，像是遭到了冲撞一样。

“这是决战的架势啊！他们引来了异域的大道气息，准备用那一界的力量攻击帝关。”金太君长叹了一口气。

这还不是重要的，最为可怕的是不朽者也许要出手，他们若是不惜代价，谁能说天渊一定守得住？

“让各族头领登城！”一位无敌者开口了。身为年纪颇大的至尊，他的一言一行都影响巨大。

帝关已经不能平静了，各族的领军人物全部出动，向这座城楼赶来。石昊等人也被惊动了。此时，石昊立下的赫赫战功和冲霄的光束也显得暗淡了。

天大的事情要发生了，所有人的心思都被异域的不朽者吸引了。

不过，年轻人没有资格登上帝关的城墙，他们一听到消息，便赶到了城墙下，向上望去。

城墙气势磅礴，一群年轻人看向城墙上方，如同仰望苍宇一般。

“这一次异域的反应如此激烈，应该是事出有因，我若未猜错的话，可能与荒带回来的那个木箱有关。”城楼上，金太君开始分析异域的大军突然来袭的原因。

这时，各族的强者都到齐了，皆不约而同地看向城外。

“让荒也上来，这件事因他而起，他也有必要登上城墙，给他一个席位。”金太君下了命令。

当石昊听到这道命令时，心中一惊，他居然也可以登上城墙，与各族的领军人物站在一起？他听闻城楼上都是各族的族长，一般的修士是不能上去的。

“是谁的命令？”清漪面露惊讶之色，询问传令的人。

“金太君！”传令的人应道。

“什么？！”曹雨生、长弓衍、太阴玉兔等人惊呼出声。

金家和王家的人纷纷面露异色，深感意外。

“不行，绝对不能上去，那个老妖婆可不是什么善类。”曹雨生暗中对石昊传音。他是不敢当众说出老妖婆几个字的，毕竟金太君是可以俯视九天十地的至尊，如果她当众除掉他，也不会有人为他出头。

“不能上去，这里面有问题！”魔女也暗中对石昊传音，冲他摇头。

可是，至尊有命令，怎能不上去？

“我去看一看究竟是怎么回事。”石昊想去城楼上看个究竟。

“那好，我们也陪你上去，正好看一看异域大军来犯的场面。”曹雨生等人说道。

或许是因为今日特殊，也或许是有人故意放松了看管，竟无人阻拦石昊他们，一群年轻人都跟着石昊登上了城墙。

城墙雄伟，仿佛与天齐高，与日月同辉。

古城墙虽然有各种神兵利器的痕迹留下，但是依旧屹立万古不倒，镇守着通向九天十地的通道。

“这么多生灵！”刚登上城墙，就有年轻人忍不住惊呼起来，连脸色都彻底变了。

众人向下望去，黑压压的一大片，看不到尽头。异域的大军正从地平线的尽头涌来，气势无比强大。

前所未有！

在过去，九天十地和异域虽然也有局部的战斗，但是规模根本无法跟眼前的相比，整片大漠都被占满了。

这座城墙很特殊，哪怕它很高，人站在上面也能清晰地俯瞰地面的景况，并且能感受到那种气势。

异域的大军逐渐地逼向帝关，黑色的甲胄，雪亮的长刀，硕大的天戈，狰狞的猛兽坐骑，让天地都为之颤动。

然而，这样一支大军没有发出任何声音，没有一个人呐喊，也没有一只坐骑嘶吼，只是无声地前进。这更加显得气氛压抑，让人觉得好像要窒息了一样。

异域的大军虽然人数众多，但是阵形一点也不乱，一队又一队的人马整整齐齐地前进。

突然，异域的大军全都停下了，停在了帝关外。直到一辆黑色的战车缓缓自远方驶来，宁静才被打破："交出荒和木箱，可保帝关平静！"

"你说交就交？！"城楼上，有人喝道。

"只要交出荒和木箱，我界的不朽者便起誓百年不攻帝关，保两界和平。不然，马上攻城！"听到这些话，城楼上的所有人都惊呆了。

第1282章 逼迫

WANMEI SHIJIE

难道异域如此大动干戈，就只是因为荒?

九天十地的众人皆神情凝重，心情复杂，他们现在才明白，荒这些日子以来在边荒外闹出的动静远远超出了他们的想象。

连不朽者都因此而彻底苏醒了，只有在上一纪元末，异域开始全面攻打九天十地时，不朽者才出动了。

“荒是帝关的子民，怎能交给你们？”一个大修士极有骨气，在第一时间反对异域的提议。

金太君扫了那个大修士一眼，为他没有请示几位至尊就这样反驳感到有些不满。

黑色战车内，那个可怕的存在没有说话，保持着应有的威严。

“大胆，敢对帝族不敬，这是灭族大罪！”黑色战车的附近，有人喝道。

“无人可轻慢帝族！”另一个人吼道。此人身材高大，气势汹汹。

异域的一群人纷纷断喝，声音惊天动地，震动帝关。

城楼上，一群人皆惊诧万分，连从来不露面的异域帝族都出现了，这是何其可怕的事！帝族是高高在上的族群，任何一个成员都很金贵，因为他们所向披靡，几乎没有对手。不过，帝族繁衍后代的能力不强，其族内成员不多。

战车漆黑如墨，雕刻着一些奇异的古兽，其中不乏真龙等，石昊猜测战车里面肯定坐着一位帝族至尊。

城楼上的众人皆震惊不已，这一纪元以来，异域还没有派帝族出战，如今，帝族竟直逼帝关的城门。

“交或是不交，你们最好考虑清楚！”站在黑色战车前的一位老者朗声道。

“想让我等屈辱地接受这种条件，做不到！”城楼上不乏有血性之人，果断地说道。他们常年战斗，怎么可能会屈服？压迫只会激起他们更强烈的反抗欲望。

“给你们机会不懂珍惜，你们会后悔的。”异域的大军中，有人喊道。

“闭嘴，叫嚣什么？！真以为我们怕你们吗？想攻城尽管来，我们接招就是！”城楼上有人回应。

“没错，你们以为威胁我们，我们便会就范？守了这么多年，若是软骨头，这座城池还在吗？”有人难掩此时的激动之情，大喊道。

“轰！”

就在这时，大漠的尽头，天渊的前方冲出一道刺目的光，那道光带着恐怖的气息，骇人至极。

城楼上的众人不由得战栗起来，自灵魂中生出了一股寒意，有一种人间末日到来的感觉。不用多想也能猜到，那是不朽者！

这是一种无法想象的威势，每一个人都有一种从头凉到脚的感觉，甚至觉得万念俱灰。

那个级别的存在真的要过来了吗？他们要如何与之抗衡？根本就没有一点胜算。

“嗡！”

虚空猛地颤抖了一下，成片的法旨飞起，在大漠尽头熊熊燃烧着，似乎要助不朽者入关。

只要不朽者迈过天渊，九天十地便什么都剩不下了，到了那个时候，就没有人可以阻挡异域大军的步伐了。

城楼上，众人的脸色都很难看，一种焦虑的情绪在人群中蔓延开来。

异域的大军密密麻麻地排列着，如同黑色的钢铁洪流一般，此时他们举起兵器，发出整齐的吼声：“不朽者！”

极其简单的三个字瞬间震动了天地，让帝关都跟着抖动起来，形成了一种可怕的威势。

“你们是否要做出选择？不要自误！”异域的大军中，有人厉声道。

异域的人之所以敢如此威胁九天十地，是因为他们拥有强大的自信，这是明摆着逼迫帝关的人做出决定。

这种自信，这种强大的底气，让城楼上的许多人都暗自心惊。

“趁早滚，不服就开战！”曹雨生大喊道。

“闭嘴！”金太君旁边的一位老者冷冷地看了曹雨生一眼，道，“这里有你说话的份吗？”

“为什么没有？与异域大战时，我肯定冲在最前面！”曹雨生很不服气。

“好了，现在不是内讧的时候。”一位无敌者阻止他们继续争吵。

“一个荒而已，我等并未将他放在眼中，但是这一次他触犯了众怒，许多人想除之而后快，我等为了平息众人的怒火，故此要求你们将他交出来。至于那个木箱，你们是永远都无法打开的，交与不交都没有太大的影响，我等自会取到手！”异域的人态度非常强硬，语气咄咄逼人。

“那你们自己来取好了！”曹雨生愤愤地说道。

“我等不愿再造成九天十地生灵涂炭的局面，这次就给你们一个机会，以较为和平的局面收场。”黑色战车中的帝族至尊终于再次开口了。

“怎么和平收场？”金太君问异域的帝族至尊。

城楼上的所有人顿时大吃一惊，金太君居然询问异域的帝族至尊怎么和平收场，这意味着什么，妥协吗？

“只要你们答应我们的要求，我等便保证，一百年内，两界相安无事！”黑色战车中的帝族至尊做出承诺。

并且，帝族至尊确定可以请不朽者起誓，确保履行约定。

城楼上的众人心头一震，不朽者的誓言涉及了某种大因果，的确可以作担保，可是，这能答应吗？太屈辱了！

“不朽者的血誓确实有效，那会牵扯到最可怕的因果。”金太君点了点头，道。

城楼上所有人的脸色都变了，难道金太君真要答应那种条件，将荒和木箱献给异域？

不少人纷纷看向王长生和几位无敌者，一时间，气氛沉重到了极点。

曹雨生、长弓衍等人气愤不已，甚至想破口大骂，但是又不能真的呵斥至尊。他们纷纷开口，请求至尊拒绝异域的建议。

“你们这些小辈没有资格在这里观看，速速下去吧。”金太君旁边的一个老妪挥了挥手，命令他们下去。

此时，石昊站了出来，看向几位至尊和各族的头领，道：“那个木箱绝对不能交出去！”

城楼上的众人闻言，都点了点头，表示赞同。因为木箱里必然藏有天大的秘密，异域如此兴师动众，足以说明它的重要性，这么一件至宝已经被帝关所得，为何要交出去？交出去的话，不仅会让九天十地蒙受屈辱，还可能会引发严重的后果。

在众人看来，异域的人这么明目张胆地索要荒和木箱，分明是在羞辱九天十地的各族修士！

“能否换一个条件？木箱不能交。”金太君再三斟酌之后，决定与异域谈一下条件。

城楼上的众人面露异色，清漪、曹雨生、太阴玉兔等人则极其不满，金太君的意思也太明显了，木箱不能交，难道石昊就可以交出去吗？

“金道友……”一位无敌者喊了金太君一声，准备说些什么。

“我知道你想说什么，不过我这边有了可喜的消息，只要异域短期内不攻打帝关，一切都可改变，结局将完全不同！”金太君打断了无敌者的话，这般说道。

（本册完）

《完美世界》第25册即将上市，敬请期待！